MY DAUGHTER GREW UP TO
"RANK S" ADVENTURER.
모험가가 되고 싶다며
3
도시로 떠났던 딸이
S랭크가 되었다
모지카키야
MOJIKAKIYA
toi8
ILLUSTRATION

벨그리프

젊은 시절에 꿈이 부서졌던 은퇴 모험가. 장애를 입고 고향에 돌아왔지만, 마음 한구석에 미처 다 버리지 못한 모험가의 꿈이 남아 있고, 성장하는 딸에게 자극도 받아 아직껏 꾸준히 단련한다. 딸이 붙여준 『적귀』 칭호 때문에 마음고생 중.

안젤린

아기 때 숲에 버려졌고 벨그리프가 딸로 거두어 혼자서 길렀다. 아빠를 몹시 좋아한다. S랭크 모험가. 『흑발의 여검사』라는 칭호를 갖고 있다.

밀리엄

마법을 특기로 쓰는 안젤린의 파티 멤버. AAA랭크 모험가.

아넷사

안젤린 파티의 중재역이자 궁수. 밀리엄과 같은 고아원 출신의 AAA랭크 모험가.

던컨

강자와 솜씨 겨루기를 즐기는 방랑 모험가. 검의 달인 "적귀"와 대련을 목적으로 톨네라에 방문했다. 쾌활한 성격.

샤를로테

어느 조직의 감언에 놀아난 탓에 보르도 주변의 시체를 되살려서 큰 사건을 일으키고 말았던 소녀. 벨그리프의 다정함을 몸소 겪음으로써 개심했다.

벡

조직에서 샤를로테의 호위로 붙여줬던 소년. 쫓기는 처지가 된 지금은 자신의 의사로 소녀와 함께하고 있다.

파티 멤버와 함께 몇 년 만에 고향 마을로 귀성했던 안젤린. 그러나 아버지 벨그리프는 딸이 혹여나 어정쩡한 각오로 줄곧 모험가 생활을 하면 안 된다고 판단했다.

"네가 모험가를 계속하고 싶다면
이번 대결에서 아빠를 이겨보거라."

매서운 꾸중 이후에 부녀는 서로 대치했다. 안젤린은 처음에는 싸울 수 없다며 싫어했지만, 아버지의 진짜 마음을 깨닫고 나선 S랭크 모험가 본연의 실력을 발휘하여 무사히 인정받을 수 있었다.

그리고 다음 날, 도로 정비 안건의 의견 수렴을 매듭지었기에 지역 일대를 다스리고 있는 보르도 백작 헬베티카에게 편지를 전해달라고 부탁받은 벨그리프는 휴가를 마친 뒤 올펜으로 복귀하는 안젤린과 일정을 맞춰 십수 년 만에 마을을 벗어나게 됐다. 목적지에 도착한 일행은 헬베티카를 비롯한 세 자매에게 융숭한 환영을 받았지만, 그곳에서 보르도 백작가의 정적(政敵)과 마왕을 부활시키고자 하는 조직이 큰 사건을 일으키는 바람에 함께 휘말리고 말았다.

증오에 몸을 바치고 말았던 소녀 샤를로테와 수수께끼의 힘을 보유한 소년 벡의 손에 의하여 보르도는 한때 격렬한 혼돈의 위기적 상황에 빠졌지만, 부녀 및 일행의 활약도 있어 무사히 적들을 물리치는 데 성공했다.

그리고 부녀는 각자의 일상으로 다시 되돌아간다―.

"다녀올게요, 아빠!"
"다녀오거라!"

MY DAUGHTER
GREW UP TO
"RANK S"
ADVENTURER

엘프령

로디나

오래된 숲

헤이젤

보르도

시드

엘브렌

가루다

올펜

아스테리노스

공국 수도 에스트갈

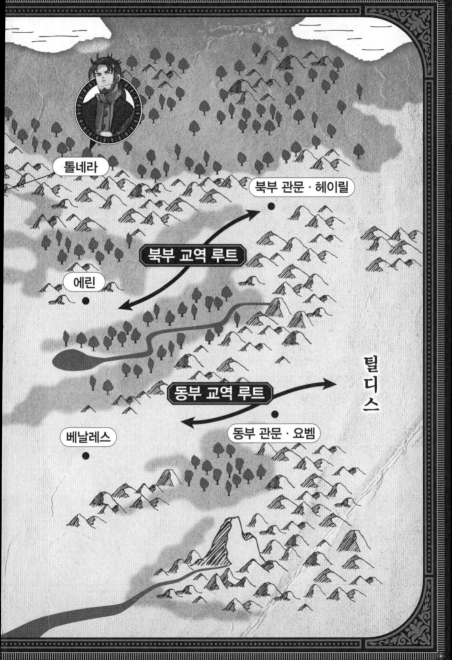

CONTENTS

제 3 장

제 3 장

MY DAUGHTER
GREW UP TO
"RANK S"
ADVENTURER.

28 쓱, 쓰슥쓰슥, 지면을 스치며 날듯이

쓱, 쓰슥쓰슥, 지면을 스치며 날듯이 누군가가 달려 나간다.

여자 같았다. 소녀에 가깝다고 말할 수 있겠다. 마치 비단결처럼 매끄러운 은색 머리카락을 대충 그러모아서 묶었고, 허리에는 세검을 꽂았다. 어깨에 걸쳐서 입은 겉옷이 펄럭펄럭 나부꼈다.

단정한 용모에 승부욕 강한 눈빛을 띠고 있는데, 무엇보다 특징적인 부분은 뾰족한 귀의 모양이었다. 위쪽 절반이 옆으로 기다랗게 뻗어 나와서 끝부분으로 갈수록 가늘어진다.

어둑어둑, 말라 죽은 식물만 잔뜩 있는 숲이었다. 어느 나무에도 잎은 보이지 않을뿐더러 가시넝쿨이 바짝 말라서 여기저기 길을 틀어막았다. 하늘은 잔뜩 흐려졌고, 그러나 비가 쏟아질 낌새는 없다. 그저 묵직하게 잿빛의 구름이 흘러드는 터라 몹시도 음울했다.

소녀의 뒤쪽에서 기묘한 마수가 몇 마리 달음박질치며 쫓아왔다. 크기가 인간의 어린아이쯤 되는 도마뱀이다. 그러나 네 다리가 아니라 잘 발달된 뒷다리로 지면을 박차고 있다. 눈에 눈꺼풀이 없고, 푸른 막에 뒤덮인 피부가 기묘한 액체에 젖어 끈적끈적 빛났다.

소녀는 나란히 쫓아 달리는 마수를 곁눈질하고는 혀를 찼다.

"쳇, 끈질기네……!"

소녀는 허리에 찬 세검을 뽑아 들고는 달리면서 옆으로 몸을 날렸다. 그리고 나란히 달리던 마수를 눈 깜짝할 사이에 한 마리 꿰뚫은 뒤 곧바로 반전, 다른 방향으로 휙 뛰어서 뒤쪽에 바짝 따라붙었던 마수의 목을 베어 떨어뜨렸다. 예사롭지 않은 기량이다.

소녀는 쫓아오는 마수 몇 마리를 어려움 없이 모조리 물리치고 예리한 눈초리로 후방을 바라봤다.

더 멀리서 아직 수많은 마수가 쫓아오고 있었다. 소녀는 잠깐 머뭇거리는 기색이었지만, 곧 검을 검집에 되돌리고 달려 나아갔다.

"잔챙이만 상대할 순 없지……."

등 뒤쪽에 마수의 기척을 느끼면서 소녀는 달렸다. 가녀린 체형이지만 전혀 피로가 느껴지지 않는 몸놀림이었다.

나무를 피하고 가시덤불을 뛰어넘으며 얼마나 오래 달렸나 모르겠지만, 점점 엷게 독기가 감돌기 시작했다. 따끔따끔 살갗을 찌르는 기묘한 마력이 느껴졌다.

소녀는 다리를 멈췄다. 히죽, 수상쩍게 웃는다.

"찾았다."

소녀는 세검을 뽑아 마력의 근원 방향으로 걸음을 뗐다.

그곳에서 검은 그림자가 웅크리고 앉아 있었다. 네발 달린 짐승과 비슷한 모습이다. 긴 털의 끝부분이 뱀처럼 꿈틀꿈틀 움직거리고, 표범 같은 머리가 오른쪽으로 왼쪽으로 흔들리고, 주둥이라 짐작되는 부위에서 뚝뚝 거뭇한 액체가 지면에 떨어진다.

그림자는 우물우물 작은 목소리로 중얼거리고 있었다. 그 모습은 무엇인가를 소망하는 듯했고, 한탄하는 듯 보이기도 했다.

『도, 도⋯⋯ 돌아가고, 싶어⋯⋯. 주, 인님⋯⋯.』

"돌려보내주지. 무(無)로 말이야."

소녀는 흉포한 미소를 지은 뒤 세검을 쥐고 그림자에게 달려들었다.

○

점차 초여름의 기운이 느껴지는 시기다. 봄에 싹터서 쑥쑥 자라난 풀과 나무들의 이파리는 점점 연두색에서 심녹색으로 바뀌었고, 톨네라의 숲도 녹색으로 물들었다. 마을 바깥쪽 평원도 마치 초록빛 융단에 뒤덮인 듯한 광경이고 양들은 풀을 뜯어 먹느라 정신이 없다.

이런 초여름의 주된 과업은 먼저 밀 수확, 그리고 양털 깎기였다. 초봄부터 부드러운 풀을 듬뿍 먹었던 양들을 붙잡아다가 복슬복슬 풍성하게 자라난 털을 깎아주는 작업이다.

톨네라는 밤이야 비록 여름이어도 선선하다지만, 낮에는 기온이 아주 높지는 않을지언정 햇살이 쨍쨍 내리쬐는지라 무덥다. 그런 무렵에 시원스럽게 털을 깎아주면 양들은 깔끔한 모습이 되어 다시 풀을 뜯어 먹으러 나간다.

그렇게 양털을 깎는 날, 벨그리프는 케리의 집 마당에 자리를 잡고 앉아서 어린아이들을 돌봐주고 있었다. 품에는 젖먹이도 안아 들었다. 주위에서는 아직 다섯 살도 채 되지 않았을 아이들이 땅바닥에 그림을 그리거나 저쪽에서 작업하는 양털 깎기를 구경하거나 했다.

양을 기르는 집은 많지만, 케리의 집은 양의 숫자가 특별히 더 많다. 이 시기마다 고용되어 일하는 마을 사람도 많은 관계로 마치 행사라도 벌이는 양 떠들썩하다. 털 깎기가 끝난 다음은 실잣기와 베 짜기가 기다리고 있다.

전용 가위를 써서 작업하는 양털 깎기는 숙련된 기술을 지닌 사람도 한 마리당 4, 50분 가까이 긴 시간이 걸린다. 숙련되지 않은 젊은이들이라면 곱절은 더 걸릴 것이다.

연배가 있는 자가 시범을 먼저 보이면 젊은이들이 뒤따라 손을 움직이는데, 양이 버둥거리다가 도망치는 둥 실수로 양의 살갗에 상처를 내서 피가 흐르는 둥 해마다 야단법석이다. 저 젊은이가 요령껏 작업을 해치울 수 있게 될 무렵에는 어린아이였던 녀석들이 또 양털 깎기를 배우기 시작할 것이다.

벨그리프도 몇 년 전까지는 양털 깎기에 참가했었지만, 최근 몇 년은 아이 돌보기만 맡는 경우가 많았다. 젊은이에게 맡겨서 일을 습득시키려는 의도도 있고, 여인들은 점심 식사 장만이며 깎아 둔 양털을 씻느라 분주한 까닭도 있다. 그는 신기하게도 아이들에게 인기가 있는 사람인지라, 벨그리프에게 맡겨 놓으면 안심이라고 대부분의 마을 사람들은 생각했다. 그 때문에 아이 돌보기는 자연스럽게 벨그리프의 담당이 됐다.

젖먹이가 울먹울먹하자 벨그리프는 품속에 손을 넣어서 셔츠의 여밈 틈으로 엄지손가락을 내밀었다. 젖먹이는 손가락을 쪽쪽 빨면서 얌전해졌다. 숙련자의 솜씨다.

그런 식으로 아이들을 상대해주던 때에 땅딸막한 사내가 다가왔다. 쓱 봐도 전투 도끼를 손에 든 것이 모험가다운 차림새다. 갈색 머리카락은 색깔이 살짝 엷어지고 있지만, 그 대신에 얼굴 아래쪽은 짙은 수염이 뒤덮었다.

사내는 붙임성 있는 미소를 지은 채 벨그리프에게 말을 건넸다.

"하하핫, 과연 벨 님이십니다. 젖먹이의 상대도 아주 능숙하십니다그려!"

벨그리프는 빙긋 웃고는 대답했다.

"그래, 잘 다녀왔네, 던컨. 오늘은 어떻던가?"

"평소와 다를 바 없었다 아뢰야겠습니다. 하하, 그나저나 이 마을의 젊은이들은 다들 재주가 좋아 경탄스럽군요. 어지간히도 좋은 스승을 모셨나 봅니다그려, 하하하하!"

"웬 엉뚱한 소리인가, 거참……."

벨그리프는 쓴웃음을 지은 채 일어서서 젖먹이를 던컨에게 맡겼다.

"잠시만 부탁하지. 목이 마르군."

"음?"

젖먹이는 던컨의 품에 안기자마자 울먹울먹했다. 던컨은 몹시 당황하며 달래주려고 했지만, 젖먹이는 자꾸 울기만 할 뿐 수습이 되지 않는다.

"잠깐, 벨 님! 대, 대체 어쩌란 말씀이오!"

"잠시만 기다려주게."

벨그리프는 빠른 걸음으로 부엌 안쪽에 들어가서 휙휙 바쁘게 식사 준비를 하는 여인네들의 사이를 누비고 나아가서 국자로 물을 한가득 떠 마셨다. 그러고는 돌아왔더니 던컨에게 아이들이 잔뜩 달라붙어서 어깨며 등을 기어오르고 있었다. 그의 땅딸막한 체구는 타고 오르기가 편한가 보다.

"하하, 인기인이군."

"보, 본인은 이런 일에는 익숙하지가 않단 말입니다……."

아이들이 머리카락을 잡아당기는지라 당황하는 던컨을 보고 웃으면서 벨그리프는 울먹이는 젖먹이를 다시 받았다. 벨그리프에게 안기자 젖먹이는 금세 얌전해졌다.

벨그리프가 보르도에서 돌아온 지 이제 2개월 가까이 지나갔다.

보르도에서 지내는 동안 톨네라는 쌓였던 눈도 다 녹았고, 돌아왔을 때는 파릇파릇했던 보리도 눈 깜짝할 사이에 황금빛으로 물들어서 수확의 시기를 맞이했다.

돌아왔을 때 먼저 벨그리프를 기겁하게 만들었던 것은 던컨이었다.

이 사내, 강자와 솜씨 겨루기를 바라기에 여러 나라를 방랑하는 모험가이며 『적귀』의 소문을 전해 듣고는 저 멀리서 톨네라까지 찾아왔다만, 정작 로디나에서 벨그리프가 당사자인 줄도 모르고 마주쳤던 터라 완전히 길이 엇갈리고 말았다.

그러나 톨네라에 도착한 던컨은 벨그리프가 부재중임을 알고 떠나는 것이 아니라 놀랍게도 돌아올 때까지 쭉 기다리고 있었다. 그동안 마을의 일을 돕거나 젊은이들에게 싸우는 방법을 가르치며 타고난 쾌활한 성격이 좋은 결과를 가져온 덕에 마을 사람들 틈에 완전히 녹아들었다.

벨그리프는 로디나에서 얼떨결에 모르는 척했다고 사과했는데 던컨은 전혀 개의치 않았다. 오히려 로디나에서 솜씨를 겨뤘다면 톨네라까지 올 일도 없었을 것이라 말하며 벨그리프가 모르는 시늉을 해줘 고맙다는 말을 꺼냈다. 짐작하건대 톨네라가 꽤 마음에 들었나 보다.

또한 벨그리프가 부재하는 톨네라에서 던컨의 존재는 때마침 큰 도움이 되어주었다.

가도 정비가 연기되었기에 마을 사람들은 물론 실망을 금치 못했지만, 다른 문제가 발생하고 있기 때문에 큰 소란은 일어나지 않았다.

그 문제가 무엇이냐면 이렇다 할 영문은 알 수 없지만, E나 D 정도의 하위 랭크 마수가 빈번하게 출몰하게 된 일이었다.

비록 하위 랭크라고 하여도 일반인에게 마수는 위협적이다. 마을 젊은이들도 검을 다룰 줄 알고 몸은 튼튼한지라 물론 싸울 수는 있지만, 실전을 치른 경험이 부족했다. 퇴치의 노하우를 습득할 때까지 희생은 모면하기 버거우리라 각오했었다.

그런 상황에서 방랑 모험가 던컨이 자진하여 큰 역할을 맡아줬다. 스스로 퇴치에 나설 뿐 아니라 벨그리프가 검을 가르쳐줬던 젊은이들 중 희망자를 모아서 마수 퇴치의 실전을 전수해주기에 이르렀다.

실전에 대비하는 검을 벨그리프에게 배웠던 젊은이들은 눈 감작할 사이에 마수 퇴치의 요령을 익혔고, 이제는 몇 사람씩 파티를 짜서 모험가처럼 마수를 퇴치하고 있다. 지금껏 사망자도 중상자도 발생하지 않았다.

정말 자신이 나설 필요도 없을 정도라며 벨그리프는 감탄했다.

던컨은 벨그리프의 옆자리에 걸터앉았다.

"하하, 시간이 참 빨라요. 본인도 이곳에 뿌리를 박은 기분입니다."

"그야 대환영이지. 아예 정착해서 신부라도 찾아볼 텐가?"

벨그리프가 농담조로 말을 붙이자 던컨은 호쾌하게 웃어 젖혔다.

"하하핫! 썩 나쁜 말씀은 아니구려!"

와아, 털 깎는 사람들 방향에서 소리가 터져 나왔다. 양이 싫다고 일어서는 바람에 붙들고 있던 청년이 벌렁 나자빠진 것 같다. 교육 담당 남자의 노성과 주위 사람들의 웃음소리가 울려 퍼진다.

벨그리프도 웃음을 지은 채 지켜보다가 다시 던컨에게 시선을 옮겼다.

"그래, 어떻던가? 원인은 짐작이 되나?"

던컨은 표정을 살짝 찌푸린 채 팔짱을 꼈다.

"오늘은 마력의 근원 부근까지 전진했소만, 도무지 영문을 알수가 없더군요. 본인 말이오, 부끄럽게도 탐색은 별로 잘하는 분야가 아니온지라. 전투에는 나름 일가견이 있기는 한데."

"흠……."

자신도 나서는 것이 좋으려가, 벨그리프는 생각했다.

모험가의 임무는 거친 일이 많은데, 종류는 크게 나누면 세 가지다. 토벌계, 채집계, 탐색계.

토벌계 의뢰는 마수 및 도적을 퇴치하면 끝나는 터라 단순한 전투력이 큰 비중을 차지한다. 물론 마수의 관련 지식도 필요한데, 선배 모험가들이 수많은 자료를 남겨 둔 덕택에 의뢰 전 가볍게 조사만 하는 경우가 많다. 토벌한 마수의 시체에서 소재를 챙겨 돌아오는 임무가 한 세트가 되는 경우도 있다.

채집계는 소재 수집을 말한다. 마수의 가죽 및 이빨, 발톱이며 갑각 따위라면 토벌계와 겹치는 경우도 많지만, 그밖에는 자연에 자라나는 약초 및 광석을 채집한다. 이쪽은 채집 장소에 따라 전투 능력이 없어도 달성 가능하다. 신출내기 모험가가 수행하는 약초 채집 따위도 여기에 해당하고, 누구든 한 번은 경험하는 의뢰이다.

한편 탐색계는 주로 던전이나 깊은 숲, 산속 등의 정해진 장소로 가는 임무다. 상세 내용은 던전의 안쪽에 숨어 있는 고위 랭크마수의 토벌, 그 마수가 지닌 소재의 확보, 혹은 그곳에 은닉되어 있다는 재보의 습득 등등 목적은 다양하다. 그러나 며칠에 걸쳐 전투와 조사를 수행해야 하기 때문에 확실한 전투 실력과 신중한 준비, 그리고 철저한 주의력이 요구된다. 단순한 토벌 의뢰 및 채집 의뢰보다 몇 배나 난이도가 높았다.

모험가에도 여러 유형이 있다. 던컨은 호쾌한 행동거지로 보아 아마도 토벌 의뢰를 특기로 하는 모험가였을 것이다. AA랭크의 실력을 갖고 있을지라도 탐색처럼 까다롭고 신중함을 필요로 하는 임무에는 서투르고, 주로 무력에 의지하여 위계를 높인 유형 같았다. 전투를 좋아하는 성격이라면 강자를 찾아 곳곳을 돌아다녔다는 말도 자연스레 납득이 된다.

모험가 시절 벨그리프는 두루두루 어떤 의뢰든 수락했었다. 토벌도 했고, 채집도 했고, 던전 탐험도 수행했다. 제대로 된 임무를 맡아 한 기간은 2년 안팎이었지만, 그동안은 제대로 쉰 기억이 없다. 연거푸 의뢰를 받아 처리하던 중 정말로 죽을 뻔한 사고도 겪었지만, 전부 경험이라고 여기며 신경을 곤두세운 채 일을 수행했었다.

어쨌든 간에 마수가 늘어난다는 것은 짐작건대 톨네라 부근의 산에 마력 정체가 발생했거나 강력한 마수가 숨어들었다는 게 벨그리프의 견해였다.

마력이 많은 장소는 결계를 펼쳐 놓지 않는 한 마수가 자꾸 모여들게 된다. 또한 강력한 마수의 주변에는 하위 마수가 모이는 경향이 있다. 그렇게 마력이 줄곧 쌓이고 쌓이면 토지 자체가 변

질되어 던전화하는 경우까지 있었다. 정확한 원인을 밝혀내지 못하면 마수는 끊임없이 솟아날 것이다.

지금 시점에서는 하위 마수만 나타나고 있었다. 그러나 언제든 고위 랭크의 마수까지 나타날 수 있다. 모험가가 상주하는 도회지나 마을이라면 어쨌든 간에 톨네라에서 고위 마수가 출몰한다면 큰일이 난다.

지금은 아직 괜찮을 수도 있었다. 그러나 언젠가 벨그리프가 죽게 된다면 누군가가 마을 수비의 업을 뒤이어 짊어져줘야 했다. 벨그리프가 부재하든 아니든 마수는 나타날 것이다. 그렇게 생각하면 마침 괜찮은 훈련이었다고도 말할 수 있겠다.

그나저나 정체를 알 수 없는 원인으로 마수가 솟아나는 상황은 꺼림칙하다. 원인을 제거하든 방치하든 먼저 정체부터 밝혀내는 것이 좋겠다.

파리가 한 마리 아까부터 얼굴 주변을 날아다녀서 성가셨다. 벨그리프는 눈살을 찌푸리며 손으로 파리를 쫓아냈다.

저쪽에서 또 양이 달려 나갔다. 노성과 웃음소리가 울려 퍼진다.

○

"아빠 내음이 다 떨어졌어⋯⋯."

해변의 도시 엘브렌의 어느 번화가, 포장마차와 비슷하게 바깥에 빼다가 만들어 놓은 처마 밑 객석에서 안젤린이 축 늘어져 있었다. 탁자에 턱을 올려놓은 채 몸에서 힘을 쏙 빼버렸다.

아넷사가 땀을 닦으며 쓴웃음을 지었다.

"너무 빠르잖아……."

"빠르지 않아……. 벌써 두 달이란 말야……."

안젤린은 머리를 옆으로 기울여서 탁자에 뺨을 착 붙였다. 밀리엄은 멍한 분위기다. 폭신폭신한 귀의 털이 추위에는 강해도 여름의 더위에는 별로 강하지 않은 듯싶다.

올펜으로 복귀한 이후 소녀들은 예전처럼 홀가분한 모험가 생활로 돌아올 수 있었다. 원하는 때 원하는 의뢰를 받아서 수행하고, 다른 시간에는 좋아하는 일을 한다. 하위 랭크의 모험가가 부러워하는 고위 랭크 모험가의 생활이다. 마왕의 영향으로 마수가 대량 발생했던 시기와 비교도 되지 않을 만큼 평온하다.

철산호가 괜찮은 값을 받는다기에 얼마 전부터 엘브렌까지 원정을 나와 근처에 있는 해양 던전을 탐색했었다. 비린내 나는 어패류 마수 놈들을 베어 넘기며 던전을 돌아다닌 끝에 철산호는 충분히 채집했다. 올펜행 운송 절차는 알아서 처리해준다니까 마음이 놓인다.

일은 다 끝났지만 이왕 엘브렌까지 온 김에 맛있는 어패 요리와 와인을 즐기고 다음 날 돌아가도록 일정을 짰다.

안젤린은 차갑게 식은 와인을 마셨다.

이런저런 상념이 떠오른다. 보르도에서 아버지의 등이 보이지 않게 되었을 때는 갑자기 쓸쓸해져서 하마터면 곧장 톨네라로 달려갈 뻔했었다. 그러나 아무래도 꼴사나운데다가 아넷사와 밀리엄이 열심히 말렸던 터라 그만뒀다. 올펜에 복귀한 이후 베날레스와 아스테리노스에도 의뢰를 받아 나갔지만, 매사에 항상 벨그리프와 재회했던 기쁨과 다시 헤어져야 했던 쓸쓸함이 떠올라서 자꾸만 마음이 침울해졌다. 그럼에도 의뢰는 완수한다는 점에선 S랭크 모험가다운 책임감을 지니고 있다고 말할 수 있겠다.

빈 술잔에 병을 들어서 와인을 따른다.

"틀림없이 아빠도 많이 쓸쓸할 거야⋯⋯."

"벨 아저씨라면 말이지⋯⋯. 여기저기 의지하는 사람이 많을 테니까 쓸쓸할 틈도 없지 않겠어?"

"끙⋯⋯."

"톨네라, 시원할 것 같다냥⋯⋯."

밀리엄이 작게 흔들거리며 중얼거리고 땀을 훔쳤다. 아넷사가 어이없어하며 얼음이 든 물 잔을 밀어줬다.

"자, 마셔. 그러니까 안쪽 자리를 잡자고 말했잖아."

"쳇, 바람이 멎을 줄 몰랐단 말야⋯⋯."

밀리엄은 얼음물을 맛있게 마시고 숨을 내쉬었다. 조금 전까지 바닷바람을 받아 펄럭거렸던 햇볕막이 주렴은 죽은 듯이 움직이지 않는다.

엘브렌은 올펜의 서편에 위치하는 도시다. 해운과 어업으로 번성했고, 올펜에는 못 미쳐도 규모가 크고 사람도 많다. 근교에 해양 던전이 있는 덕분에 모험가의 숫자도 제법 된다.

기후로 보면 올펜과 별반 다른 부분이 없을 테지만 해변이라는 지리 관계상 표고는 낮다. 또한 어쩐지 공기가 끈적이는 기분이 들고 생선 냄새가 나서 바람이 불지 않으면 올펜보다 더욱 무덥게 느껴졌다. 애당초 여름이니까 당연히 더울 수밖에 없긴 하지만.

"……아빠랑 바다에도 오고 싶어라."

안젤린은 저 너머 햇살을 반사하는 해수면을 쳐다보면서 중얼거렸다. 벨그리프는 헤엄치는 게 능숙하지는 않지만, 함께 바닷가를 산책하면 분명히 즐거울 것이다.

밀리엄이 잔 속의 얼음을 딸각딸각 흔들면서 말했다.

"안제는 남자 친구 안 만들어?"

"뭐하러?"

"그야 여기 남자 친구가 있으면 쓸쓸함도 달랠 수 있잖니."

"아빠한테 바라는 거랑 남자 친구한테 바라는 건 서로 달라……. 애당초 올펜의 남자들은 한심해서 못쓰지……. 미리는 어떤데?"

"좀 싫네. 또래 남자들 따위 신용할 수 없는걸. 수인이라는 게 알려지는 것도 싫고. 애당초 멋있는 남자가 없단 말이야아. 전부 다 약해 빠졌는걸."

"너희들, 이상을 너무 높게 잡은 거 아니야?"

기막히다는 표정의 아넷사를 보고 두 사람은 얼굴을 가까이 맞댄 채 의미심장하게 웃었다.

"또 젠체한다, 애가~."

"아네야말로 괜찮은 사람 없어……? 이상이 너무 높아서 무리야……?"

"시끄러워. 난 상관없잖아. 애당초 딱히 만들고 싶지도 않고……."

"흐음~."

"뭐, 그렇다고 치고 넘어가줄게……."

"아, 도대체 왜 자꾸 히죽거리는데! 아니거든?! 지금은 일이 즐거울 뿐……. 잠깐, 말 좀 들어!"

허둥지둥 변명하는 아넷사를 무시한 채 안젤린과 밀리엄은 와인을 마셨다. 허기진 배 속에 알코올이 깊숙이 스며든다.

안젤린은 멍하니 먼 곳을 내다봤다. 주렴 너머로 내다보이는 푸른 하늘에 뭉게구름이 자리 잡고 있었다. 위를 와인이 자극하는 바람에 배에서 꼬르륵 소리가 났다.

"배고프다……. 아직인가……."

"저기, 있잖아."

"응……?"

"벨 아저씨는 말야, 결혼할 생각은 없으신 걸까~?"

"……뭐야, 갑자기?"

안젤린이 뚱한 표정으로 답했다. 밀리엄은 턱받침을 했다.

"그야 지금이라도 결혼을 하면 톨네라에서 쓸쓸하게 지낼 필요가 없잖니. 그런데 벨 아저씨, 헬베티카 씨가 키스를 해도 별다른 반응이 없는 느낌이었고 그쪽에 별 관심이 없나 싶어서."

"조금 쑥스러워하기는 하셨는데 말이지."

"흥……. 그런 유치한 여자는 아빠의 부인이 될 수 없거든."

"아니, 유치하다니, 이 녀석······."

"안제 생각은 어떤데에? 어떤 사람이 어머니가 되면 좋겠어?"

밀리엄이 묻자 안젤린은 잠시 고민하면서 눈동자를 굴렸다.

"······음, 모성이 필요하겠지?"

"모성이라······."

"역시 가슴이야······?"

"아니, 그래서는 미리한테도 모성이 있단 말이 되잖아."

그렇게 말한 뒤 안젤린과 아넷사는 밀리엄을 쳐다봤다.

"······역시 없는걸."

"없잖아."

"뭐라는 거야."

밀리엄은 입을 삐죽거렸다. 아넷사는 쓴웃음을 지은 채 와인을 마셨다.

"아무튼 간에 벨 아저씨는 사람들이 다들 아버지라는 인상을 받게 되니까 벨 아저씨의 부성에 지는 사람이면 안 된다는 뜻이려나."

"그래, 그거야. 사모하는 마음에도 여러 가지가 있는 법이지······. 부모와 자식이 아닌 남자와 여자······. 그래, 마치 짐승처럼······. 아니, 아빠는 신사니까 짐승은 어폐가 있어."

"무슨 소리를 하는지 전혀 모르겠거든······. 그래도 확실히 벨 아저씨한테 느낀 감정은 연모가 아니라고 봐. 아버지와 같이 살았던 적이 없으니까 잘 모르겠지만, 실제로 아버지가 있었다면 갖게 되었을 감정 같기도 하고."

"동감~. 나도 벨 아저씨를 좋아하고, 만나고 싶고, 어리광도 부리고 싶지만, 남자 친구랑은 좀 다른 감정이거든."

"동감이야. 벨 아저씨와 같이 있으면 안심되지만, 결혼하고 싶냐고 묻는다면 그런 건 아니란 말이지……."

"그 이전에 내가 허락하지 않겠어. 아네도 미리도 내 어머니 역할을 맡기에는 실력 부족이야……."

안젤린이 말하자 밀리엄은 입가를 붙잡고 혀를 쏙 내밀었다.

"나도 안제 같은 딸은 싫거든~."

"오호라……. 같은 마음이었군."

"똑같아요~."

예이~ 두 사람은 손바닥을 높이 들어서 마주쳤다. 아넷사가 탄식한다.

"도대체 뭐래는 거야……."

안젤린은 남은 와인을 쭉 들이켜고 고개를 끄덕거렸다.

"음……. 그러면 아빠한테 어울리는 신부를 찾을 수밖에 없군."

"와아, 재밌겠다."

"내 어머니 후보이기도 하니까 신중하게 선택해야지……."

"아니……. 잠깐, 잠깐만. 그건 벨 아저씨가 결정할 일이잖아?"

"아빠한테 맡겨 놓으면 아무리 기다려도 상대를 찾지 못할걸……. 소극적이니까."

"아니, 그래도 톨네라에 좋은 사람이 있을지도 모르잖아."

"없어. 있었다면 벌써 결혼했겠지."

"음……. 그 말은…… 맞는 말인지도."

"결국에 가서 결정하는 사람은 물론 아빠야. 그래도 톨네라에 적당한 상대가 없어서라면 우리가 후보를 찾을 수밖에 없지. 후후후, 뭔가 갑자기 즐거워지는구나……."

"벨 아저씨한테 신부라……. 그런데 혹시 신부를 찾아내면 벨 아저씨가 새 신부한테 푹 빠져서 안제는 외톨이가 되는 거 아니니?"

"앗!!"

농담조로 밀리엄이 실실거리며 말하는 순간, 안젤린은 충격을 받고 굳어버렸다. 머리를 감싸 쥐고 탁자에 푹 엎드린다.

"아…… 아아아아아……. 어, 어떡하지, 어떡하지……."

"이 녀석……. 생각을 안 했던 거냐."

"어머, 어머나~ 이래서는 신부를 찾으러 다닐 정신도 없겠네~."

산들산들 다시 바람이 불어들었고, 탁자에 요리가 차려졌다. 엘브렌풍 파에야와 조개 곁들임에 메를루사 프라이에서 맛있는 냄새와 함께 김이 피어올랐다.

29 이른 아침, 앞마당에서 벨그리프는 검을

이른 아침, 앞마당에서 벨그리프는 검을 한 손에 들고 던컨과 대치했다. 의족 쪽에다가 가볍게 체중을 싣고, 흔들흔들 좌우로 살짝 움직이고 있다. 던컨은 전투 도끼를 상단으로 들어 올린 채 벨그리프를 지그시 주시했다.

여름철 톨네라의 이른 아침은 선선하다.

여기저기 아침 안개가 떠다니고, 아직 다 떠오르지 않은 태양이 옅게 지면을 비춰준다. 그러다가 해가 다 떠오르면 단박에 더위가 밀려닥친다. 그쯤 되면 더 이상은 단련을 할 만한 상황이 아니다.

벨그리프는 살짝 흔들거릴 뿐 움직이지 않았고, 던컨도 긴장한 듯 정지되어 있었다. 때때로 발부리가 거리를 가늠하며 조금조금 움직일 뿐.

이윽고 던컨이 움직였다. 단박에 돌진하여 타앗, 전투 도끼를 내리 휘둘렀다.

벨그리프는 눈을 크게 뜨고 최소한의 움직임으로 회피했다. 동시에 검을 휘두른다.

그러나 던컨도 역전의 강자다웠다. 몸을 비틀어 검을 피하더니 즉각 휙 물러나서 거리를 벌렸다.

벨그리프는 탄식하며 전투태세를 풀었다.

"아직 멀었군⋯⋯. 고맙네, 던컨."

"하하, 본인이 드릴 말씀이오. 그 공격이 빗나갈 줄이야, 자신감이 푹 꺾이는구려. 하하핫!"

던컨은 이마의 땀을 훔치면서 웃었다.

벨그리프가 돌아올 때까지 던컨은 케리의 집에 신세를 졌지만, 그 이후로는 침식을 함께하고 있다. 아침 일과인 마을 순찰 및 단련도 마찬가지다.

아픈 몸으로 언데드를 상대하여 싸웠던 이후 벨그리프는 되도록 힘을 뺀 채 싸울 방법을 습득하고자 노력했다. 비록 엘프의 영약 덕분에 몸의 통증은 가셨다지만, 밀려드는 세월의 파도는 당할 수 없음을 보르도에서 깨닫고 말았다.

과거의 강검(剛劍)을 줄곧 고집해서는 언제 또 몸이 상할지 모를 일이다. 다시 망가진다면 본래대로 돌아오지 않을 것이다. 엘프의 영약 같은 보물은 언제 또 구경이나 할 수 있지 짐작도 되지 않는다.

그런고로 톨네라에서는 귀중한 무인인 던컨을 상대로 매일 아침저녁마다 대련을 실시했다.

본래부터 후발선제의 전술을 주로 구사했던지라 회피 기술은 몸에 배어 있었지만, 카운터의 일격이 던컨의 수준쯤 되는 상대에게는 좀처럼 맞질 않는다. 또한 이전에는 온몸의 힘을 실었던 일격을 더욱 민첩하게, 게다가 과하게 힘을 쏟지 않고, 그러나 일격으로 상대를 쓰러뜨릴 수 있는 예리함을 지닌 채 휘두르고 싶었다. 나름대로 방법을 모색하고 있지만, 뜻대로 잘 풀리지를 않는다. 마력을 적절하게 써서 검과 감응을 높인다면 아주 불가능한 전법은 아닐 텐데, 벨그리프는 탄식했다.

"곤란하게 됐군……. 자신의 몸인데도 도무지 말을 들어주지를 않아."

"하하핫, 어쩔 수 없잖소이까! 말을 듣게 만들고자 훈련을 하는 법이외다!"

"그렇군……. 그나저나 꼴이 이래서야 불안한데……. 언제 또 몸이 삐걱거릴지 모르겠군."

"흐음……. 톨네라에서 싸우기에는 충분하다 여기오만……."

"글쎄, 어떨까. 아직 나로서는 문제없다고 자신할 수가 없군."

벨그리프는 어깨를 으쓱였다.

슬슬 본격적으로 마수 발생의 원인을 규명하기로 결심했다.

일찍이 올펜 주변에서는 마왕의 영향으로 마수가 대량 발생했었지만, 그때는 고위 랭크의 마수가 많았다고 들었다. 그 때문에 안젤린이 고향에 돌아오지 못하지 않았던가.

그러나 톨네라에는 지금 시점까지는 하위 마수밖에 나타나지 않았다. 마왕급은 아닐지언정 이 주변의 마수보다는 강력한 종이 새롭게 자리를 잡은 까닭에 그 개체의 마력에 이끌려서 하위 수준의 마수가 모여들었으리라 추측된다.

혹은 모종의 요인으로 마력 정체가 발생했을 가능성도 있다. 그렇다면 조금 까다롭겠다. 마수야 퇴치하면 해결될 문제이다만, 마력 정체는 마법에 정통한 자가 아닌 한 대책을 마련할 수 없다. 벨그리프는 지식으로 알고 있을 뿐 어디까지나 검사지 마법사가 아니다.

어느 쪽이든 간에 던컨이 탐색 분야는 서투른 이상 벨그리프가 직접 나서지 않는 한 원인을 밝혀내기는 어려울 것이다.

그러므로 탐색에 나서기 위해 벨그리프는 자신의 전법을 분명하게 확립하고 싶었다. 날 때부터 타고난 신중함이 어정쩡한 실력으로 탐색에 나서기를 주저하게 만들었다. 그러나 좀처럼 진전이 없는지라 조바심이 난다.

"그건 그렇고 적지 않은 연세에 새로운 전법을 연구하시다니, 벨 님께서는 역시 대단한 분이시오."

단련 후 몸풀기 도중 던컨이 말했다. 벨그리프는 쓴웃음을 지었다.

"자네도 조만간에 알게 될 거야. 마흔을 넘기면 말일세, 나이를 먹었다는 기분이 부쩍 들거든. 뭐랄까, 흠⋯⋯. 묘하게 조바심이 난단 말이지. 가만히 흘러가는 대로 살자면 불안해지는 거야."

"흐음⋯⋯. 본인도 서른을 넘었을 무렵에는 나이를 먹었다는 실감이 꽤 들었소만⋯⋯."

"그때하곤 경우가 조금 다르지. 단지 나이를 먹는 게 아니라 점점 늙어 간다는 표현이 더 맞겠군. 예를 들어서 어쩌다가 문득 내 몸이 예전처럼 움직여주지 않는다거나 흰머리가 늘어난 듯 느껴지는 거야. 아주 사소한 변화지. 그렇지만 그게 몹시도 서글퍼지더군. 이상하게 옛날이 그리워진다든가, 마음까지 나이를 먹는 듯한 기분이 들어. 남들이야 언뜻 보아선 잘 모를 수도 있겠지만, 자기 몸이니까 괜히 더 답답하게 느껴지더군."

"흐음, 그렇군…… 조금 이해가 되는 기분이오. 본인도 이제 서른일곱이 되오만, 때때로 불쑥 서글퍼지는 때가 있습디다. 뭔가 놓아둔 채 살아온 게 아닌가 싶어서 말이오."

"놓아두고 온 삶이라…… 확실히 동감이 되는 말이군. 나름 열심히 살아왔을 텐데도 돌이켜보면 무엇을 이루었던가 의문이 든단 말이지……"

"그게 웬 말씀이시오. 벨 님은 그 유명한 『흑발의 여검사』를 손수 길러 낸 분이시잖소. 본인은 아직 솜씨를 겨룬 적이 없소만, 소문은 곧잘 전해 들었다오."

"그런가…… 그렇겠군. 그 아이의 존재가 내게 가장 큰 행복이었을지도 모르겠어."

벨그리프는 쑥스럽게 웃고는 일어섰다.

"자, 싱거운 소리를 늘어놓았군. 아침 식사나 하지."

"하하핫, 쑥스러워하실 일도 아니잖소! 나 던컨, 자식을 사랑하는 부모의 마음에 코웃음을 칠 만큼 경우가 없는 놈은 아니외다!"

던컨은 웃으면서 벨그리프의 어깨를 두드리고 성큼성큼 집 안으로 걸어 들어갔다. 벨그리프는 쓴웃음을 지은 채 머리를 긁적이고는 뒤따랐다.

○

아침부터 비가 내린다.

몸을 움직이는 것도 귀찮은 기분으로 길드 건물에 들어서자 로비가 북적거리는 것이 보였다. 안젤린은 얼굴을 찌푸렸다.

"오늘도 장사 잘되네······."

신출내기로 보이는 젊은 모험가 파티가 카운터 앞에서 떠들어대고 있다. 로비 구석 쪽에서 중년 모험가가 몇 사람 탁자에 둘러앉아 있다. 직원은 여기에 저기에 바삐 돌아다니고, 여성 접수원이 난처하다는 듯이 웃는다. 평소와 같은 광경이었다.

고위 랭크 전용의 카운터에 가서 의뢰를 확인했다. 카운터에는 안젤린이 주먹질해서 만들어 놓은 균열이 아직껏 남아 있었다. 이제 진짜 좀 수리를 하면 안 될까.

접수처에 앉아 있었던 장년의 여성이 생긋 웃었다.

"좋은 아침이야, 안제."

"좋은 아침, 유리 씨······. 괜찮은 거 있어?"

"으음, 글쎄다. 잠깐 기다려봐."

유리 씨라고 불린 여성은 카운터 위에 놓아둔 서류철을 넘겼다. 바다처럼 짙은 청색 머리카락이 막 펼친 파일 위쪽에 늘어졌다. 유리는 성가시다는 듯이 머리카락을 붙잡아 등 뒤로 넘겼다.

이 여성은 일찍이 라이오넬의 파티 멤버였던 사람이다. 현역을 은퇴한 이후 제도에서 지내던 도중 예의 마수 사태 때 라이오넬의 전갈을 받고 멀리서 찾아와줬다. 애써 도착했더니 이미 사태가 다 수습된 이후였다는 이야기에는 안타깝다는 말밖에 달리 해줄 것이 없겠다.

그러나 그 후의 길드 재건과 개혁에서 힘을 발휘해줬다. 오로지 고위 랭크 전용의 접수처만 담당하는데, 자신도 본래 고위 랭크의 모험가였던 만큼 강압적인 모험가 상대로도 전혀 위축되지 않고 생글생글 웃으며 접수처 업무를 수행해주고 있다. 라이오넬도 조언을 구할 상대가 생긴 덕택에 제법 도움을 받고 있는 듯싶다.

안젤린은 유리를 말똥말똥 쳐다봤다. 올해 서른일곱이랬던가. 이제 젊다고 말할 나이는 못 되지만, 결코 늙었다는 인상은 주지 않는다. 주름도 눈에 띄지 않을뿐더러 피붓결도 좋고 몸동작도 나긋나긋하다. 게다가 무척 차분하고 포용력이 있다. 그렇다고 딱히 융통성이 없는 게 아니고 장난기가 있어서 귀엽다. 눈가의 점도 섹시하다. 아직 올펜에 온 지 몇 달밖에 안 됐는데 이미 유리에게 홀딱 반한 모험가가 많았다. 다만 유리는 가볍게 받아넘길 뿐 이렇다 할 소식은 없었다만.

어째서 아직 미혼일까. 안젤린은 의문스러웠다. 그리고 유리라면 어머니가 되어도 괜찮겠다는 생각도 들었다. 분명 모성이 흘러넘치는 사람일 것이 틀림없다.

벨그리프가 아내를 맞이했을 때 자신이 천덕꾸러기가 될 가능성을 안젤린은 걱정했었다. 고민하고 고민하고 어떻게 할까 줄곧 갈등했다. 역시 신부 찾기 따위는 관두는 게 낫지 않을까 결정을 내릴 뻔했던 적도 있었다.

그러나 어머니라는 존재에 동경심이 있는 것은 사실이었고, 벨 그리프는 아내를 맞이했다는 이유 때문에 자신을 소홀하게 취급할 사람이 아니라고 마음을 고쳐먹은 뒤 역시 신부 찾기를 직접 해야겠다고 결심했다.

유리라면 어머니가 되어도 좋다. 어리광을 부려도 받아줄 것 같다. 어쩌면 여동생이나 남동생이 생긴다거나? 거기에 생각이 미쳤을 때 안젤린은 「음후훗」 웃었다.

유리가 고개를 갸웃거렸다.

"왜 갑자기 웃어? 안제."

"……유리 씨."

"으응?"

"울 아빠랑 맞선 한번 볼래?"

"흐앗?!"

서류철을 보던 유리가 몹시 당황하면서 얼굴을 번쩍 들었다.

"뭐…… 뭐니? 난데없이."

"울 아빠, 줄곧 독신이어서 가엾거든……. 엄청나게 좋은 남자란 건 보증할게."

"저기, 음……. 안제의 아버지면 『적귀』란 분이지? 나, 나 같은 사람은 안 어울릴 만큼 대단한 분 아니야……?"

"그렇지 않아……. 분명히 아빠 엄청 강하지만, 유리 씨도 AAA 랭크였잖아……?"

"그야 현역 시절의 이야기잖니……. 제도에 있을 땐 평범한 점원이었는걸."

어쩐지. 몸가짐이 항상 깔끔했던 게 이유가 있었구나 싶어서 안젤린은 납득했다.

유리는 당황해서 우물쭈물 몸을 움직거렸다. 남자에게 구애를 받는 데는 익숙한지라 가볍게 상대할 수 있었지만, 안젤린 같은 소녀에게 아버지와 맞선을 보지 않겠냐는 제안을 받은 경험은 물론 없었다.

"아무튼 생각해봐……. 유리 씨, 미인이고……. 울 아빠가 엄청나게 좋은 사람이니까."

"으, 으음……. 되게 난처하네……."

얼굴을 붉히고 허둥거리는 유리의 뒤쪽에서 라이오넬이 비틀비틀하며 나타났다. 언뜻 보아도 수면이 부족하다는 인상이고 턱과 입가, 뺨에 다박수염이 군데군데 자라났다.

"유리, 의뢰 서류철 좀 보여……. 어라, 안제 양, 좋은 아침……."

"좋은 아침, 길드 마스터……. 수면 부족이야?"

안젤린의 물음에 라이오넬은 힘없이 웃음 지었다.

"그렇지, 뭐. 출자자가 이래저래 어려운 문제를 갖다 떠안기거든……. 이 나이에 밤을 꼴딱 새우려니까 힘들어. 입속에 영양제 맛밖에 안 난다고……. 왠지 마수가 대량 발생했을 때에서 별로 상황이 호전된 것 같지가 않아……."

투덜투덜 중얼거리는 라이오넬을 보고 유리가 어이없어하며 웃었다.

"불평만 잔뜩이네, 리오는."

"어휴, 구박하지 마. 이런 처지에 불평도 마음대로 못 늘어놓으면 아저씨는 진짜 죽거든⋯⋯."

"괜찮거든요, 죽는다 말이 나오는 동안은 멀쩡한 거야. 멀쩡하지."

"아이고⋯⋯. 아, 이거랑 이거, 내가 가져갈게."

라이오넬은 서류철에서 두세 장, 문서를 뽑아 손에 들고는 주위를 둘러봤다.

"에드랑 길은? 아직이야?"

"으음, 어제 막 돌아온 참이니까 아직 잠들어 있지 않을까?"

"부럽다아⋯⋯. 아저씨도 푹 자고 싶은데⋯⋯."

"애고고, 조금만 더 견디자. 힘내."

"으으⋯⋯."

부러움을 담아서 한숨 흘리는 라이오넬을 보고 안젤린은 살며시 미소 지었다. 예전 파티 멤버라는 관계라 해도 라이오넬과 유리는 정말 사이가 좋다. 신뢰감이라 표현할 수 있는 분위기가 느껴진다.

"저기⋯⋯."

"응? 왜? 안제 양."

"둘이 혹시 사귀는 거야⋯⋯?"

"엉⋯⋯? 왜 갑자기?"

"왜기는, 사이도 좋고⋯⋯. 서로를 많이 신뢰하는 것 같고."

"그야 예전에는 등 뒤를 지켜준 사이니까……. 그래도 그게 곧 사귀는 관계라고 말할 순 없지 않아?"

라이오넬은 의아해하며 눈살을 찡그리고 있다. 유리는 태연한 기색으로 「으음~」 뺨에 손가락을 가져다 대고 고개를 갸웃거렸다.

"신뢰, 음, 가만히 내버려 두지 못하겠다는 느낌이 더……. 파티원들 중 가장 강한데도 살짝 못 미더웠거든, 리오는."

"나한테 그쪽 재능이 없다는 건 다들 아는 사실이었잖아……. 지금도 어쩌다가 이런 책임을 떠안았나 영문을 모르겠다고, 길드 마스터인데 말이야……. 편하게 놀고먹는 직책이었을 텐데……."

"어휴, 언제까지 투덜투덜 불평만 할 거야! 다들 열심히 도와주니까 빠릿빠릿하게 일해야지!"

"나도 안다고오……. 그래도 요즘은 막 꿈속에서도 업무에 쫓겨 다니는 바람에……."

라이오넬은 서글프게 눈을 내리깔고는 볼을 긁적였다. 유리는 쿡쿡 웃으면서 라이오넬의 머리를 쓰다듬어줬다.

비록 사귀는 관계는 아닐지라도 뭔가 견고한 신뢰 관계가 구축되었다는 인상을 안젤린은 느낄 수 있었다. 홀딱 반했다기보다는 이미 서로가 존재하는 것이 당연하다는 듯한 관계성이다. 몹시 강하다.

"뜻밖의 라이벌이네……. 그래도, 약탈애도 괜찮나……?"

상상하다가 안젤린은 볼을 확 붉혔다. 라이오넬이 궁금하다는 표정을 지었다.

"……뭐야? 안제 양, 혹시 날 좋아해?"

"제정신……? 그럴 리 없잖아. 웬 뜬금없는 소리야? 길드 마스터."

"아니, 약탈애가 어쩌고 라이벌이 어쩌고 말하길래……."

"내 이야기가 아니야. 내가 길드 마스터한테 반하는 건 아예 불가능해……."

"아예 불가능하다는 건 당연히 알지만 말야, 얼굴 보면서 대놓고 말하니까 조금 슬프다……."

라이오넬은 푹 고개 숙였다. 유리가 쿡쿡 웃는다.

"나이 차이가 거의 아버지뻘인걸. 겉만 보자면 완전 범죄네."

"이러지 마아, 지금 처지에 범죄자 취급까지 추가되면 진짜 곤란하거든……. 농담이라고요, 농담요……."

안젤린은 카운터에 손을 짚고 몸을 쓱 내밀었다.

"유리 씨……. 울 아빠랑 맞선, 진짜로 잘 생각해봐. 길드 마스터처럼 못 미더운 사람 아니야……."

"어휴, 앙큼하다니까."

유리는 손가락으로 안젤린의 이마를 콕 찔렀다. 라이오넬이 카운터에 기대며 말했다.

"안제 양의 아버님 얘기였구나……. 얼마 전 보르도에 갔을 때 엘모어 씨가 극구 칭찬하시더라……. 아아, 복귀해서 우리 길드에 와주시면 좋을 텐데……. 아, 맞다. 유리, 안제 양 아버님이랑 결혼해서 올펜으로 데리고 오자. 멋진 생각이지?"

"리오, 이 바보! 다른 사람의 연애를 뭐라고 생각하는 거야!"

유리의 주먹이 라이오넬의 뺨에 꽂혀 들어갔다.

동시에 카운터 뒤쪽 문에서 도르토스가 화난 얼굴로 나타났다.

"라이오넬! 고작 자료를 가지러 간 녀석이 무얼 이리도 꾸물거리는 게냐!"

"잠깐, 도르토스 씨, 아닙니다! 정말로 잠깐 숨 좀 돌리려고!"

"시끄럽다! 후딱 따라와!"

도르토스는 라이오넬의 목덜미를 휙 낚아채더니 성큼성큼 안쪽으로 사라졌다.

유리는 고소하다는 듯이 코웃음 치고는 서류철을 뒤적였다.

"안제, 의뢰 말인데……."

"응."

안젤린은 카운터에 손을 짚었다.

30 산자락을 내려오는 인영이 있었다. 장신이고

산자락을 내려오는 인영이 있었다. 장신이고 회색 망토를 몸에 걸쳤으며 신장과 비슷하게 긴 대검을 짊어졌다.

망토에 달린 후드를 깊숙이 눌러썼기에 인상은 알아볼 수 없다. 그러나 언뜻 엿보이는 머리카락은 명주실처럼 매끄러운 은색이다. 또한 울퉁불퉁한 턱 주변의 윤곽을 보면 남자임을 알 수 있었다.

남자는 주위를 둘러보면서 느릿한 걸음으로 산을 내려갔다.

바람이 내리 불어서 망토를 펄럭펄럭 흔들었다. 남자는 후드를 붙잡고 주위를 둘러봤다.

"그 말괄량이 녀석……. 어디에 갔단 말인가……."

남자는 누군가를 찾는 것 같았다. 그러나 오래도록 찾지 못한 듯 혼잣말을 하는 모습에서는 조바심이 느껴졌다.

아래쪽에 보이는 산기슭을 따라서 숲이 펼쳐져 있다.

남자가 서 있는 위치는 표고가 높기 때문인지 짤막한 풀에 뒤덮여 있을 뿐 나무 종류는 드물었다. 그 때문일까, 전망이 좋아서 기슭 부근에 마을이 위치함을 알아볼 수 있었다. 눈에 힘주어 내다보면 양 떼며 그것들을 쫓는 목동과 개가 움직이는 광경도 보인다.

남자는 잠시 고민하다가 이윽고 마을을 목적지 삼아 내려갔다.

○

그레이 하운드가 칼날에 베여서 털썩 나자빠졌다. 검을 휘둘렀던 젊은이가 서둘러 뒤로 물러난다. 다른 젊은이가 창을 거머쥐고 앞으로 나와 쓰러져 있는 그레이 하운드의 뒤쪽에서 들이닥치던 다른 개체를 꿰찔렀다.

"좋아, 잘한다! 혼자 돌출되면 안 된다! 확실하게 한 마리씩 해치워라!"

벨그리프는 언제든 뛰어들 수 있는 위치에 자리를 잡고 주위를 경계하는 한편, 싸움에 임한 젊은이들에게 지시를 내리고 있었다.

숲의 경사면 위쪽 지점을 선점한 채 아래에서 달려 올라오는 그레이 하운드 떼와 싸우는 중이다. 전투가 시작되기 이전부터 지형의 이점을 미리 취해 놓았다.

마을 젊은이들의 숫자는 열 명뿐이다. 모두들 한 덩어리가 돼서 그레이 하운드와 싸웠다. 때로는 몇 사람이 앞에 나서서 적을 유인했고, 때로는 물러난 다음 뒤쪽에서 창을 내찔러 요격했다.

양쪽 날개에서는 벨그리프와 던컨이 각각 지켜보고 있다.

상황이 다급해지면 곧장 뛰어들 작정이었지만, 잘만 싸우면 쭉 지켜볼 심산이다. 젊은이들이 실전에 적응하면 톨네라는 더욱 안전해진다.

대략 한 시간에 걸쳐서 벌인 싸움은 승리로 끝났다. 몇몇이 찰과상을 입었을 뿐 중상자는 한 사람도 없다. 제법 괜찮은 전공이었다. 벨그리프는 젊은이들의 어깨를 차례차례 두드려줬다.

"잘했다, 제법이었어."

"헤헤, 나도 모험가가 될 수 있을까요? 벨 아저씨."

"글쎄다. 그나저나 네가 마을을 떠나면 앵거스가 슬퍼할 텐데?"

"으음……. 그래도, 음……."

"게다가 실제 활동은 훨씬 큰일이거든. 지금이야 나나 던컨이 같이 있어주니까 괜찮다만, 모험가가 되면 삶과 죽음이 현실이 되어 다가들지. 죽지는 않더라도 나처럼 한쪽 다리를 잃게 될지도 몰라."

벨그리프는 의족으로 딱딱 바닥을 찼다. 젊은이는 고개 숙였다.

"그야 그렇기는 한데요……."

"하하……. 아무튼 오늘은 잘 싸웠다. 어서 돌아들 가자."

벨그리프는 젊은이들을 불러들여 귀로에 올랐다.

마수와 치른 전투는 좋은 경험도 될 테지만, 톨네라에서 목가적인 생활밖에 알지 못했던 젊은이들의 마음에 일종의 변혁을 가져다줬다.

어쨌든 즐길 거리가 적은 시골이잖은가. 본디부터 모험가라는 자들에게 동경심을 품은 청년도 적지 않았다. 실제로 마수와 싸워서 물리치는 경험을 갖게 된 이상 더한 현실미를 띠고 다가들 수밖에 없다. 차남이나 삼남이라면 모를까, 대를 이어야 할 큰아들이 모험가에 점점 동경심을 갖게 된 경우도 있는지라 마을의 어른들은 복잡한 표정을 지었다.

벨그리프도 유념하고 있다. 자기 자신이 모험가였기에 젊은이의 꿈을 뜯어말리는 것은 옳지 않다고 생각하는 한편 안젤린을 길렀던 경험 덕택에 부모가 걱정하는 마음도 제법 이해가 된다. 또한 후계자가 떠나버리는 사태는 마을에 있어 큰 손실이다. 마수 발생이라는 부득이한 상황 때문일지언정 젊은이들이 마을 바깥에 품고 있었을 동경심에 박차를 가하는 데 한몫을 거들었다는 것이 조금은 죄스럽기도 했다.

"언제까지나 똑같이 지낼 순 없다지만……."

무엇인가가 바뀌려고 하는 시기에 자신은 어떤 입장에 서야 하는가?

40년을 넘게 살아왔건마는 아직껏 도무지 알 수가 없었다. 모르는 것투성이다. 오히려 아는 것보다 모르는 쪽이 더 많지 않을까.

돌아왔을 때 마을은 작은 축제 비슷한 분위기에 차 있었다. 얼마 전부터 상단이 방문했던 까닭이다. 광장에 텐트를 쳐서 다양한 물품을 늘어놓았고, 유랑민들이 음악을 연주하고 있다.

젊은이들에게 무기를 꼼꼼하게 손질하도록 당부한 뒤 해산시켰다. 젊은이들은 삼삼오오 짝을 이루어 흩어졌다. 집으로 돌아가는 자가 있는가 하면 노점을 구경하는 자도 있었다.

이제 당분간 젊은이들을 훈련시켜서 자신 없이도 괜찮다고 판단될 무렵에는 마을 경비를 맡긴 뒤 던컨과 함께 마수 발생의 원인을 조사할 계획이다.

젊은이들이 전투에 점점 익숙해지고 있다지만, 아직은 지켜봐 주지 않으면 걱정되는 부분도 많다. 다들 전투를 수행할 수 있다 뿐이지 모험가가 아니잖은가. 어릴 적부터, 심지어는 태어났을 때부터 성장을 지켜봐왔던 마을의 아이들도 있었다. 누구 한 사람도 죽게 만들 수는 없다.

던컨이 전투 도끼를 어깨에 고쳐 메고는 말했다.

"하핫, 이 마을의 젊은이들은 소질이 좋습니다. 단련하면 좋은 모험가가 될 겁니다."

"그래. 그래서 더 복잡하단 말이지. 저 녀석들이 모두 떠나버리면 마을은 언젠가 사라질 테니."

"으음……. 어렵구려. 뭐, 본인이야 고향을 뛰쳐나온 경우인지라 저 친구들의 마음은 아주 잘 이해가 되오만."

"나도 이해야 되지. 다만 마을에서 살아가는 사람의 마음도 절절히 이해되거든. 결국 나는 모험가로 활동했던 시절보다도 이곳에서 밭을 일궜던 시간이 더욱 길잖은가."

"하하핫, 그럼에도 이렇듯 높은 경지의 검을 수련하셨잖소. 경탄스러울 따름이오!"

던컨은 웃음 지으며 벨그리프의 어깨를 두드렸다.

"본인은 훈련이란 실전이 최고라고 여기는 축이오만, 벨 님을 보고 있으면 다른 길이 보이는 기분이라오! 부드러운 것이 오히려 능히 굳센 것을 이긴다는 말이 참으로 오묘했음을 실감하오!"

"글쎄, 어떨까. 안제의, 딸의 존재가 크게 작용했다는 기분도

드는군……."

사실 안젤린에게 지지 않고자 오기 부렸던 영향은 제법 컸을 터이다. 딸아이의 파격적인 재능과 실력이 이미 중년을 맞이한 벨그리프에게 차마 단련을 게을리할 수 없는 강력한 자극을 주었다는 것은 분명하다.

그러면 상념이 든다. 만약 오른쪽 다리를 잃지 않은 채 모험가로 줄곧 활동했다면 이토록 검을 연마할 수는 없지 않았을까. 다리뿐 아니라 어떤 시기에 불쑥 목숨마저 잃어버리지는 않았을까.

"결국은 될 대로 되지 않겠나."

"음? 무슨 말씀이오?"

"아니, 혼잣말일세."

벨그리프는 씁쓸하게 웃었다. 던컨도 웃고는 걸음을 뗀다.

"자, 점심 식사나 드십시다. 배가 고프군!"

던컨을 뒤따라 막 걸어가려고 했을 때 어째서인지 광장 부근이 소란스러워졌다. 벨그리프는 의아해하는 표정을 지었다.

"던컨."

"음? 무슨 일 있으시오?"

"잠시만, 먼저 돌아가주게나."

"볼일이라도 있으신가 보군."

던컨은 고개를 갸웃거렸지만, 집을 향해서 성큼성큼 걸어갔다.

벨그리프가 광장에 가서 둘러보니 낯선 남자가 한 사람 서 있었다. 마을 사람들은 놀란 모습으로, 다만 멀리서 무리를 지은 채

소곤소곤 말을 주고받는다.

회색 망토 차림에 대검을 등에 멘 장신의 남자. 매끄러운 은색 장발과 단정한 용모가 눈길을 끌었다. 그러나 가장 특징적인 부분은 뾰족한 귀의 모양이다. 저것은 인간들에게 외경의 감정을 불러일으켰다.

"저, 저거, 엘프가 맞지?"

"은발에 뾰족한 귀……. 틀림없군."

"엘프가 왜 이런 곳까지……?"

그 엘프는 빙글 주위를 둘러보고는 난처한 듯이 어색하게 웃었다.

"미안하게 됐군, 놀라게 만들 뜻은 없었네만……."

중후한 목소리였다. 그러나 왠지 모르게 듣는 사람을 안심시켜주는 울림도 있었다.

마을 사람들은 다만 얼굴을 마주볼 뿐 어떻게 반응해야 하나 모르겠다는 분위기다. 오히려 다가가기 어렵다는 느낌을 받은 듯 난처한 표정을 짓고 서로에게 속삭거리기만 한다.

톨네라는 공국의 최북단에 위치하며 북쪽 산맥의 건너편은 엘프령이다. 톨네라보다 혹독한 추위, 우거진 숲에 뒤덮인 엘프령은 인간이 방문하기에 버겁다.

또한 엘프들도 별달리 공국을 방문하는 경우가 적은 터라 양측 사이에 적극적인 교류는 없었다. 행상인이 가끔 왕래하며 물품을 거래하는 것이 고작이었다.

엘프는 마력을 생성하는 몸속 기관이 인간보다 훨씬 더 발달되어있고, 그 마력 덕택에 불로장수하는 자가 많았다. 인간인 마리아도 본신의 마력을 활용하여 노화를 멈춰 놓았는데, 그렇다 한들 엘프와 비할 수준은 못 된다.

남성도 여성도 예외 없이 아름다운 용모를 지녔고, 부와 명예보다도 정신을 중시하며 고요한 생활을 사랑하는 종족이다. 인간들 사이에서 엘프는 고결한 종족이라고 알려져 있고, 교류가 없는 까닭도 있어서 인간들은 기본적으로 엘프를 다가가기 어려운 존재로서 외경했다.

그러나 벨그리프는 엘프와 만나는 것이 처음이 아니었다. 일찍이 함께 싸웠던 엘프 소녀를 떠올리고는 추억에 잠긴 마음으로 앞으로 나아갔다.

"톨네라에 오신 것을 환영합니다, 엘프님. 저는 벨그리프라 불리는 자입니다. 불편하지 않으시다면 제게 용건을 말씀해주십시오."

엘프는 벨그리프를 보고는 미소 지었다. 불로장수하는 까닭에 고령에도 젊은 용모를 지니는 엘프치고는 얼굴 깊숙이 주름이 새겨져 있다. 그간 쌓아왔을 세월에 걸맞은 무게감이 배어나는 분위기였다.

"고마운 말씀이군. 뜻하지 않게 사람들을 놀라게 만든 듯하이……."

"하하, 다들 엘프를 본 경험이 없을 뿐입니다. 실례를 용서해주십시오."

"나야말로 배려가 많이 부족했음을 사죄드리겠네."

정중하게 머리 숙이는 엘프를 벨그리프는 자택으로 안내했다.

갑자기 엘프가 나타나는 통에 던컨도 깜짝 놀라서 눈이 휘둥그레졌지만, 타고난 호방함을 발휘해서 달리 딴말을 늘어놓지 않았다.

"하하핫! 벨 님은 언제나 본인을 놀래주시는구려!"

"미안하네, 던컨⋯⋯. 어수선한 곳이라 송구합니다만, 아무쪼록 들어와주십시오."

"고맙네."

엘프는 대검을 벽에 기대어 세운 뒤 의자에 걸터앉았다. 벨그리프는 차를 끓여서 엘프의 앞에 잔을 놓아주었다.

"변변찮습니다만 드십시오."

"고맙네⋯⋯."

노엘프는 맛있게 차를 홀짝거렸다.

엘프의 입에 맞는 듯하니 다행이다. 벨그리프는 가슴을 쓸어내린 뒤 맞은편에 앉았다.

던컨은 엘프를 보다가 벽 쪽의 대검을 보다가 쓱 미소 짓고는 턱수염을 쓸어 만졌다. 강자의 기세를 감지한 듯싶다.

"흐음⋯⋯. 그 검, 보기에 드문 명품 같구려."

던컨의 말에 엘프도 흐뭇하게 미소 지었다.

"오호⋯⋯. 알아보겠는가?"

"본인은 던컨이라 하오. 방랑 무사이자 현재는 벨그리프 님의 곁에서 신세를 지고 있지요. 괜찮으시다면 귀하의 존함도 듣고 싶소만⋯⋯."

"음, 깜빡 잊었군. 예의를 갖추지 못하여 미안하네. 나는 그라함이라는 자일세."

그 이름을 듣고 벨그리프도 던컨도 깜짝 놀랐다.

"……설마 엘프『팔라딘』그라함 님이셨습니까……?"

벨그리프의 물음에 그라함은 살짝 웃으며 대답했다.

"그리 불렸던 적도 있군."

"오오…… 설마 엘프의 용사님과 이런 곳에서 뵙게 될 줄이야……. 이 던컨, 황공무지할 따름이오."

"옛날이야기일세, 던컨 군. 지금은 평범한 늙은이지. 그렇게 어려워할 필요는 없네."

그라함은 쓴웃음 짓고 또 차를 한 모금 마셨다.

『팔라딘』그라함. 엘프라는 종족에서 비롯된 고귀한 이미지와 마왕 및 용종의 토벌은 물론 수많은 영웅담을 만듦으로써『팔라딘』이라는 칭호로 살아 있는 전설이라 불리게 된 모험가이다. 엘프 중 모험가로 처음 두각을 드러냈고, 인간들 사이에서 엘프 이야기가 나올 때면 그의 영웅담이 곧잘 언급된다. 동화로 각색되어 아이들에게도 널리 알려져 있는 거목이다.

그리 대단한 인물이 톨네라에 어떤 용무가 있단 말인가, 두 사람은 고개를 갸웃거렸다.

"한데 그라함 님께서는 어떤 용무로 톨네라에 오신 겁니까?"

"흐음, 사실은 사람을 좀 찾고 있다네."

분명 예사로운 사람은 아닐 터이다. 벨그리프는 곧장 판단을 마쳤다. 던컨이 턱수염을 비비 꼬았다.

"그분이 이곳 주변에 와 있다고 여기시는 거요?"

"확실하지는 않네만, 그 말괄량이가 갔을 법한 장소를 찾아다니던 중에 이곳까지 다다랐다네……. 나이를 먹긴 먹었군, 몸이 지쳐서 산 아래에 보였던 이 마을에 잠시 들러야겠다 싶었지."

"말괄량이…… 찾는 분께서는 여성이십니까?"

그라함은 고개를 끄덕거리고 차를 홀짝였다.

"아주 왈가닥이라 난처한 녀석이지……. 자기 위치의 중요성을 몰라."

"고귀한 신분이신가 봅니다?"

"맞네."

그라함은 탄식했다.

"엘프령 서쪽 숲의 왕, 오베론의 외동딸이라네."

○

안젤린은 탁자 위쪽에 팔짱을 끼고 턱을 얹은 채 잔에 묻은 물방울을 바라봤다. 작은 방울이 점점 커다래지다가 주위의 다른 방울과 합쳐져서 더욱 커지고, 결국 흘러서 떨어진다.

아이들의 까불거리는 목소리가 앞마당에서 들린다. 활짝 열어둔 창문에서 여름의 산들바람이 불어들며 색 바랜 커튼을 흔들었다. 바깥은 여름의 햇빛이 쨍쨍 내리쬐지만, 건물 안쪽은 신기하게도 어둑어둑했고 묘하게 하얀빛을 띠고 있었다.

이곳은 고아원이다. 올펜의 어느 시가지에 세운 교회와 인접한 건물이었다.

2층 건물이고 나무와 돌로 건설됐다. 마당에 있는 채소밭에서는 수녀들이 매일 정성껏 돌보는 덕에 아넷사가 갖고 온 식자재처럼 예쁘게 잘 자란 채소를 잔뜩 수확할 수 있었다.

아넷사와 밀리엄이 이곳 출신임을 알게 된 이후 안젤린은 두 친구에게 이끌려서 가끔씩 얼굴을 비추고는 했다. 설탕 과자며 꽃차, 고아원에 부족한 비품 등등을 선물로 들고 방문하면 아이들도 수녀들도 기쁘게 맞이해줬다.

오늘도 아침부터 이곳을 찾아 청소 및 밭일을 거들었다. 그러나 이곳 출신이라서 본가에 돌아온 듯 기분을 내는 아넷사와 밀리엄과 달리 안젤린은 손님 취급이다. 친밀하게 수녀와 대화 나누는 두 친구를 보면 저들에게 다른 뜻은 없을지라도 공연히 소외감이 느껴진다. 그래서 싫다는 것은 아니지만, 굳이 자신이 다가가서 끼어들고 싶지도 않았다.

지금도 가사 거들기를 일단락하고 혼자 부엌에 들어와서 멍하니 시간을 보내고 있다. 몇 번이나 왔던 곳이니까 일을 거들든 쉬든 마음이 내키는 대로 할 수 있었다. 봉사 활동이 아니라 잠시 놀러온 입장일 뿐 아니라 그게 아니더라도 언제나 선물을 잔뜩 들고 방문하기 때문에 아무도 안젤린을 나무라지 않는다.

나무 문을 열고 아넷사가 들어왔다. 바구니에 채소를 담아서 들고 있다. 모두 지금 막 수확한 듯 싱싱하게 윤이 나기에 정말 맛있어 보인다.

아넷사는 탁자에 바구니를 내려놓은 뒤 의아해하는 얼굴로 안젤린을 바라봤다.

"뭐하는 거야?"

"늘어져 있는 중……."

"보면 아는데……. 너무 늘어졌잖아. 벨 아저씨가 보면 어이없어하실걸?"

안젤린은 입을 삐죽거렸다.

"어이없어하지 않아……. 아빠는 다정하게 달래줄 거야."

"아이고……."

아넷사는 한숨 쉬고는 바구니에서 채소를 꺼내 놓았다.

"점심 만들 테니까 도와줘."

"응."

안젤린은 일어섰다.

문득 와자지껄 소란스러워지더니 뒤쪽 문에서 이번에는 아이들이 들어왔다. 이곳에서 생활하는 고아들이다. 소년 소녀들은 이곳에서 읽고 쓰기를 배우고, 가사 및 밭일을 맡아서 한다. 식사 차리기도 매일같이 하는 일이다.

"에잇, 얘들아! 손부터 깨끗하게 씻어야지!"

씻지 않아서 지저분한 손으로 냄비를 꺼내려고 했던 조그만 아이에게 뒤이어 부엌 안에 들어온 젊은 수녀가 또랑또랑한 목소리로 말했다.

여기저기 돌아다니는 아이들을 통솔하는 사람은 교회의 수녀들
이다. 일찍이 아넷사와 밀리엄을 길러준 고아원의 원장은 연배가
있는 수녀였지만, 지금 부엌에 들어와서 서 있는 수녀는 젊다. 로
제타라는 이름의 이 수녀는 쾌활하고 시원시원해서 아이들도 잘
따르고 안젤린 및 친구들과도 사이가 좋았다. 안젤린은 가까이에
있는 아이의 머리를 쓰다듬어주며 말했다.

"로제타 씨, 오늘은 뭘 만들 거야?"

"음, 글쎄, 채소가 잔뜩 있으니까 푹 삶아서 파스타를 만들까?
안제, 반죽은 부탁할게! 아네는 냄비에 물을 길어다주렴!"

수녀 로제타는 앞치마를 걸치고 군청색 베일을 고쳐 쓴 뒤 구불
거리는 밝은 다갈색 머리카락을 묶었다. 팔소매를 걷어 올리곤 척
척 지시를 내리면서 화덕에 불을 붙인 다음, 능숙한 솜씨로 식칼
을 휘둘러 채소를 썬다.

안젤린은 파스타 반죽을 주무르면서 로제타의 뒷모습을 쳐다봤
다. 넉넉한 수녀복을 걸쳤어도 알아볼 수 있을 만큼 허리와 골반
이 뚜렷하게 두드러진다. 순산형이었다.

모성은 가슴에 깃들어 있다 생각했다만, 아무래도 엉덩이에도
비슷한 요소가 있는 듯하다는 데 생각이 미친 안젤린은 흠흠거리
며 혼자 고개를 끄덕였다. 아넷사도 허리선은 잘록하지만, 굳이
말하자면 잘 단련했다 뿐이지 모성을 느끼는 게 하는 부류는 아니
었다. 크기를 두고 비교해도 로제타가 우월하다.

모성이란 부드러움이었나? 안젤린은 상념에 잠겨 들었다.

재깍재깍 아이들에게 일을 할당하는 한편 자신도 익숙한 솜씨로 채소를 썰어 나가는 로제타를 바라보면서 만약 로제타가 어머니라면 어떨까 상상해본다.

　로제타는 이제 스물아홉 살이다. 조금 많이 젊은 듯싶기도 하다만, 아이들을 상대할 때 로제타는 몹시 명랑하고 기운이 넘친다. 뺨에는 주근깨도 있고, 특별히 미인은 아니어도 눈이 똥글똥글해서 애교가 묻어나는 용모이고, 어머니라기보다는 언니 비슷한 사람이지만 그 역시 나쁘지는 않다. 어떤 일을 하든지 빠릿빠릿하니까 혹시 결혼하면 음으로 양으로 벨그리프를 뒷받침해줄 것이다.

　로제타에게 주의가 쏠린 바람에 반죽이 너무 끈끈해졌다. 로제타가 재미있어하며 웃는다.

　"안제, 반죽을 너무 오래 주무른 거 아니야? 의욕이 넘치는구나."

　"응……."

　안젤린은 반죽을 뭉쳐서 절반씩 갈라 나누고 밀방망이를 잡아 쭉 펴는 작업에 들어갔다. 반죽이 너무 질겨서 잘 펴지지가 않는다. 로제타는 콧노래를 흥얼거리며 채소를 썰어 냄비에 집어넣었다. 아넷사가 미리 말려 둔 향초를 용기에 넣어 계량하면서 말했다.

　"요즘은 말썽꾼도 다들 없어졌던데."

　"맞아, 맞아. 사교인지 하는 곳에서 잠깐 시끄러웠는데 요즘은 부쩍 조용해져서 안심했어."

　한때 올펜에서도 솔로몬 및 마왕을 신봉하는 묘한 집단이 기염을 토했었다. 그러나 실제 마왕과 맞상대하면 알게 된다. 그것을 숭배한들 사람에게 이로운 미래를 결코 도래하지 않는다. 그러나 실체를 모른 채 현재 상황에 불만을 품는 사람들은 기존의 체계와 다른 무엇인가에 매달리고 싶어지는가 보다.

뷔에나 교 소속 교회이기도 한 이곳 고아원에도 그런 집단이 찾아온 적이 있었다고 들었다. 주신이자 여신인 뷔에나 및 루크레시아 교황청을 지독하게 매도한 탓에 아이들이 대단히 무서워했지만, 그나마 기물을 파손하거나 사람에게 해를 기치거나 하는 심각한 소동으로 비화되지는 않았던 덕에 수녀들도 가슴을 쓸어내렸다던가.

문득 보르도에서 발생했던 소란이 떠올랐다. 마르타 백작이 데리고 왔던 알비노 소녀도 솔로몬이 어쩌고저쩌고 말을 늘어놓았더랬지. 돌이켜보면 보르도를 떠나 돌아온 이후 올펜의 사교도 관련 말썽거리도 잠잠해졌다. 사교라는 단체도 그 소녀, 그리고 보르도의 저택 근처에서 싸웠던 소년과 무엇인가 얽혀 있는 것이 아닐까?

그렇게 상념에 빠진 채 멍하니 손만 움직이던 안젤린이 퍼뜩 놀라서 정신을 차렸을 때는 반죽이 아래에 받친 도마가 비칠 만큼 얇게 펴져 있었다.

"으음……. 정신을 팔면 안 되는데……."

흐느적거리는 반죽을 손가락으로 집은 채 얼굴을 찌푸리고 있자니 로제타가 깔깔 웃었다.

"뭐하니? 안제, 오늘따라 실수가 많아. 더위 먹었어?"

"그런 건 아닌데……. 로제타 씨는 결혼이라든가 생각한 적 없었어?"

안젤린이 묻자 로제타는 당황해서 눈을 끔뻑거렸다.

"응……? 갑자기 왜?"

"좋은 신부가 될 것 같아서……. 요리 솜씨도 좋고."

"얘, 얘가. 못 하는 말이 없네! 은근슬쩍 어른 놀리면 못써!"

로제타는 뺨을 붉히며 안젤린을 쿡 찔렀다. 안젤린은 눈살을 찌푸렸다.

"놀리는 거 아냐……. 저기, 울 아빠랑 맞선 한번 볼래?"

"뭐! 그, 그게 무슨 소리니?!"

"울 아빠가 나이는 좀 많아서 띠동갑이지만……. 정말 멋있는 남자거든?"

"얘, 얘가, 안제! 농담치고는 도가 지나치잖니!"

"나는 진심이야……. 로제타 씨가 어머니라면 좋을 것 같아……."

"그, 그런 문제가 아니라!"

"안 돼……? 로제타 씨는 귀엽고 부지런하니까 분명히 좋은 신부가 될 것 같은데……."

"으, 아윽……. 으으……."

안젤린이 끝까지 진지한 표정으로 빤히 쳐다보면서 말하는 통에 로제타는 곤란한지 쑥스러운지 입을 우물우물하다가 푹 고개 숙였다. 아이들이 꺄아꺄아 떠들어 대며 로제타를 쿡쿡 찌른다.

딱, 안젤린의 머리에 아넷사가 꿀밤을 날렸다.

"웬 바보 같은 소리를 늘어놓는 거야, 이 녀석아."

"바보 같은 소리 아니야……. 나는 진심이야."

"애당초 결정은 벨 아저씨가 하는 거잖아. 너 혼자 폭주하면 안된다고."

"그러니까 맞선이라고 말한 거야……. 만남에는 계기가 필요한걸."

"그야 그렇긴 한데……."

"로제타 씨, 잘 생각해봐……? 울 아빠, 좋은 남자니까."

"아, 에잇! 자, 식사 준비! 어서 마쳐야지!"

로제타는 대답을 애매하게 흐린 뒤 개수대로 향했다. 그때 장바구니를 안아 든 밀리엄이 부엌에 들어왔다.

"다녀왔……? 로제타, 왜 얼굴이 빨개졌어?"

"아무것도 아니야!"

로제타는 무엇인가를 얼버무리려는 듯이 큰 목소리를 냈다.

31 숲의 나무가 부자연스럽게 뒤틀려서 미궁처럼 얽혀 있었다.

숲의 나무가 부자연스럽게 뒤틀려서 미궁처럼 얽혀 있었다. 불어 오는 바람은 축축해서 피부에 닿는 감촉이 그리 상쾌하지가 않다.

바람이 불어 지나간 곳에 나무들이 둘러싼 모양새로 작은 광장 비슷한 장소가 있다. 나무가 가지를 뻗어 광장의 위를 돔 형태로 뒤덮었다. 잎이 무성한 까닭도 있어 하늘은 보이지 않는다. 햇살 한 줄기 비치지 못하도록 빽빽하다.

광장은 완만한 절구 모양으로 이루어졌고 중심에는 작은 무엇 인가가 쪼그려 앉아 있었다.

조그만 어린아이 같다. 기껏해야 다섯 살이나 될까 말까 한 용 모다.

검은색 머리카락이었다. 길게 늘어진 머리카락이 어깨부터 등 으로 흘러 지면에 닿아 퍼져 나간다. 소년 같기도 하고, 소녀 같 기도 했다. 텅 빈 눈으로 딱히 대상도 없이 멍하니 시선을 움직이 면서 몸의 균형을 잡으려는 듯 천천히 좌우로 살짝 흔들거리고 있 었다.

"……응 ……으응……."

아이가 중얼중얼 뭔가 혼잣말을 꺼내 놓는다. 그러나 입에서 새어 나오는 것은 단순한 소리밖에 되지 못했다. 말을 잊어버린 듯한 모양새였다.

이윽고 아이는 흠칫흠칫하는 모습으로 일어선 뒤 위태로운 발걸음으로 광장 안쪽을 비틀비틀 걸어 돌아다녔다.

바람이 나뭇가지를 흔들고 나뭇잎을 흩뿌렸다. 아이의 어깨에 떨어지고 머리카락에 묻는다. 아이는 가지와 잎을 손으로 집어서 입에 물었다. 그러고는 오물오물 먹어버렸다. 근처에 떨어져 있던 나뭇가지도 주워서 역시 깨물고 질겅질겅 먹어버린다.

"응......."

나뭇가지를 먹어버린 다음은 얼굴에 걸쳐 흘러내리는 자신의 머리카락도 입에 넣었다. 그러나 이번에는 도무지 물어뜯을 수가 없었던 듯 한동안 입을 오물오물 움직이다가 포기하고 뱉어 냈다.

아이는 잠시간 광장 안쪽을 걸어 돌아다녔다만, 이윽고 한가운데로 되돌아와 털썩 주저앉더니 벌러덩 누웠다.

"으응......."

아이는 엄지손가락을 물고 빨면서 눈을 감았다. 바람이 불자 나뭇가지에서 싸락싸락 소리가 났다.

○

"......그럼 단신으로 마왕을 토벌했단 말씀이외까?"

"그러하네. 다만 언제까지 재주를 부릴 수 있을지 모를 상황이라네. 그것들은 단순한 마수와는 판이하게 다른 종류에 속하니까 말일세."

그라함은 대답한 뒤 다시 차를 한 모금 홀짝였다.

그의 이야기에 따르면 서쪽 숲 엘프왕의 딸은 각지의 마왕을 토벌하며 돌아다니고 있다.

마왕이란 존재가 여기저기에서 되살아났다는 사실도 놀라웠지만, 그런 강적을 단신으로 토벌하며 돌아다닌다는 엘프 공주도 역시 놀라웠다.

던컨이 감탄한 표정으로 숨을 내쉬었다.

"굉장한 실력자께서 계셨구려……! 올펜에서 마왕 토벌에 임했을 때는 은퇴했던 S랭크 모험가와 현역의 고위 랭크 모험가가 총출동하였다고 들은 바 있소이다."

"그것들은 지닌 마력의 질이 다르다네, 던컨 군. 따라서 마력을 다루는 데 정통한 인물이 아닌 한 그것을 상대하기는 매우 버겁지."

"그러면 필히 마법사가 나서야 한단 의미외까?"

"조금 다르군. 마력이란 한 가지 힘의 방향성이지. 우리 엘프의 옛말로 『기(氣)』라고 부른다네. 마법사가 아닌 사람이 무기에 마력을 주입할 수 있다는 데 의문을 느꼈던 적은 없는가?"

확실히 듣고 나서야 의문이 든다. 마법사가 하듯이 마력을 몸 바깥에 마법으로서 현현시키는 힘은 벨그리프도 던컨도 지니지 못했다. 기껏해야 마력에 반응하여 기동하는 술식이 각인된 마도구를 사용하는 정도.

그러나 검과 감응을 일으킬 때도 마력의 흐름은 의식한다. 무기를 몸의 일부처럼 다루려면 마력을 매개로 하여 무기와 감각을 연결하는 단계가 필요 불가결하다. 막연하게 수행했던 과정이 새삼 지적을 듣고 나서야 신기하게 느껴졌다.

"단순히 완력만 갖고 검 솜씨를 논하지는 않잖나. 검성이라 칭송받는 수준의 명인쯤 되면 팔심을 거의 안 쓰고도 마력에 의해 감응을 일으켜서 무기를 휘두를 수 있지. 엘프는 마력을 다루는 분야에서는 인간보다 훨씬 더 정통한 종족이네. 그 말괄량이는 특히 재능이 흘러넘치지. 이번에는 도리어 숲을 뛰쳐나가게 만든 화근이 되었네만……."

"그렇군요……. 즉 높은 수준으로 무기에 마력을 불어넣을 수 있다면 마왕 토벌도 아주 어렵지는 않다는?"

"경우에 따라. 그것들도 개체에 따라 강약이 나뉜다네. 강력한 개체라면 혼자 상대하기는 곤란할 테지. 덧붙이자면 그것들은 불사신이네. 힘을 꺾어 두는 것이 고작일 뿐 완전하게 멸할 순 없으이."

던컨이 어려워하는 표정을 지은 채 말했다.

"본인은 여러모로 둔한 놈이오만……. 그라함 님께서 그 엘프 공주님의 흔적을 좇아 이곳까지 찾아오셨다는 것은 톨네라의 마수 발생 사태가, 설마……."

그라함은 눈을 감았다.

"단언할 순 없네. 그러나 가능성은 높다 여겨지는군. 따라서 나도 여기에 왔고."

"……곤란하게 됐군요."

벨그리프는 머리를 긁적였다.

"아니, 확정된 사실은 아니라네, 벨그리프 군. 마수는 하위 랭크가 전부였겠지?"

"예……. 그러나 가능성은 높다 하시니……."

"음. 마력의 질은 그것에 가깝다고 여겨지는군. 완전히 똑같은 것은 아니다만, 아직껏 판단이 되질 않아……. 조사가 필요하네."

벨그리프는 고개를 끄덕였다. 빠르든 늦든 마수가 발생하는 원인은 필히 규명에 나설 필요가 있겠다.

그들은 동행하여 마을 바깥에 나섰다. 숲을 살펴보자는 의도였다.

마을 바깥에 펼쳐져 있는 밭에서는 봄 파종 밀이 이파리를 쭉쭉 뻗었고, 사락사락 잎 맞부딪치는 소리를 내며 흔들리고 있었다. 콩잎도 파릇파릇하게 우거졌고, 벌레를 노리려는지 작은 새가 그 틈에서 얼굴을 내밀고 있었다.

숲 주변을 걸어가면서 그라함은 눈을 살짝 감은 채 귀를 기울였다.

"어떻습니까? 그라함 님."

"……확실히 묘한 마력이 느껴지는군. 다만……."

그라함은 눈살을 찌푸린 채 고개를 갸웃거렸다.

"묘하군. 혹여 그것들의 마력이 주위에 영향을 끼친 상황이라면 숲 자체가 큰 변모를 일으켰을 터인데."

"흐음?"

세 남자가 이제껏 진입하여 살핀 바로는 숲 자체에 큰 변모가 일어났다는 느낌은 들지 않았다. 산에 올라서 숲과 톨네라를 내려 다봤던 그라함도 숲의 이변을 느낄 정도는 아니었다고 했다.

일행은 숲속에 진입했다. 빈틈이 없을 만큼 무성하게 자란 잎사 귀가 햇빛을 막아주는 터라 묘하게도 서늘한 공기가 감돌았다.

멀리서 양 울음소리가 들렸다.

고개 돌려서 나무 틈으로 초원을 내다보면 바람이 평원을 쓸어 만지듯 불어닥치며 키 작은 풀을 흔들 때마다 하얗게 빛을 반사하 면서 파도처럼 출렁거린다.

그라함은 중얼거렸다.

"영향은 숲속으로 한정된 듯 추측되는군……. 바깥쪽 평원까지 나오는 마수는 적을 것일세."

"예……. 그렇다면 숲이 던전화했을 가능성이 있겠군요?"

"그러하네. 꼭 던전까지는 아닐지라도 마력이 숲속에 정체되면 마수도 자연히 이끌리게 되지. 그러나 만약 그것들의 영향 때문이 라면 나무들이 이상하게 뒤틀리면서 생명력도 왜곡되네만……."

"그럼 마왕이 아니라 다른 고위 랭크 마수의 영향이겠습니까?"

"으음……. 그러나 마력의 질이 그것들과 비슷하다는 것도 분명 하군. 곤란하게도 그것들에 대해서는 판명되지 않은 게 더욱더 많 단 말이지."

불현듯 숲 안쪽에서 적의가 느껴졌다. 세 사람은 일제히 무기에 손을 가져갔다.

나무 사이를 누비며 네 마리의 그레이 하운드가 뛰쳐나왔다.

던컨의 전투 도끼가 일격에 머리를 갈랐고, 벨그리프는 아주 약간의 움직임으로 머리를 베어 냈다. 그라함은 검을 뽑았다고 인지할 틈도 없이 두 마리를 절반으로 베어버렸다.

아주 잠깐의 공방이었다. 무기를 거둔 세 사람의 주위에 그레이하운드의 시체가 나동그라졌다.

그라함이 감탄하며 턱에 손을 가져간다.

"둘 모두 훌륭한 솜씨로군. 감탄했네."

"무슨 말씀입니까. 귀하의 앞에서는 어린아이 장난에 불과합니다."

"『팔라딘』의 검, 분명하게 견식하였소이다! 대검을 씀에도 불구하고 실로 예리한 검섬이구려! 귀하의 무기는 성검이라 칭송받는다 익히 들었던 바가 있소만. 그라함 님, 감히 여쭙건대 잠시만 보여주실 수는 없겠소이까?"

"흠……."

그라함은 잠시 망설이는 모습이었지만, 곧 검을 빼어 들었다.

그다지 장식이 되어 있지 않은 투박한 검이었다. 그러나 칼날은 예리하고 흠집 하나도 없다. 검명이 들리는 듯한 무시무시한 예기를 뿜어내는 터라 벨그리프도 던컨도 무심코 숨을 멈췄다.

"이 검은 살아 있다네."

그렇게 말한 뒤 그라함은 부웅, 검을 휘둘렀다. 분명히 대검인데도 무게감이 일절 느껴지지 않는 가벼운 동작이다. 검의 울음소리가 공기를 베어 가르자 아지랑이처럼 궤적이 일렁거리는 듯 느껴졌다.

"동쪽의 극지에 강철 나무라는 신비한 수목이 있지. 땅속의 금속을 빨아 올려다가 나무 속에서 정제한 뒤 과실을 맺어 가지 아래에 늘어뜨린다네. 그 강철 열매는 무시무시하게 질이 높지만, 반면에 가공은 어렵지. 그러나 이렇듯 무기를 만들면 사용자와 대단한 감응력을 보여준다네."

"살아 있는 광물입니까……? 놀랍군요."

"과연……. 하하, 진실로 감탄스럽소이다. 이것은 정말이지 예사로운 검이 아니로군요."

벨그리프와 던컨은 뚫어져라 검에 시선을 빼앗겼다. 칼날이 위협적으로 번뜩번뜩 빛나는 터라 그라함이 아닌 누군가가 손대면 쓱 잘려 나갈 것 같았다.

세 남자는 탐색을 일단락 짓고 숲에서 나와 마을로 돌아갔다.

그라함이 함께하는 지금은 셋이 숲 깊숙한 곳까지 진입해서 원인을 밝혀낼 수 있을 것이다. 그러나 그라함은 엘프의 공주를 찾아내야 한다는 목적이 있다.

공주는 마력을 감지하는 능력이 뛰어나다고 했다. 분명 이 숲의 마력을 감지하여 나타날 것이라며 그라함은 당분간 체류하기를 요청했다. 그때까지는 자신도 톨네라를 함께 수비할 테니 아무쪼록 숲의 이변을 이대로 가만 놓아달라는 말이었다.

그만한 실력자가 함께해준다면 안심이기에 벨그리프도 던컨도 기꺼이 청을 수락했다. 영웅의 검을 바로 곁에서 볼 수 있다는 소년 같은 바람이 얼마간 있었음은 부정을 못 할 터이나 그리 크게 작용하지도 않았다.

"민망한 부탁인지라 면목이 없군. 그러나 매복 비슷한 짓이라도 안 하면 그 잽싼 왈가닥을 도저히 잡을 도리가 없어."

"하하핫! 그 덕에 시간의 여유가 생긴다면 귀하께 더욱 많은 가르침을 받을 수 있겠군요! 그라함 님, 추후에 꼭 좀 대련 상대를 부탁드리오이다!"

"그쯤이야 상관없네. 이런 노골에게서 배울 것이 있다면 말이네만."

"무슨 말씀이시오, 방금 전 검격에서 노쇠함 따위 전혀 느껴지지 않았소! 하하, 그나저나 『팔라딘』과 『적귀』 두 분과 검을 겨룰 수 있다니 본인은 정말 행복한 사람이군!"

웃어 젖히는 던컨을 보곤 벨그리프가 쓴웃음을 지었다.

"던컨, 나와 그라함 님을 동렬로 내세우면 좀 난처하군. 실제로 맞붙어보고 알았을 텐데? 나는 자네가 들었던 만큼 대단한 검사가 아니니까."

"아니, 그렇지는 않소이다, 벨 님. 물론 지금은 아직 본인 따위와 비등할 수도 있소. 그러나 귀하의 검은 아직껏 발전을 계속하고 있잖소. 본인은 그 여정에 염치없게도 불쑥 끼어들었을 뿐. 본인이 대단히 큰 자극을 받고 있음을 알아주시구려."

"으음……."

이토록 칭찬을 들을 만한 솜씨는 아닐 텐데, 벨그리프는 볼을 긁적였다. 그리고 문득 떠올랐던 생각에 그라함을 돌아봤다.

"그라함 님."

"뭔가?"

"조금 엉뚱한 질문입니다만······. 혹시 사티라는 이름의 여자 엘프를 알고 계십니까?"

그라함은 생각에 잠기면서 눈살을 찌푸렸다.

"사티······. 아니, 미안하네. 나는 떠오르는 바가 없군."

"그렇습니까······. 아, 감사합니다."

"친우인가?"

"예, 일찍이 올펜에서 알고 지냈던 사이입니다. 사티도 엘프이면서 모험가였지요. 짧은 날이었습니다만 파티를 짜서 활동한 적도 있었던지라."

"흠······. 그 사티는 엘프령에 있는가?"

"그마저도 잘 알지 못합니다. 생이별과 비슷한 상태가 되고 말았던 탓에······."

그라함은 팔짱을 끼고 고개를 갸웃거렸다.

"얼마나 예전 일인가?"

"대략 25년, 6년쯤입니다."

"······나는 30년 전에는 이미 공국을 떠났었지. 그 이후의 사안이라면 공국에서 어떠한 일이 있었나 나는 알지 못하네."

그라함은 면목 없다는 듯이 대답했다. 벨그리프는 쓴웃음을 지었다.

"그러셨습니까······. 아닙니다, 제가 실례했습니다."

"힘이 되어주지 못하여 미안하군."

"천만에요. ……좋아, 던컨. 시간은 좀 어중간하나 점심 식사 준비를 하세."

"그리하십시다."

"그라함 님의 입맛에 맞아야 할 텐데 말입니다……."

"……뭘, 고마울 따름이네."

그라함은 가만히 눈을 감은 채 상념에 잠겼다.

○

목조 건물에는 정체를 알 수 없는 도구가 어수선하게 쌓여 있었다. 여러 개의 플라스크, 그것들을 연결하는 유리관, 나무로 짠 기계, 거대한 철제 구체, 가죽으로 장정한 표지의 마도서. 정리하는 것이 귀찮은 탓인지 집주인이 위치를 다 기억하고 있기 때문인가 알 수 없지만, 어쨌든 간에 다양한 물건이 뒤섞여 있는 터라 집 안은 혼잡스러웠다.

올펜에서 조금 떨어진 곳에 작은 마을이 있다. 채소 및 가축을 길러다가 올펜에서 판매함으로써 생계를 꾸려 나가는 사람들이 사는 마을이었다. 그랬던 마을에 마법사가 빈번히 들락거리게 된 까닭은 대마도사이자 전직 S랭크 모험가였던 『회색』 마리아가 이주하게 된 데서 비롯됐다.

주룡(呪龍)의 피를 뒤집어쓰고 불치병을 앓게 된 이후 마리아는

79

사람들 북적거리는 곳과 떠들썩한 곳을 꺼렸다. 그러나 마법 연구를 하는데 있어 올펜의 풍부한 물류는 편리하다. 따라서 과하게 외딴 시골에 칩거한들 되레 번거롭다.

그런고로 마리아는 이렇듯 작은 마을에 주거를 마련한 뒤 밤낮으로 연구에 몰두했다.

그 소문을 전해 들었던 동서의 마법사들이 마도서 및 마도구를 들고 방문하게 됨으로써 어느 틈인가 마리아의 가택 옆쪽에 큰 석회석 건물이 세워졌고, 마도에 뜻을 두고 가르침을 청하는 젊은 학도가 늘어남에 따라 마치 조그마한 학부의 양상을 나타나게 됐다.

안젤린과 친구들이 방문했을 때 마리아는 의자에 멍하니 걸터앉아 있었다. 방의 창문을 꽉 닫아 놓았고 두꺼운 커튼도 걷지 않은지라 한낮인데도 방 안은 어둑어둑했다. 향유 비슷한 약초 비슷한 별난 냄새가 실내를 가득 메우고 있다.

"마리아 할매."

안젤린이 부르자 마리아는 눈살을 찌푸린 채 고개 돌렸다.

"으음, 안제냐……."

"왜 그래? 몸이 안 좋아……?"

"몸이야 언젠 좋았던 적이 있었더냐. 쿨럭……."

밀리엄이 얼굴을 찡그린 채 여기저기 창문을 활짝 열었다. 포근한 바람이 불어 들자 커튼이 펄럭펄럭 흔들리고 먼지가 피어오른다. 그 광경을 보고 밀리엄은 기막히다는 듯이 마리아에게 돌아서며 말했다.

"이딴 지저분한 집에 틀어박혀서 사니까 몸이 나빠지는 거야, 바보 할망구야!"

"시끄럽다, 바보 제자야! 웬일로 찾아와서는 처음 한마디부터 험담이냐! 쿨럭!"

"바보를 바보라고 부르는 게 무슨 잘못인데! 좀 바깥에 나가서 햇볕도 쬐란 말이야, 이러다가 쭈글쭈글 건어물이 돼버리겠네!"

그렇게 말하면서 밀리엄은 소매를 걷어붙이고 가까운 곳부터 척척 정리를 시작했다. 마리아가 허둥지둥 의자에서 일어났다.

"그만! 옮겨 놓으면 뭐가 어디에 있나 헷갈린단 말이다!"

"시끄러워어! 저번에 청소해줬는데 벌써 이렇게 막 어지럽히고! 책은 책장! 빈 용기는 선반! 도대체 왜 이런 간단한 정리를 못 하는 건데!"

"아앗! 이 바보, 그거 건드리지 마라! 나중에 읽으려고 놔둔 책이다! 용기도 금방 쓸 거다, 바보야! 다 생각해서 배치한 건데 왜 모르는 거냐! 으윽, 쿨럭! 쿨럭, 쿨러억!"

"에잇, 진짜! 시끄러운 할망구네. 금방 쓸 물건이 이렇게 먼지투성이가 될 리가 있냐고! 안젤! 아네! 저 할망구 방해되니까 바깥으로 데리고 나가!"

안젤린과 아넷사는 쓴웃음 지으며 마리아를 데리고 바깥으로 나갔다. 마리아는 연신 콜록거리며 뭐라고 크게 소리쳤지만, 밀리엄은 완전히 무시하며 모자를 벗고 머리카락을 묶고 소매를 걷어붙인 채 마치 자기 집인 양 청소를 시작했다.

바깥 날씨는 화창했다. 바람을 타고 싱싱한 풀 냄새가 날아온다. 옆쪽의 큰 건물에서 뭔가 실험을 하는 듯 때때로 묘한 약 냄새가 섞여 들었다.

눈부시게 내리쏟아지는 여름 햇살에 눈을 찡그리고 마리아는 호흡을 가다듬으면서 투덜투덜 중얼거렸다.

"저 되바라진 고양이 녀석, 귀찮은 녀석일세……. 나를 상대할 대면 묘하게 꼬장꼬장하단 말이지……."

아넷사가 쿡쿡 웃었다.

"저 녀석, 집에서는 별로 청소도 안 하거든요? 옷도 막 벗어 던지고요."

"……미리는 마리아 할매를 정말 좋아해. 할매도 미리를 정말 좋아해."

"시끄럽다. 쿨럭……! 그래서, 뭔 용건이냐? 그냥 놀러 온 게냐?"

"아냐. 자, 받아."

안젤린은 주머니에서 뭔가를 꺼내 들었다. 반투명한 호박색 덩어리, 돌처럼 울퉁불퉁하고 딱딱하다. 마리아는 그것을 받아 들고는 물끄러미 쳐다봤다.

"그렇군, 너희가 의뢰를 받았구나?"

"응. 오마 나무의 수액. 미리가 잘 봐줬으니까 순도도 확실할 거야……."

"콜록……! 뭐, 잘했다. 수고 많았군."

마리아는 벤치에 걸터앉고는 푹 한숨 쉬었다. 아넷사가 뒤로 돌아가서 어깨를 주물러준다.

안젤린은 땅바닥에 앉아서 마리아를 쳐다봤다. 여름 한창인데도 망토를 겹겹이 잔뜩 걸쳤고 목도리까지 둘러서 복슬복슬하게 부풀어 올랐다. 병 때문에 체온이 잘 올라가지를 않는 까닭에 안젤린과 아넷사는 이마의 땀을 닦고 있는데도 마리아는 땀 한 방울 흘리지 않는다.

얼굴은 아직껏 20대로 보일 만큼 젊디젊은데도 등을 구부린 채 아넷사에게 어깨 안마를 받는 모습은 진짜 노인이었다. 젊음이란 외모의 문제가 아닌 것일까, 안젤린은 생각을 했다. 그렇지만 그 부분을 제외하더라도 마리아는 분명 매력적인 여성이었다. 입은 좀 험하지만.

"마리아 할매는 왜 여태 독신이야?"

"엉? 뭐냐, 갑자기……. 쿨럭!"

"그야, 미인이고, 나이도 안 먹고……. 인기 많지 않았어?"

"당연한 소릴. 남자 따위야 마구마구 갈아 치웠지."

"정작 결혼은 안 했고."

"흥, 나와 어울릴 만한 남자가 세상 어디에 있겠냐?"

"……울 아빠……?"

"엉?"

"안제, 너 정말……."

아넷사가 기막히다는 듯이 중얼거렸다. 마리아는 무슨 말인지 몰라서 눈살을 찌푸리고 있다.

그때 청소를 대충 마쳤는지 밀리엄이 나왔다.

"못써, 못써. 이런 할망구는 벨 아저씨랑 안 어울린단 말야아. 이 나이까지 아무 데도 못 갔다는 게 나름대로 의미가 있는 거야, 안제. 나쁜 의미가. 후후훗~."

"입만 산 바보 고양이 같으니라고. 너야말로 왜 남자 소식이 하나도 안 들리는 거냐? 젊은 주제에."

"끄응……. 할 말이, 없네."

마리아는 비웃음 짓고 거만하게 밀리엄을 뜯어봤다.

"헹, 쓸데없이 큰 가슴만 달고 다니면서 남자 한 놈도 못 낚아채는 게냐. 다른 사람한테 이러쿵저러쿵 떠들지 말고 자기 앞가림이나 잘해라. 그러니까 남자도 안 붙는 게다, 바보."

"시, 시끄러워엇!"

밀리엄은 얼굴을 새빨갛게 붉힌 채 화냈다. 아넷사가 쿡쿡 웃었다.

"연륜은 못 당하는구나, 미리."

"끄으응……. 이렇게 된 이상 엄청나게 멋있는 남자를 낚아채서 데려오겠어! 두고 보자, 할망구!"

"헹, 멋대로 해라. 정말 가능하다면 말이지. 쿨럭, 쿨럭……!"

"젠자앙!"

밀리엄은 분해서 발을 동동 굴렀다. 마리아는 거듭 기침하면서도 웃고 있었다.

사이가 좋다. 마리아를 어머니로 삼으면 밀리엄도 같이 세트로

따라올 것 같다고 안젤린은 생각했다.

그러나 마리아를 어머니라고 부르기에는 위화감이 느껴진다. 할매라고 부르는 데 익숙해진 까닭일 테지.

게다가 애당초 벨그리프는 어떤 여성을 좋아하는 걸까? 연하일까, 연상일까. 활발한 타입일까, 차분한 타입일까. 그러고 보니 그런 이야기는 나눈 적이 없었다. 보통 부녀 사이에 그런 이야기는 안 하는 것이 당연하다만.

"……아빠가 좋아하는 여성은 어떤 타입일까?"

안젤린은 불쑥 중얼거렸다. 마리아가 의아해하며 눈을 찡그린다.

"아까부터 너는 뭔 소리를 하는 게냐? 아버지의 신부라도 찾아보려고?"

"맞아……. 할매도 후보 중 한 명이야. 연상의 아내도 제법 멋진 걸……."

"풉?! 쿨럭, 쿨럭! 쿨럭쿨러억! 쿨럭, 꺽! 쿨럭! 쿨럭!"

마리아는 요란하게 기침을 터뜨렸다. 아넷사가 급하게 등을 문질러준다. 밀리엄은 입술을 삐죽거렸다.

"안 된다니까! 이런 할망구를 데려와 봤자 노인 요양원밖에 더 되겠니!"

"그래도 미리, 톨네라의 맑은 공기가 마리아 할매한테도 좋을 거라고……."

"와아, 와앗!"

85

밀리엄은 허둥지둥 두 손을 흔들어 안젤린의 말을 가로막았다.

등을 문질러주자 조금 진정이 된 마리아가 얼굴을 들고 안젤린을 쏘아봤다. 기침을 심하게 한 탓에 눈물을 글썽이고 있다.

"터, 터무니없는 소리를 지껄이는구나……. 안제! 헛소리는 집어치워라!"

"할매, 몇 살을 먹어도 여자에게는 여자의 행복을 붙잡을 권리가 있거든……?"

"징그러운 소리 말래도! 제길, 어디서 듣고 떠들어 대는 게냐, 이 깜찍한 꼬맹이가……. 그렇다면 나를 할매라고 부르는 짓도 좀 관두거라!"

"……그 말은 생각이 있다 받아들여도 돼?"

"아니라니까!! 거참, 귀찮은 녀석일세! 쿨럭! 쿨럭쿨럭!"

"마리아 씨, 자꾸 소리치지 마세요……. 안제, 너도 적당히 좀 하고. 어른을 자꾸 놀리면 못쓰잖아."

"음, 나는 진지한데……."

마리아도 유리도 로제타도 도무지 반응이 신통하지 않다.

신부 찾기란 정말 어렵구나, 안젤린은 한숨 쉬었다.

32 ─어째서 모험가가 되고 싶었어?

─어째서 모험가가 되고 싶었어?

적발의 소년은 질문에 대해 분명한 답을 갖고 있지 못했다. 누군가를 동경했기 때문도 아니었고, 딱히 일확천금을 꿈꾸었기 때문도 아니었다. 다만 부모님이 죽고 외톨이가 되었을 때 자신에게는 이것밖에 없다고 생각했을 뿐이다.

"달리 할일이 없었기 때문이지, 뭐."

그렇게 난처하다는 듯 웃음 짓는 적발의 소년을 엘프 소녀는 맑은 에메랄드색 눈동자로 빤히 바라봤다. 입가에 살짝 미소를 머금고 있었다.

"그랬구나……. 응, 나도 똑같아. 다른 방법은 떠올릴 수 없었어."

"그래도 신기하네. 너는 엘프지. 모험가 따위는 가장 먼 직종이라고 생각했거든."

엘프 소녀는 쿡쿡 웃었다.

"내가 처음은 아닌걸. 너도 잘 알고 있잖니? 엘프의 영웅."

"그야, 뭐. 그래도 너 말고 다른 엘프는 전혀 본 적이 없어. 역시 드물기는 한 것 같아."

"바깥세상을 보고 싶었어. 여러 지역에 가서 여러 사람과 만나고 싶었어. 먼 장소에서 말이야."

"내가 보기에는 엘프령이 먼 나라인데 말이지. 가보고 싶기도 하고."

"그래? 가 봤자 분명히 지루할걸?"

그렇게 말한 뒤 엘프 소녀는 핫 와인을 맛있게 홀짝였다. 적발 소년은 쓴웃음 짓고 손바닥에 턱을 받쳤다.

"그런가? 나한테는 전부 모르는 것뿐이잖아. 분명히 재미있을 거야."

"음……. 그럴 수도 있겠네. 모르면 자꾸 두근두근하니까. 엘프 한테는 엘프가 모르는 것이 있고, 인간한테는 인간이 모르는 것이 있어. 겹치지 않는 데 당연하려나."

"그렇다면 서로가 서로에게 가르쳐줄 수 있지 않겠어?"

"후후, 그거 멋지겠다."

문득 뒤쪽에서 찬바람이 불어닥치며 주위가 소란스러워졌다.

적발 소년이 고개 돌리자 막 S랭크 모험가들이 들어오는 참이 었다. 말을 붙이고 싶어 하는 젊은 모험가들에게 둘러싸인 채 군모를 쓰고 민소매 외투를 걸친 거한이 호쾌하고 웃는다. 그 옆쪽에 콧수염을 기른 장신의 남자는 가만히 서서 어이없다는 듯이 눈을 내리뜨고 있었다.

엘프 소녀는 후유, 한숨 쉬더니 은색 머리카락을 쓸어 올렸다.

"『격멸』에 『백금』이구나……. 좋겠다. S랭크. 나도 언젠가 되고 싶어. 그러면 더 멀리 갈 수 있을 텐데. 아무에게도 방해받지 않고."

"하하, 너라면 언젠가 될 수 있을 거야."

"그럼 넌?"

"나는……. 글쎄. 별로 대단한 실력도 아니고."

얼버무리며 웃음 짓는 소년의 뺨을 엘프 소녀가 두 손으로 꽉 잡아 눌렀다.

"그렇게 괜히 겸손 떠는 거 나쁜 버릇이거든? 이럴 때 네가 웃어 넘기는 거, 난 싫어."

"음……. 미안."

"흥이다. 이거 네가 사!"

"으음……. 뭐, 상관없지만……."

적발 소년은 곤란해하며 머리를 긁적였다. 엘프 소녀는 장난스럽게 웃고는 소년의 어깨에 손을 얹었다.

"내일도 열심히 하자."

"그래……. 그나저나 이 녀석들 조금 늦는군."

소년은 살짝 두근두근하며 주위를 둘러봤다.

방금 전까지는 신경 쓰이지 않았건만, 아직 안 온 동료를 떠올린 탓에 갑자기 소녀와 단둘이 있다는 것이 쑥스러워졌다.

"왜 그래? 꾸물꾸물."

엘프 소녀는 적발 소년의 얼굴을 빤히 쳐다봤다. 엘프의 하얀 피부가 핫 와인을 마시고 살짝 달아올라서 엷은 분홍색으로 물들었다. 신기하게도 달콤한 향이 느껴지는 숨결이 콧속을 간질였기에 소년은 더더욱 곤혹스러워했다. 귓불이 뜨거워진 것 같았다.

소녀의 에메랄드색 눈동자가 장난기를 내비치며 빛났다.

"후후, 귀여운 녀석이네."

"……놀리지 말아줘."

적발 소년은 입을 우물거리다가 픽 고개 돌렸다.

○

새벽녘, 벨그리프는 던컨 및 그라함과 동행하여 마을 주위를 걷고 있었다. 오늘은 아침 안개가 유난히 짙어서 하늘은 하얗고 밝아졌건마는 조금 앞쪽도 잘 보이지 않는 형편이었다.

"오늘은 걸음이 좀 힘들구려."

"그렇군……. 구름이 끼었는지도 모르겠어. 뭐, 천천히 가세."

아침 안개 때문에 몸이 축축하게 젖는 기분이었다. 앞머리가 무게를 지닌 채 이마에 들러붙는다.

이윽고 해가 떠오르기 시작하자 안개 사이를 누비듯 내리 뻗쳐서 빛줄기가 쏟아졌다. 급격하게 안개가 걷혀 나감에 따라서 색이 바랬던 주변 풍경이 점점 선명한 색채를 띠며 되살아난다. 밤이슬에 젖어 들었던 평원의 풀이 아침 햇살을 반사하며 반짝반짝 빛났다.

그라함이 탄성을 내뱉었다.

"아름다운 광경이군……. 엘프령에서는 그리 볼 수가 없지."

"흐음? 엘프령은 풍부한 자연과 어우러지는 곳이라 익히 들었소만 그게 아니외까?"

던컨의 물음에 그라함은 쓴웃음을 지어 보였다.

"엘프령은 대부분이 숲일세. 이렇듯 완만한 평원에 아침 햇살이 반짝이는 광경을 볼 기회는 흔하지 않아."

"오호라⋯⋯."

"나도 숲은 좋아하네. 그러나 이곳저곳을 보고 돌아다니면 비단 숲이 아니더라도 매력적인 풍경은 많고 많더군."

"본인도 잘 이해가 되오. 그게 여행의 묘미 아니겠소이까."

두 여행자가 나누는 이야기를 벨그리프는 가만히 듣고 있었다.

확실히 얼마 전 보르도를 방문했던 여행은 짧지만 무척 즐거웠다. 낯선 풍경의 바깥으로 나서는 경험은 항상 저항할 수 없는 매력을 발휘한다. 지금은 톨네라에서 떨어질 순 없는 노릇이다만, 만약에 이번 사태가 진정된다면 다시 외유를 즐기고 싶은 마음도 있다. 그렇다면 그때는 어떤 곳으로 가볼까.

이윽고 완전히 아침 안개가 걷혔고, 먼 산의 능선에 엷게 낀 구름 너머로 태양이 떠올랐다. 머리 위 꼭대기에는 푸른 하늘이 펼쳐졌고 투명한 달이 밤의 자취를 남길 뿐이다. 세 남자는 마을로 되돌아갔다.

그라함이 톨네라를 방문한 지 며칠이 흘렀다. 완전히 사내들 모임터가 된 벨그리프의 집은 안젤린과 친구들이 휴가를 왔을 때와 또 다른 분위기에 감싸여 있었다. 그들은 벨그리프의 연습 시간에 맞춰서 매일 아침과 저녁이면 순찰 겸 산책을 나갔다 온 다음 단련을 수행했다.

그라함의 검술은 결코 화려하지 않았다. 최소한의 몸놀림, 검과의 폭발적인 감응력을 이용하여 격렬한 기세를 발휘했다. 자신이 목표로 하는 경지가 이와 가깝다는 생각에 벨그리프는 아침저녁마다 대련을 실시하며 어떻게든 그라함의 검술을 자기 것으로 받아들이고자 분투했다.

마을 사람들은 이 노엘프를 어찌 대해야 하나 당황했지만, 벨그리프와 던컨이 중간 역할을 잘한 덕분에 주뼛주뼛이나마 조금씩 교류를 갖고 있었다.

그라함은 차분하고 말수는 적었지만, 고압적인 태도는 일절 취하지 않을 뿐 아니라 소문으로 듣던 엘프 특유의 난해한 철학에 근거하는 문답도 하지 않았던지라 마을 사람들은 천천히 그라함을 이웃으로 받아들이고 있는 듯 여겨졌다.

엘프의 공주는 아직껏 나타나지 않았다.

그라함의 말에 따르면 엘프는 숲 생활이 거의 대부분인 터라 숲 바깥으로 나오면 방향 감각이 잃어버리는 자가 얼마간 있다고 했다. 엘프의 공주도 그 사례에 해당한다는 뜻이었다.

양털 깎기가 아직 끝나지 않았기에 케리의 집은 매일매일 시끌벅적했다.

벨그리프는 오늘도 아이 돌보기를 부탁받아서 젖먹이를 품에 안은 채 어린아이들을 상대해주고 있었다. 젊은이들도 조금씩 솜씨가 숙달됨에 따라서 양이 날뛰는 횟수도 점점 줄어드는 모양이다.

던컨과 그라함은 마수 퇴치를 하러 나갔다.

지금까지는 아직 마수가 숲 바깥으로 나왔던 적이 없지만, 언젠가 수가 불어나면 바깥으로 쏟아져 나올 가능성이 높았다. 조금씩이나마 미리 숫자를 줄여 놓는 게 현명하다.

케리가 땀을 닦으며 다가와서 옆에 걸터앉았다.

"이것 참, 올해는 유난히 많이 바쁘군."

"그러게나 말이다. 뭐, 젊은 녀석들이 작업에 익숙해질 때까지 견뎌야겠지."

"하하, 옳은 말일세. 이봐, 벨. 그라함 씨는 이곳을 좀 마음에 들어 하시나?"

"흠, 제법? 적어도 나쁜 감정은 갖고 계시지 않을걸."

"그런가……. 엘프가 마음에 들어 한다니까 어쩐지 기쁘군, 흐흐."

"그런 것치곤 너도 아직껏 잔뜩 얼어서는 제대로 말도 못 붙이잖나."

"별수 없다고……. 뭔 얘기를 해야 하는가 아리송하잖은가. 나는 너와 다르게 검을 휘두를 줄도 모르고."

"그냥 세상 돌아가는 이야기나 나누면 되지. 엘프가 마냥 다 고상한 생각만 하는 게 아니란 말일세. 그이들도 먹을 땐 먹고 밤이 오면 잠을 자니까."

"……그럼 조만간 같이 술이나 들자 초대할 테니까 말이야. 같이 모시고 와주게."

"하하, 알겠다. 분명히 기뻐할 거야."

톨네라는 공국령의 최북단에 위치한다. 산 너머에 엘프령이 있지만, 북쪽 산맥이 높고 험준하기에 산을 넘어가고자 시도하는 인물은 거의 없었다. 엘프령과 교역은 모두 동편의 가도를 써서 이루어진다.

따라서 톨네라는 엘프령과 가장 가까운 동시에 아득하게 먼 장소라 말할 수 있겠다.

마을 어린아이들은 잠들기 전 이야기로 산 너머 엘프의 행색과 생활상을 듣고 자라서 어른이 된다. 분명 가까운 곳에 있음에도 절대로 만날 수 없었던 존재가 불쑥 나타난다면 기쁘기야 하겠지만 어떻게 대해야 할지 헷갈리는 것도 어쩔 수 없었다.

해가 높이 떠오르고 점심 식사 때가 다가들었다.

숲에 나갔던 던컨과 그라함이 슬슬 돌아올 무렵이건마는 오늘은 무슨 일 때문에 지체되는지 귀가할 기색이 없다. 그라함도 함께 나갔던 만큼 걱정은 안 하지만, 늦으면 자꾸 신경이 쓰이게 된다.

배고프다고 울음을 터뜨리는 젖먹이를 어머니에게 돌려준 뒤 아이들을 봐주면서 점심 식사에 쓸 접시 옮기는 일을 도와주던 때 젊은 농부가 몹시 허둥거리며 달려왔다.

"벨 씨! 벨 씨!"

벨그리프는 눈살을 찌푸린 채 목동을 돌아봤다.

"왜 그러나? 마수가 나왔나?"

"아니, 아니오! 일단 같이 가주쇼! 또 엘프요! 게다가 여자야!"

술렁거리는 일동을 뒤로하고 벨그리프는 농부에게 이끌려 달려나갔다. 좁은 길을 가로질러서 마을 바깥으로 나선다.

수확이 끝난 가을 파종 밀의 황금색 밭과 파릇파릇하게 흔들리는 봄 파종 밀이 자라는 밭이 연이어지는 장소에 소녀가 한 명 서 있었다.

과연, 엘프가 맞군. 언짢음을 내비치며 가늘어진 눈의 눈동자는 엷은 옥색이고, 매끄럽고 윤기가 있는 은발을 머리 뒤쪽으로 아무렇게나 묶어 놓았다. 가슴에는 천을 둘러 감았고 모피 카디건을 걸치고 있다. 짧은 반바지의 혁대에 세검을 찼고 발목을 끈으로 묶는 부츠를 신었는데, 피부가 노출되는 옷을 별로 선호하지 않는 엘프로서는 드문 차림새였다. 엘프는 외모와 연령이 일치하지 않지만, 눈앞의 엘프에게는 소녀라고 표현할 수 있는 싱그러움이 느껴졌다.

엘프 소녀는 누가 보아도 불쾌함을 내비치고 있었다. 가까이 걸어 다가가자 벨그리프를 흘낏 보면서 흥, 코웃음을 치더니 날카로운 눈빛으로 쏘아봤다.

"사람 얼굴을 보고 도망치다니 말이야, 인간이란 아주 무례한 족속이군?"

벨그리프는 한숨 쉬고는 머리 숙였다.

"면목 없습니다. 다들 엘프가 낯선 까닭이지요. 아무쪼록 너그러이 보아주십시오."

"그래, 넌 뭐야? 이곳의 대장인가?"

"저는 벨그리프라고 합니다, 평범한 농부에 불과하지요."

"헹."

엘프 소녀는 가소롭다는 듯이 웃었다.

"세상 어디에 검을 흔들거리며 다니는 농부가 있다는 건데. 바보 취급은 적당히 좀 하지? 아저씨."

벨그리프는 허리에 찬 검에 손을 얹고는 쓴웃음을 지었다.

"자기방어가 필요할 때는 가래를 대신하여 검을 쥘 때도 있는 법이지요."

"오호……."

소녀의 눈동자가 번뜩 빛났다.

"자기방어란 말이지. 나랑 한판 붙어보자는 거냐?"

"설마, 설마요."

벨그리프는 서둘러 검을 검집째 지면에 내려놓음으로써 적의가 없다는 뜻을 표시했다. 세검의 자루에 손을 얹어 놓았던 엘프 소녀는 시시하다는 듯이 자세를 풀었다.

"쳇, 재미없게……."

대단히 호전적인 소녀의 태도에 쓴웃음을 짓는 한편으로 벨그리프는 입을 열었다.

"귀하는 엘프령 서쪽 숲의 왕, 오베론 님의 따님이 맞습니까?"

그 순간 질풍과 같은 신속함으로 소녀가 벨그리프에게 닥쳐들어서 멱살을 잡아챘다. 예리한 안광이 벨그리프를 꿰뚫는다. 놀랍도록 강한 위압감이었다. 뜻밖의 거친 반응에 벨그리프도 다소 위축되어 숨을 멈췄다. 그러나 태연하게 소녀를 마주 보면서 입을 연다.

"역시 맞았군요?"

"젠장, 이 자식, 어디서 그 이름을 들었냐?"

소녀가 세찬 기세를 떨치며 윽박질렀을 때 꼬르륵, 생뚱맞은 소리가 났다. 소녀는 놀라서 눈이 휘둥그레졌다가 서둘러 벨그리프에게서 떨어지고는 배를 붙잡았다.

"이, 이 녀석! 얌전히 좀 있어라!"

소녀가 자기 배를 퍽퍽 두드려도 배에서 또 꼬르륵 소리가 났다.

"……살짝 허기가 지셨나 봅니다?"

"아, 아니다! 딱히 렘바스가 다 떨어져서 어제부터 아무것도 못 먹었다든가 그런 게 아니……. 게, 게다가 딱히 안 먹는다고 어떻게 되는 것도 아니고."

소녀는 빨개져서 변명조로 떠들어 댔다. 벨그리프는 미소 지었다.

"……마침 점심 식사를 준비하던 참입니다. 귀하께서 괜찮으시다면 엘프의 공주님과 동석할 수 있는 영예를 누리고 싶습니다만."

"끙……. 그, 그렇게까지 말한다면야 어쩔 수 없군……."

배려의 말임을 깨달았기 때문일 테지. 엘프의 공주는 분한 듯 입을 비죽이면서, 그러나 본래 공복에는 당할 사람이 없는지라 얌전히 벨그리프를 따라 마을에 들어왔다.

○

상황이 상황이기에 벨그리프는 엘프의 공주를 자택으로 안내했다. 케리의 집에 데려갔다가는 마을 사람들이 겁에 질려서 조용해질 테고 장례식 같은 분위기가 들어찰 것이다. 하물며 공주님께서는 기분이 많이 언짢다. 그런 때 마을 사람들이 겁먹고 조용해지면 쓸데없이 더 화낼 가능성이 있었다.

사내들 모임터로 화한 집 안은 조금 어수선했기에 앞마당의 탁자에 마주 앉았다.

벨그리프가 열심히 뛰어 케리의 집에 가서 받아 온 점심 식사는 탁자 위에서 김을 피워 올리며 입맛을 자극하고 있다. 고기와 채소를 넣은 찜 요리와 염소 버터를 발라다 얇게 구운 빵이다.

엘프의 공주는 처음 잠깐은 경계심을 내비치면서 천천히 먹었지만 점점 더 속도가 붙었고 결국은 허겁지겁 먹어 치웠다. 어지간히도 배가 고팠던 듯 보인다.

대화다운 대화도 없이 식사를 마친 다음은 엘프 공주의 표정도 조금 누그러졌다. 살기등등했던 이유는 공복 때문이기도 했었나 보다.

벨그리프는 맞은편에서 배불리 먹고 눈을 쓱 감는 엘프의 공주를 바라봤다.

그라함의 말에 따르면 이 소녀가 여기저기에서 마왕을 토벌하고 있는 셈이다. 방금 전 멱살을 잡아채였을 때 위압감은 분명 굉장했다. 그러나 도중에 식량을 다 소모해서 배를 곯는 정도의 수완으로 용케 여행을 버텨 냈구나 싶기도 하다.

담대한 것인가, 무모한 것인가. 괄괄한 말투도 함께 어우러져서 아무래도 엘프의 공주라는 고귀한 이미지가 맞지 않았다.

"입맛에 좀 맞으셨습니까?"

벨그리프가 묻자 살짝 졸린 기색이었던 엘프의 공주는 깜짝 놀라서 눈을 떴다.

"뭐…… 먹을 만하네."

"그러셨군요."

"……쳇."

겸연쩍어하며 볼을 긁적이는 공주를 보고 벨그리프는 웃음 지었다.

"불편하지 않으시다면 성함을 여쭤봐도 되겠습니까?"

"먼저 묻겠는데, 댁이야말로 날 어떻게 알고 있었던 거야? 아저씨."

"그라함 님께 말씀을 들었습니다. 그분께서도 저희 마을에 머물고 계시지요."

엘프의 공주는 놀라서 벌떡 일어섰다.

"크, 큰숙부가?! 젠장, 망했다!"

공주는 허둥지둥 옷을 펄럭거리며 도망치고자 발길을 되돌렸다.

그때 나지막하게 울리는 목소리가 들렸다.

"마르그리트."

"윽."

엘프의 공주가 바짝 굳었다. 그러다가 흠칫흠칫 말소리가 난 방향으로 돌아선다. 그라함이 언짢은 표정으로 서 있었다. 뒤쪽은 던컨은 의아해하는 얼굴이다.

그라함은 말없이 손짓했다. 엘프의 공주는 움찔 몸을 떨더니 방금 전 기세가 마치 거짓말이었던 것처럼 주뼛주뼛하는 발걸음으로 그라함에게 다가갔다. 똑바로 꿰뚫는 듯한 그라함의 시선 앞에서는 제대로 얼굴을 마주 보기도 어려운 듯했다.

"크, 큰숙부······. 왜 여기에."

"네가 그것들의 마력을 쫓아다닌다는 것은 알고 있었다."

그라함을 팔짱을 끼고 한숨 쉬었다.

"내가 간접적이나마 잘못이 있다지만······. 무슨 의도였더냐? 오베론도 걱정한단다. 너무 제멋대로 행동하지 말거라."

엘프의 공주, 마르그리트는 발끈해서 얼굴을 들고 이번에는 똑바로 그라함을 쏘아봤다.

"아버님이 나를 걱정한다고? 웃기는 소리."

"함부로 말하지 말거라. 자식을 걱정하지 않는 부모가 어디 있겠느냐."

"있는데. 아버지가 좋은 예시지. 나 따위는 쳐다보지도 않아. 서쪽 씨족의 안위밖에 생각하지 않는다고."

"왕이란 그리할 수밖에 없는 위치란다. 오베론의 마음도 알아주거라."

"내 마음은 아무래도 상관없고? 꾹 참으면서 줄곧 얌전히 틀어박혀 있었어야 됐다고?"

마르그리트는 지긋지긋하다는 듯이 쏘아붙였다.

"웃기지 마, 큰숙부. 나는 기필코 내 실력을 인정받을 거야. 벌써 놈들을 셋 쓰러뜨렸다고. 남쪽 숲을 말려 죽였던 놈도, 폐광에 숨어 있었던 놈도 말이지."

"……마르그리트, 아무리 그것들을 해치운들 의미가 없다. 너는 표면만 살짝 건드렸을 뿐이야. 허울만 그럴듯한 명성 따위는 무의미하다."

"내가 알 바 아니잖아. 큰숙부는 그렇게 이름을 떨쳤지. 나는 그따위 보잘것없는 숲에서 평생을 마치는 신세는 절대 사절이야. 더먼 곳의 풍경을 보고 싶다고."

마르그리트는 그렇게 말한 뒤 휙 돌아섰다.

"이번 녀석도 해치우면……. 큰숙부도 나를 인정하지 않곤 못 배길걸."

말을 마치는 동시에 마르그리트는 툭 지면을 박차고 질풍처럼 달려서 떠나갔다.

그라함은 고개 숙인 채 눈을 감았다.

"……조금 졸라 댄다고 여행하던 시절의 이야기를 하는 게 아니었군……."

벨그리프는 조심스레 다가가서 입을 열었다.

"그라함 님……. 괜찮으십니까?"

"……부끄러운 꼴을 보여버렸군. 미안하네."

"아닙니다……. 공주님은 그라함 님의 친족이신 겁니까?"

"질손이라네. 오베론은 내 조카이니까 말이지……."

벨그리프는 깜짝 놀랐다. 이 영웅에게는 엘프 왕족의 혈맥이 흐르고 있었구나.

그러나 엘프는 본래 고요함을 선호하고 정신적인 측면에 무게를 두는 생활을 으뜸이라 여기는 종족이었다. 돈과 명예를 행동원리로 여기는 모험가는 그리 어울릴 수 없는 직업이다. 그런 직업을 선택했던 엘프령에서 어떤 대우를 받았을까. 그리고 본인을 동경하여 검을 쥐고 이렇듯 엘프령을 뛰쳐나온 마르그리트와 마주했던 심경은 어떠할까.

노엘프가 때때로 보여줬던 어두운 그림자는 그런 고뇌가 쌓여서 만들어졌는지도 모르겠다고 벨그리프는 생각했다.

그라함은 탄식했다.

"어쨌든 간에 내게도 책임이 있군. 저 녀석을 쫓아야겠네."

그라함의 말에 던컨이 한 걸음 앞으로 나섰다.

"그렇다면 본인도 함께하리다!"

그러나 그라함은 고개를 가로저었다.

"이것은 나의 업일세. 게다가…… 가족의 다툼을 보여주는 것 역시 많이 민망하군."

그라함은 그렇게 말한 뒤 걸어서 떠나갔다. 가만히 배웅하면서 벨그리프는 던컨에게 말했다.

"오늘따라 늦더군. 무슨 일 있었나?"

"젊은이들을 먼저 돌려보낸 다음에 그라함 님과 더욱더 깊은 숲속으로 들어갔소이다. 한데 아무래도 묘한 마력 때문에 공간이 뒤틀려 있는 것 같더군. 그라함 님도 최심부까지 도달하기에는 시간이 제법 걸리겠다 말씀하시기에 되돌아왔지요."

요컨대 숲이 절반은 던전화되었다는 의미였다. 사태는 점점 심각해지고 있었다. 그런데 지금 막 마르그리트가 숲에 향했고, 그라함이 뒤를 쫓았다. 이미 마르그리트는 마왕을 셋이나 토벌했다지 않았던가. 그라함의 기량은 굳이 언급할 것도 없다.

어쩌면 자신들이 나설 필요도 없이 막이 내려갈 수도 있겠다 싶어 벨그리프는 턱수염을 쓸어 만졌다.

"이런 소리를 하려니까 조금 죄송하다만……. 이런 때 그라함 님과 마르그리트 님이 와주셨다는 게 하늘의 안배인지도 모르겠군……."

"본인도 마침 똑같은 생각을 떠올렸소. 저 두 사람이 나선다면 어떠한 마왕이든 잠시도 못 버틸 게요. 그건 그렇고 방금 전 엘프의 검희, 상당한 실력이었구려. 꼭 좀 한번 대련을 하고 싶군그래!"

변함없는 태도의 던컨을 보고 벨그리프는 쓴웃음을 지었다. 이러한 상황에서도 자기 주관을 견지할 수 있는 이 사내가 부럽게 느껴졌다.

33 축 늘어진다. 평소의 단골 주점이다.

축 늘어진다.

평소의 단골 주점이다. 여름이니까 문도 창문도 활짝 열어 놓았고, 거기에서 저녁 무렵의 바람이 이리저리 불어 들어왔다. 천장에 달아 둔 램프에 불을 밝히고, 활짝 열려 있는 문 너머의 처마 밑에도 불을 밝혀 놓았다. 그 빛이 가게 안으로 비쳐 들어와서 그림자를 만들었다.

취객의 그림자가 흔들거리는 점내에서 안젤린은 멍하니 앉아 있었다. 카운터석이다.

오늘은 밀리엄, 아넷사도 함께 있지 않았다. 카운터 건너편에서는 마스터가 묵묵히 요리를 만들거나 잔에 술을 따르고 있다.

아직껏 맞선 상대를 못 구했다.

유리도 로제타도 마리아도 반응이 신통하지 않은 데다가 그동안 몇 번인가 더 말을 붙여봐도 얼버무려서 넘겨버렸다.

아빠처럼 좋은 남자는 없을 텐데. 안젤린은 살짝 기분이 나빠졌다. 다들 남자를 보는 눈이 없다고 생각했다.

"음."

주점의 마스터가 오리고기 소테와 차갑게 식힌 와인을 앞에 놓아줬다. 안젤린은 와인을 한 모금 머금었다. 최근 냉장 마법고를 새로 맞췄다더니 알맞게 차가워서 맛있다.

그러고 보니 이 주점의 마스터도 독신 같았지. 말수가 별로 없기 때문에 잘 모르겠지만, 벨그리프와 동년배일 것이다. 가게에서 보았던 바로 아이가 있는 것 같지도 않았고 부인을 둔 분위기도 아니었다. 중년 남자의 독신 생활은 많이 적적하지 않으려나.

프라이팬에 버터를 녹이는 마스터에게 안젤린은 말을 걸었다.

"저기."

마스터는 묵묵히 안젤린을 돌아봤다.

"마스터는 결혼했어?"

"……아니."

주문이 아니었던지라 마스터는 시큰둥하게 다시 프라이팬을 내려다봤다. 안젤린은 아랑곳 않고 질문을 계속했다.

"결혼 생각은 없고?"

"글쎄."

마스터는 녹은 버터 위쪽에 달걀을 떨어뜨려서 재빨리 휘저어 섞었다. 거기에 소금과 향신료를 한 줌 집어넣자 향긋한 냄새가 피어올랐다.

"쓸쓸하지 않아?"

"……쓸쓸할 틈은 없군."

휙휙 프라이팬을 흔들어서 반숙 달걀의 모양을 잡아준 다음 접시에 쏙 담아다가 작은 냄비 속 소스를 끼얹었다.

"4번 테이블."

"예이."

젊은 남자 점원이 접시를 받아 들고는 날랐다. 마스터는 재빨리 프라이팬을 설거지하고 이번에는 올리브유를 뿌려서 베이컨과 가지를 볶기 시작했다.

안젤린은 생각에 잠긴 채 소테를 입안 가득히 먹고 와인을 마셨다.

"울 아빠 말이야, 아마 마스터랑 비슷한 나이거든. 그런데 역시 독신이야……."

"……아내분은 돌아가셨나?"

"아니. 내가 입양아거든. 원래 없었어."

"그렇군."

뒤쪽에서 탁한 음색으로 주문하는 말소리가 들렸다. 마스터는 그쪽을 쳐다보며 고개를 살짝 끄덕이고는 잔을 손에 쥐더니 선반의 병에서 뭔가 따라 붓고는 점원에게 건넸다.

"4번."

"아빠의 신부를 찾아보자고 생각해서 여러 사람한테 말을 붙여 봤는데 다들 내키는 마음이 아닌가 봐……. 어째서일까?"

마스터는 말없이 프라이팬에 술을 둘러서 끼얹었다. 모락모락 김이 피어올랐다. 거기에 으깬 토마토와 향신료를 더해서 한 차례 끓인다.

"……나는 잘 모르겠는데 말이다. 얼굴도 알지 못하는 상대라면 뭐라고 말할 수 없는 것이 보통 아닌가?"

"……그럼 초상화라도 보여줄까?"

"그야 네가 결정할 일이지."

부글부글 끓는 토마토 스튜를 접시에 보기 좋게 담아서 얇게 구운 빵을 곁들여 점원에게 건넸다.

"3번."

"예이."

"초상화…… 응, 괜찮겠네. 저기, 마스터. 혹시 실력 좋은 화가가 어디에 있는지 알아……?"

"모르겠군. 그나저나 너, 그렇게 여러 사람에게 말을 붙이고 다녔던 건가?"

"응. 선택지는 많을수록 좋아……."

마스터는 안젤린이 앉아 있는 방향은 돌아보지 않고 선반에서 치즈와 살라미를 꺼내서 썰어다가 접시에 올렸다. 거기에 올리브유를 둘러 끼얹고 안젤린의 옆쪽 자리에 놓는다. 그다음은 소시지를 끓는 물 속에 넣고, 다 먹은 접시를 설거지하며 말했다.

"별로 칭찬받을 일은 아니군."

"……어째서?"

"선택하는 아버지야 좋을지도 모르겠다만, 거절당하는 여자 쪽 마음도 고려하는 게 맞지 않겠나?"

안젤린은 얼굴을 찡그렸다. 확실히 옳은 말이었다. 큰마음 먹고 맞선을 보기로 결심해서 저 멀리 톨네라까지 찾아갔을 때까지는 좋았는데 막상 벨그리프에게 거절당한다면? 그 서글픔은 차마 짐작할 수도 없겠다. 가벼운 마음으로 맞선 소리를 늘어놓고 다녔지만, 사람 한 명의 인생을 좌우하는 결정이었다.

맞선을 제안했던 세 명에게 점수를 매기자는 게 아니었다. 그래서 더더욱 누구 한 사람뿐이라는 게 몹시도 불공평하다고 여겨졌다. 괜히 서로의 관계성을 망가뜨려버릴 것 같기도 했다.

조금 무책임했을까, 안젤린은 암담한 기분이 들었다.

"……맞는 말이야."

"뭐, 내가 이러쿵저러쿵 참견할 일은 아니지만……."

마스터는 설거지한 접시의 물기를 닦아 선반에 집어넣은 뒤 소시지를 빼내서 접시에 담고 겨자 초절임을 곁들여서 건너편 카운터석에 내려놓았다. 그러고는 다시 프라이팬에 버터를 떨군다.

안젤린은 와인을 단숨에 들이켜고 지갑에서 동전을 쥐어 꺼내서 카운터에 올려놓았다.

"마스터, 병으로 줘."

마스터는 묵묵히 마개를 빼낸 와인병을 놓아주었다. 안젤린은 손수 술을 따라서 세 잔 연속으로 들이켠 뒤 후유, 숨을 내쉬고 빨개진 볼을 손으로 받쳤다.

"그래도 어머니를 갖고 싶은걸……. 어떻게 하지?"

"처음부터 맞선 얘기를 하면 누구든 생각이 많아질 테지. 귀족도 아니고 말이야."

"그렇구나……. 맞는 말이네."

그렇다면 굳이 맞선이라고 말하는 대신 톨네라에 놀러 가자는 정도의 제안이면 괜찮지 않겠는가. 실제로 만나보면 분명 벨그리프의 매력을 알아줄 테니까. 그렇게 되면 전부 다 잘 풀릴 것이다.

안젤린은 쿡쿡 웃었다. 마스터가 의아한 표정을 짓는다.

"뭐냐?"

"후후……. 마스터, 고마워. 마스터가 이렇게 말도 잘 받아주는 사람이었구나. 여태 몰랐어……."

말하면서 안젤린은 마지막 오리고기 한 조각을 입에 집어넣고, 다시 지갑에서 동전을 쥐어 꺼내다가 카운터에 올려놓았다. 마스터는 눈살을 찌푸린 채 빈 오리고기 소테 접시를 가져갔다.

"……주문은?"

"올리브 초절임이랑 소시지……. 그리고 생토마토."

결국 거의 한밤이 될 때까지 죽죽 마셨고 가게를 나올 무렵에는 바람도 서늘하게 차가워졌다. 바깥쪽의 큰길은 드문드문 영업 중인 술집도 있지만 대부분 집은 불빛을 끄고 잠에 들려고 하는 시간대였다. 맞은편에서 산들산들 불어오는 바람이 술을 마시고 달아오른 뺨에 기분 좋게 와 닿았다.

안젤린은 실실거리며 느릿한 발걸음으로 귀로에 올랐다. 돌바닥 길에 달빛이 내리비쳐서 반짝인다. 고양이가 한 마리 길을 가로질렀고, 그 뒤를 쫓아서 다른 고양이가 또 달려갔다.

오가는 사람은 적다. 때때로 취한 및 순찰 병사 부대와 스쳐 지나갈 뿐. 병사들은 안젤린만 한 나이의 소녀가 밤중에 걸어 돌아다니는 모습을 보고 불러 세웠지만, 안젤린이 S랭크 모험가의 표찰을 보여주면 납득하고 물러났다.

"가을에 돌아갈 때는……. 으음, 그래도 유리 씨는 접수원이고. 로제타 씨는 고아원이 바쁠 텐데……. 마리아 할매밖에 못 데려가려나……."

안젤린은 초가을에 또 귀성할 계획이었다. 갓 채집한 바위월귤을 먹고 싶다는 마음도 있었고, 무엇보다 이미 벨그리프를 만나고 싶어서 못 견딜 지경이었다. 그러나 제아무리 마음이 애달프더라도 너무 빨리 고향에 가면 벨그리프가 어이없어할까 봐 싫었던 탓에 어떻게든 여름 동안은 참아 냈다. 곧 다가올 예정이 기대되는 만큼 인내에도 보람이 느껴진다.

곧장 집에 돌아가자는 생각으로 걷고 있었지만, 달이 예쁘기도 하고 밤바람이 선선해서 기분 좋았기에 잠시 산책을 즐기기로 했다.

톨네라와 비교해서 올펜의 생활은 눈이 핑핑 돌아가고 리듬이 빠른 듯 느껴지지만, 이렇듯 천천히 산책을 하면 한가로운 기분이 든다. 살살 취기도 도는 덕분에 둥실둥실 좋은 느낌이었다.

길을 따라서 가로등이 늘어서 있다. 안쪽의 불꽃이 주홍색으로 빛나며 길을 밝혀준다.

톡톡 지면을 밟아 나아가던 중 앞쪽 골목길에 인영이 들어가는 것을 봤다. 안젤린은 의문에 찬 표정을 지은 채 가만히 뒤를 따라갔다.

어둠 속에서도 알아볼 수 있다. 소년과 소녀 2인조였다. 둘 다 백발이다. 소년은 열다섯 살 정도. 소녀는 열 살 남짓 되었을까.

샤를로테와 벡. 보르도에서 적대했던 두 사람이었다.

안젤린은 기척을 지운 채 소리도 없이 후방에서 접근한 뒤 「야」 말을 건넸다. 고개 돌리는 벡의 목을 거머쥐고 벽에 밀어붙여서 힘을 가한다.

"움직이지 마. 큰 소리 내면 베어버릴 테다……."

비명을 지를 뻔했던 샤를로테는 허둥지둥 두 손으로 입을 틀어막았다. 안젤린은 벡을 매섭게 노려봤다.

"너희들, 어째서 이런 곳에 있었지……?"

"……글쎄다."

안젤린은 말없이 벡의 복부에 무릎을 차올렸다. 벡은 괴로워하며 신음을 터뜨렸다.

"너희가 보르도에서 저질렀던 짓, 나는 용서하지 않았거든……?"

"쿨럭……. 그러면 어쩌려고. 죽일 테냐?"

"……그게 세상에 더 보탬이 되지 않겠어?"

그렇게 말한 뒤 안젤린은 칼자루에 손을 얹었다. 그 손에 부드러운 감촉이 달라붙었다. 아래를 내려다보면 샤를로테가 간절하고도 절박한 낯빛으로 팔에 꼭 끌어안고 있었다.

"부, 부탁드려요! 벡을 죽이지 마세요!"

"……놔. 어린애라고 봐줄 줄 알아……?"

"부탁드려요! 사죄할게요! 용서해주신다면 뭐든 다 할게요! 그러니까 목숨만 살려주세요!"

"……놔."

안젤린은 눈물을 뚝뚝 흘리는 샤를로테에게 찡그린 얼굴로 답한 뒤 거칠게 뿌리쳤다. 샤를로테는 엉덩방아를 찧었다. 가방에서 화폐가 쏟아져 나와 뿔뿔이 흩어졌다. 안젤린은 흥, 코웃음 쳤다.

"아주 부자네. 사기로 한몫 잡았겠다, 야반도주……?"

"……저 돈은 돌려주기 위해서 갖고 다녔던 거다."

나직하게 중얼거렸던 벡을 안젤린이 쏘아봤다.

"……뭐라고?"

"그야 사기질로 꽤 벌었지. 그런데 말이다, 보르도에서 네 녀석에게 패배한 이후 다 관뒀다. 부적을 강매했던 집에 돈을 돌려주면서 돌아다녔다고."

"……내가 믿을 것 같아?"

"믿지야 않을 테지. 어쨌든 저 녀석의 명예를 위해 말했을 뿐이다."

안젤린은 다리에 매달려 있는 샤를로테를 내려다봤다. 잘 보면 옷이 꽤 지저분하고 소매도 반쯤 뜯어졌다. 아예 찢어진 곳도 있었다. 벡 역시 초라한 차림새다.

갑자기 우습다는 생각이 들어 벡에게서 손을 놓아줬다. 벡은 콜록거리면서 무릎 꿇었다.

"용서한다는 건 아니지만……. 저항도 안 하는 녀석을 죽이면 기분이 나쁘니까."

"감사합니다! 흐아아아앙!"

샤를로테는 다리에 매달린 채 엉엉 울었다. 벡은 목을 부여잡은 채 얼굴을 찡그리면서 안젤린을 쳐다봤다.

"말라깽이 주제에 웬 힘이 이렇게 무식하냐……."

"시끄러워……."

안젤린은 샤를로테를 일으켜 세운 뒤 손수건을 떠넘겼다.

"언제까지 울고 있을 거야……. 내가 나쁜 사람 같잖아."

"흐앙……. 자, 잘못했어요오……."

샤를로테는 손수건으로 눈물을 닦았다. 안젤린은 한숨짓고는 벡을 노려봤다.

"너에게는 묻고 싶은 게 잔뜩 있어……. 나랑 이미 아는 사이라는 말투였고."

벡은 얼굴을 찌푸렸다.

"……**지금의 나**는 대답할 수 없다."

"뭐라고? 무슨 뜻이야."

말하다 말고 안젤린은 갑자기 살기를 느껴서 검을 뽑아 들었다.

골목길 안쪽 어두운 곳에서 나이프가 날아들었다. 안젤린은 샤를로테를 가까이 끌어안은 뒤 검을 휘둘러서 쳐냈다. 물씬, 코를 찌르는 냄새가 난다.

"……독? 싫어라."

나이프가 안젤린을 노리고 던진 것 같지는 않았다. 그렇다면? 안젤린은 벡을 돌아봤다.

"……너희들, 얼마나 원한을 사고 다녔던 거야?"

"쓸데없는 참견이다……."

벡은 팔을 휘둘렀다. 바닥에 놓인 쓰레기 상자 및 통 부서지는 소리가 나고, 어둠 속에서 몇 사람이 뛰쳐나왔다. 똑같은 옷을 입고 가면을 썼다. 샤를로테의 얼굴이 공포에 젖어 경련을 일으켰다.

"정죄 기관……!"

"……응? 그게 뭔데?"

되묻는 한편 안젤린은 검을 뽑아서 막 덤벼드는 습격자들을 요격했다.

습격자들은 놀랍도록 가벼운 몸놀림으로 건물 벽을 달리다시피하여 안젤린과 소년 소녀를 에워쌌다.

안젤린은 검을 들어 올린 채 벡에게 샤를로테를 떠맡겼다.

"이 녀석들은 뭐야……? 아는 사이야? 왜 너희를 노려?"

"네, 넷. 이 사람들은 루크레시아 교황청의…….."

샤를로테가 말을 마치기 전에 예리한 칼날이 다수 들이닥쳤다. 날카롭고 확실하게 급소를 노리고 있다. 그 몸놀림은 고위 랭크의 모험가에 필적했다.

그러나 안젤린은 평범한 검사가 아니었다. 급소를 노리는 줄 미리 안다면 오히려 대처가 수월하다. 검을 쳐내서 한 사람을 걷어찬 다음 또 한 사람의 관자놀이를 칼자루로 때렸다. 가면이 날아간다. 그 안쪽에서 나타난 것은 젊은 남자였지만, 텅 비어 있는 눈빛은 광기에 젖어있었다.

"……뭐야? 인형 같은데…….."

"방심하지 마라."

위쪽에서 소리가 났다. 위에서 들이닥쳤던 습격자가 벡의 마법을 맞고 날아갔다. 안젤린은 벡을 돌아보면서 눈을 치떴다.

"누가 방심했다고……. 다 알고 있었어."

"흥……. 이놈들은 마법과 약을 써서 자아를 없앴다. 죽을 때까지 덤벼들지."

"……잔인하네."

안젤린은 피를 흘리면서도 부상당하기 이전과 똑같은 움직임으로 다가드는 습격자를 보고 얼굴을 찡그렸다. 이런 상황은 아주 싫었다.

불현듯 주위를 엷은 빛이 비추었다. 벡이 입체 마법진을 가시화시켰던 까닭이다.

아울러 동시에 콰직, 아찔한 소리가 났다. 돌아봤더니 습격자가 지면에 짓눌려 있었다. 마법진에 눌려서 찌부러졌나 보다.

"……진짜 싫다니까."

그래도 제정신이 아닌 상대에게 대화는 통용되지 않는다. 죽을 때까지 덤벼든다면 죽일 수밖에 없다. 안젤린은 아주 약간의 망설임을 뿌리친 뒤 육박하는 습격자의 목을 날려버렸다.

사샤마저 궁지에 몰았던 벡과 안젤린 두 사람이 상대여서는 습격자들 역시 오래 버티지 못했고, 아주 잠깐의 전투 후 주변은 고요한 죽음의 기척에 감싸였다.

안젤린은 검에 묻은 피를 닦으며 얼굴을 찡그렸다.

"으으…… 역시 살인은 기분이 나빠."

취기도 완전히 가셔버렸다. 모처럼 기분 좋게 술을 마셨는데 도대체 왜. 한숨만 나온다. 어쨌든 벡과 샤를로테를 돌아보며 턱짓했다.

"따라와. 사정은 잘 모르겠지만, 나도 묻고 싶은 게 있어."

벡은 샤를로테를 쳐다봤다. 샤를로테는 살짝 고개를 끄덕였다.

"네……. 잘 부탁, 드려요."

샤를로테는 떨고 있었다. 이렇게 보면 단지 어린 소녀로 보일 따름이다. 이토록 어린 소녀가 언데드를 부려서 보르도에 소요를 일으켰단 말인가. 안젤린은 새삼 되새겼다. 분명 배후에 뭔가 수상한 일당이 붙어 있는 게 틀림없었다.

빠른 걸음으로 거리를 빠져나와서 하숙하는 방에 돌아왔다. 작은 방이어도 세 명이 들어왔다고 비좁게 느껴질 만한 크기는 아니었다.

안젤린은 커튼을 치고 문을 걸어 잠갔다.

"앉아."

어쩔 줄을 모른 채 주저하던 샤를로테가 머뭇머뭇 의자에 걸터앉았다. 벡은 뒤쪽에서 가만히 서 있다.

안젤린은 주전자에 물을 담아서 염석(焰石) 화로에 얹어 놓았다. 이 돌은 배열 방식에 따라 강렬한 열을 발산한다. 그것을 이용하는 화로는 비싼 물건이지만, 안젤린은 일부러 사들여서 방에 놓아두었다.

겉옷을 벗고 샤를로테와 맞은편에 자리를 잡고 앉았다.

빤히 쳐다본다. 모자는 벌써 예전에 잃어버린 듯싶다. 분명 하

얇고 매끄러웠던 머리카락은 푸석푸석하게 갈라진 끝부분이 눈에
띄었고 옷차림은 꾀죄죄했다. 뺨이며 팔에 희미하게 멍과 상처 자
국도 볼 수 있었다.

"……정죄 기관이 뭐야?"

"……이단자 및 교황청에 맞서는 사람들을 비밀리에 처리하는
루크레시아 교황청의 비밀 조직이에요."

"흐음……. 어쩌다가 그런 녀석들의 표적이 된 건데?"

샤를로테는 잠시 머뭇거리다가 이윽고 결심을 굳힌 듯 신상 이
야기를 시작했다.

출생은 루크레시아의 추기경 집안이었다는 것. 권력 투쟁에 휘
말렸다가 알비노가 원인으로 이단 지정을 받았던 것. 부모님이 몸
을 던져서 도피시켰다는 것. 그 이후의 방랑 생활과 솔로몬을 부
활시키고자 획책하는 자들과 만남으로써 사교의 성녀가 되어 제
국 내에서 유세를 다녔던 것. 보르도에서 벌였던 암약, 패배한 이
후의 경위 등등.

안젤린은 납득해서 고개를 끄덕거렸다. 올펜에서 사교의 활동
이 사그라들었던 까닭도 이 소녀가 선동을 중단했기 때문일 테지.
딱히 견고하게 체재를 조직했던 것이 아니라 샤를로테가 보여주
는 『기적』과 변설에 의하여 그때그때 열병처럼 사람들을 열광시켰
을 뿐인 듯싶다. 사기로 팔던 부적 말고는 교리라고 할 만한 규칙
도 조직 운영 시스템도 없다. 지도자가 사라지면 와해되는 것이
당연하겠다.

이야기하는 도중 샤를로테는 완전히 풀이 죽어서 고개 숙였다.

"정말 믿어버렸어요. 그렇게 신자를 늘려 나가면 분명히 솔로몬이 제 힘이 되어줘서 뷔에나 교의 부패한 성직자들을 벌해줄 거라고요……. 그래도 마음 어딘가에선 그런 건 말도 안 된다고 생각했었죠. 제가 한 행동은 사기라고요. 그래도 복수에 눈이 멀어서 줄곧 외면했고……."

샤를로테는 킁킁 콧물을 훌쩍였다.

"그러니까 보르도에서 반지를 잃어버렸을 때 이제 관두자고 생각했어요……. 뷔에나 교는 싫지만, 아버님도 어머님도 복수를 기뻐하지는 않을 테니까……."

안젤린은 눈을 가늘게 뜨고 싸늘한 시선으로 샤를로테를 쳐다봤다.

"그런데도 보르도 자매의 아버지를 언데드로 만들었던 거야……?"

샤를로테가 바짝 얼어붙었다. 부들부들 어깨가 떨리고 눈에서는 눈물이 뚝뚝 떨어졌다.

"제, 제가요……! 스스로도 어째서, 그런 끔찍한 짓을……! 모, 모르…… 모르겠, 어서……. 다만, 미워서…… 아무것도 생각할 수가 없어서……."

오열하다가 결국은 숨이 막혀서 말을 못 잇는 모습이었다. 자꾸 뻔뻔하다는 생각이 들어 안젤린은 얼굴을 찡그렸다. 묵묵히 듣기만 했던 벡이 입을 열었다.

"……전대 보르도 백작을 이용하도록 말을 꺼냈던 놈은 마르타 백작이다만."

"……거짓말 같은데. 믿을 수 없어."

"믿으라는 말은 안 한다. 다만 사실은 사실이니까. 네가 믿든 안 믿든 간에."

"그래……."

"그래도, 그래도……. 제가 그런 짓을, 저지르지 않았다면……!"

가슴을 부여잡고 흐느껴 우는 알비노 소녀를 바라보면서 안젤린을 입을 꾹 다물었다. 그리 간단히 용서할 수 있는 잘못이 아니었다. 자신이 같은 상황이었다면? 잠시 상상해보는 것만으로도 몹시 괴로웠던 기억이 떠오른다. 흐느끼는 모습에서 짜증이 솟을 정도였다.

문득 벨그리프라면 어떻게 했을까 생각했다. 선뜻 용서했으리라 생각은 안 들지만, 그렇다고 냅다 밀쳐서 쫓아내고 문을 닫아버리는 매몰찬 행동도 하지 않았을 듯싶었다. 더구나 자신의 분노에 휩쓸려서 가시 돋친 태도를 취하는 모습은 상상도 되지 않는다.

게다가 기껏해야 열 살 남짓한 소녀에게 항상 이성적으로 행동하라 요구하면서 타박하는 짓도 어른스럽지 않다고 여겨졌다. 샤를로테에게 느낀 분노는 누구를 위해서인가. 자기 본위의 분노로 상대를 괴롭힌들 아빠는 기뻐하지 않을 것이다. 그런 생각이 들었다.

안젤린은 치솟으려던 감정을 내리누르고자 눈을 감았다. 이 분노가 특별히 잘못된 것은 아니다. 그러나 적어도 샤를로테와 벡을 심판할 권리가 자신에게 있지는 않다. 보르도에서 헬베티카에게 대면시키는 것이 올바른 수순이라 여겨졌다.

"……꽤 다쳤네."

안젤린은 눈 뜨고 손을 뻗어서 샤를로테의 뺨에 난 멍 자국을 손으로 어루만졌다. 샤를로테는 아픔 때문인지 간지러움 때문인지 살짝 몸을 움찔거렸다. 눈이 아주 새빨개졌다.

"부적을 팔았던 사람에게도, 신자가 됐던 사람에게도, 돈을 돌려주면서 제가 잘못했다고 사죄하고……. 그렇지만 거짓말쟁이라고 욕하고 때리고……. 더 심한 폭력을 당할 뻔했던 적도 있었는데 벡이 도와줬어요……. 그래도 정죄 기관의 표적이 된 이상은, 더는……."

안젤린은 다 끓인 물로 꽃차를 달이면서 눈살을 찌푸렸다.

"네 얘기를 들어보니까 협력했던 녀석들한테도 배반자. 교황청이 보기에도 반역자. 어떻게 발버둥 쳐도 표적이 될 수밖에 없잖아……."

"으으……."

샤를로테는 얼굴을 두 손으로 감쌌다. 안젤린은 꽃차를 소녀의 앞쪽에 놓아줬다.

"마셔. 조금은 진정될 거야."

그러고는 벡을 돌아보면서 말했다.

"너희를 자유롭게 풀어놓을 순 없는 데다가 캐묻고 싶은 게 잔뜩이니까 어딘가로 휙 사라져도 곤란해. 오늘 밤은 일단 여기에서 자."

"……그렇게 신용해도 되는 건가? 잠든 틈에 목을 벨 수도 있다만?"

"내가 너 따위한테 당할 것 같아? 헛소리 말고 얌전히 있어."

벡은 눈살을 찌푸렸지만 아무런 말도 하지 않았다. 수락의 뜻이라고 받아들인 안젤린은 탁자 너머로 샤를로테를 쓰다듬어줬다.

"그렇게 예뻤던 머리카락이 다 상했구나……. 내일 목욕할 수 있는 곳으로 데려다줄게."

"네……? 그래도……."

"절대로 벌써 용서한다는 게 아니야. 그래도, 그러니까 더더욱 보르도에 데려가서 제대로 사과시키겠어. 알았어? 그때까지는 내가 지켜줄게."

"네, 네에!"

샤를로테는 안심해서 얼굴에 살짝 미소를 띠었다. 그 표정은 그저 천진난만한 열 살짜리 소녀였다.

34 밤이 깊어지고 다음 날 아침이 되도록

　밤이 깊어지고 다음 날 아침이 되도록 그라함과 마르그리트는 돌아오지 않았다. 공간이 뒤틀려 있어서 공략에 시간이 꽤 걸리고 있는 걸까, 아니면 다른 요인 때문인가. 아무튼 차분하게 기다려 보려던 벨그리프도 점점 걱정이 들었다.

　"그 두 사람에게 설마 별일이야 없을 터인데……."

　"모르는 일이라오. 마왕이라는 것이 뜻밖에도 강력한 개체였다든가……. 벨 님! 역시 저희도 가세하십시다!"

　던컨이 기운차게 외쳤다.

　확실히 염려가 된다. 그러나 그 두 사람이 당하지 못할 상대라고 가정한다면 과연 자신들이 나선다 한들 가세의 의미가 있을까? 아니, 그러나 혹여 중상을 당한 뒤 철수 중이라면 두 사람을 구하러 가는 행동이 되니 의의가 있겠다.

　단지 비틀린 공간이 긴 탓에 탐색에 시간이 걸리고 있는 것이라면 다행일 테고, 그게 아니더라도 뭐든 힘을 보탤 순 있을 것이다. 벨그리프도 던컨도 방해꾼 노릇은 안 하고 싸울 자신이 있다. 어쨌든 간에 완전히 헛걸음이 되진 않는다.

　"……알겠네. 가세. 다만 우리 단둘이 마왕에게 맞서는 것은 무모하지. 상황을 잘 살펴서 무모하게 덤벼들지는 말자고."

"역시 벨 님이시오! 하하핫! 모처럼 실력 발휘를 하겠군!"

정말 당부를 알아들은 게 맞을까. 벨그리프는 쓴웃음 지었으나 이런 때에도 평소 태도며 자세가 흐트러지지 않는 던컨 덕분에 묘하게 차분한 기분이 드는 것도 분명했다.

각각 무기를 들고 숲으로 향했다.

오늘은 아침부터 구름이 끼었던 터라 발 주변의 그림자도 엷다. 숲에 진입해서 하위 마수를 해치우며 안쪽으로 나아감에 따라 주위가 묘하게 하얀빛을 띠었고, 나무들과 지면의 요철이 밋밋하게 평면처럼 보였다. 그럼에도 어두운 그림자는 짙었고, 그 탓에 몹시도 섬뜩한 인상을 가져다줬다.

벌써 20년 이상 걸어 다녔던 숲인데도 불구하고 전혀 다른 풍경으로 보인다.

벨그리프는 나침반을 꺼내 들었다. 바늘이 요동을 친다. 방위를 가늠할 수가 없었다. 이 시기는 산을 향해서 불어 올라가는 바람이 대부분인데도 불구하고 바람마저 불규칙하게 종횡으로 불고 있었다.

두 사람은 일정한 방향으로 걷고 있다고 여겼지만, 얼마간 더 나아간 끝에 똑같은 장소로 되돌아왔음을 알아차렸다. 조금 전 해치웠던 마물의 주검이 바닥에 나뒹굴고 있었다.

"확실히 공간이 비틀린 듯싶다는 말은 사실이었군……."

"벨 님, 길은 어떻게, 짐작이 좀 가오?"

던컨이 전투 도끼를 고쳐 메면서 물었다. 벨그리프는 딱딱 의족으로 바닥을 두드리면서 위를 쳐다봤다. 나뭇가지 틈 사이로 보인 하늘은 진주색을 띠었다. 그림자가 옅기에 어느 방향에서 햇빛이 내리비치는가 가늠도 되지 않았다.

"글쎄, 곤란하군……. 내가 알던 숲과 상황이 많이 달라졌어……."

"으음……. 어찌해야 하나……."

던컨은 전투 도끼를 지면에 찔러 세우고 기대섰다. 벨그리프는 잠시 가볍게 주위를 둘러보았고, 이윽고 확신이 선 사람처럼 걸음을 뗐다. 던컨이 놀라서 뒤를 따랐다.

"길을 알아보시겠소?"

"아니, 감일세."

"가, 감이라……?"

불안한 듯 눈살을 찌푸리는 던컨에게 벨그리프는 쓴웃음을 지어 보였다.

"의외로 무시할 수 없는 것이 감이라네. 머리로 고민해 봤자 소용없을 때는 우리가 본래부터 갖고 있는 동물적인 본능에 의지하는 것도 방법이지."

"흐음……. 벨 님이 그렇게 말씀하신다면야……."

던컨은 조금 납득이 안 된다는 모습이었지만, 벨그리프를 믿어 보기로 마음먹었는지 주위를 경계하면서 따라왔다.

발아래의 나무뿌리가 꾸불꾸불 얽혀서 바닥으로 뻗어 나간다. 이끼가 융단처럼 펼쳐져 있는 장소가 나타났다. 큰 바위를 침식하며 나무가 자랐고, 머리 위쪽에는 크고 작은 나뭇가지가 복잡하게 얽혀서 천장 비슷한 구조를 이루었다.

"정말 상당히 분위기가 바뀌었군……."

벨그리프는 주의 깊게 주변의 지형 및 불어오는 바람, 마수의 기척이며 실제 교전 시 덮쳐들 만한 방위 따위를 관찰했다. 경험과 본능에서 비롯된 감으로 발걸음을 옮기면서도 주위의 사물과 현상에서 모종의 법칙성을 발견하고자 집중했다.

그때 머리 위쪽의 나무 높은 곳으로 강한 바람이 불었다. 싸락싸락 소리가 나며 나뭇가지가 한 방향으로 흔들린다.

벨그리프는 퍼뜩 깨닫곤 머리 위쪽으로 시선을 줬다.

"그렇군……. 알겠다."

그리고 걸어 나아간다. 던컨은 당황한 채 뒤를 쫓아오면서 입을 열었다.

"뭐, 뭐가 어떻게 된 거요? 벨 님, 본인은 당최 영문을 모르겠구려……."

"이 시기에는 남풍이 많이 분다네. 숲 안쪽은 북쪽이지. 바람이 부는 방향을 따라가면 안쪽으로 나아갈 수 있어."

"그, 그러나 바람은 여기저기에서 불어오는 게 아니었소……?"

"숲 안쪽에서는, 맞네. 그러나 아무래도 상공의 바람은 마력의 영향 바깥에 있는 듯싶어. 같은 방향을 향해 바람이 부는군."

던컨은 위를 올려다봤다. 살짝 보이는 나뭇가지 틈 사이에서 여러 나무의 윗부분이 분명 똑같은 방향을 향해 흔들거리는 광경을 볼 수 있었다. 던컨은 탄성을 쏟아 냈다.

"감탄스럽군……. 대단한 관찰력이오."

"강한 바람이 불기에 늦게나마 눈치챌 수 있었네. 숲의 정령이 불러들인 바람일지도 모르겠군……."

벨그리프는 농담조로 받아치고는 웃었다.

이동 방향이 결정 난 덕분에 걸음걸이가 빨라졌다. 때때로 위를 보고는 바람 방향을 확인하면서 안쪽으로 나아간다. 점점 더 출현하는 마수의 랭크가 올라가는 느낌이었다.

던컨이 거미 마물의 머리를 전투 도끼로 깨부쉈다.

"이거, 원. 적의 숫자가 자꾸 불어나는구려……."

"그래. 그러나 기껏해야 B랭크……. 이 정도로 그 두 사람이 낭패를 보았을 리 없다 생각되네만……."

벨그리프는 눈에 힘줘서 주위를 둘러봤다. 줄지어 서 있는 나무의 밀도가 높아졌고, 거기에 덩굴 및 관목의 가지가 얽혀서 마치 벽면과 비슷한 구조물을 이루었다. 나무로 된 미궁이다. 이 주변은 본격적으로 던전화되기 시작한 듯싶었다.

머리 위쪽을 본다. 가지가 복잡하게 얽히더니 결국 빈틈마저 잎이 가리는 탓에 하늘은 보이지 않았다. 벨그리프는 한숨 쉬었다.

"자…… 이제부터는 마음을 단단히 먹어야 할 걸세, 던컨."

"하하핫, 본인은 처음부터 굳은 각오로 임했소이다! 어서 가십시다!"

벨그리프는 쓴웃음 짓고는 고개 돌렸다. 지나왔던 길 곳곳 나무에 표시를 남겨 두면서 왔다만, 과연 도움이 되기는 될까.

그러나 이제 와서 주춤거린들 아무런 의미가 없다. 벨그리프는 한껏 숨을 들이마시고 목적지를 주시했다.

"가세."

○

뚜둑뚜둑, 나무와 나무끼리 서로 마찰하는 소리가 나고 있었다. 여러 나무가 살아 있는 것처럼 움직이고 가지를 구불거리며 광장의 지붕을 돔 형상으로 감싸 놓았다.

"장난치는 거냐……."

마르그리트는 아득, 이를 악물었다. 주위에는 마수의 시체가 잔뜩 굴러다니고 있다. 그러나 더욱 바깥쪽에는 무수히 많은 마수가 득실거리며 찌르는 듯한 살기와 적의를 마르그리트에게 쏟아부었다.

그 건너편에 아이가 한 명 있었다. 나뭇가지 위에 걸터앉아서 다리를 살래살래 흔들고 있다. 검고 긴 머리카락이 펄럭펄럭 바람에 나부끼고, 검은 눈동자는 묘한 서글픔을 머금은 채 마르그리트를 보고 있었다.

"대놓고 여유 부리는군……. 깔보지 마라!"

마르그리트는 세검을 겨누어 들고 미끄러지듯 달려 나갔다.

움직이는 순간, 마수들도 밀려닥쳤다. 마르그리트는 지긋지긋했는지 얼굴을 찡그리고 춤추는 듯한 움직임으로 마수를 닥치는 대로 베어 갈랐다.

밀려드는 마수들은 별달리 랭크가 높진 않았다. 그러나 숫자가 많아서 까다롭다.

마르그리트는 분명 상당한 실력자였지만 어디까지나 검사다. 섬멸전을 특기로 하는 마법사가 아니었다. 압도적으로 숫자가 많은 적을 상대할 때면 어쩔 수 없이 피해가 누적된다.

그럼에도 마르그리트는 조금도 약한 모습을 보이지 않는 움직임으로 마수를 연신 해치웠다. 거무칙칙한 피가 흩날려서 소녀의 하얀 피부를 더럽혔다. 가공할 솜씨로 검을 휘두르는 마르그리트는 마수의 공격을 접근시키지 않는다. 그러나 마수는 파도처럼 밀려들었다가 빠져나갔고, 빠져나간 뒤 다시 밀려들었다.

나뭇가지에 앉은 아이는 서글프게 눈을 내리깔았다가 마르그리트가 있는 위치에 휙 손가락질을 했다.

마르그리트는 문득 한기를 감지한 뒤 신속하게 물러났다. 소녀의 발밑에서 검은 그림자가 솟아올라오더니 괴이한 형태를 이룬다. 간신히 인간 모양새를 유지했다 뿐 흔들흔들 형태가 바뀌었다.

번뜩, 그림자의 얼굴이라 짐작되는 부분에 눈이 나타났다. 하나가 먼저 나타나더니 폭폭 소리를 내며 온 얼굴에 다수의 눈이 벌어지면서 광기에 찬 시선을 마르그리트에게 보냈다. 마주 바라보면 머리가 이상해질 것 같다.

마르그리트는 흉포한 미소를 지은 채 검을 겨눴다.

"재밌네……. 어디 한번 제대로 붙어보자고!"

그림자 마수가 닥쳐들었다.

마르그리트는 부르짖다시피 고함을 내지르고는 검을 번쩍 치켜들면서 요격에 나섰다.

그 뒤쪽에서 그라함이 팔짱을 낀 채 공방을 지켜보고 있었다. 광장 바깥쪽이다. 앞길을 가로막고 나뭇가지가 격자처럼 둘러쳐져 있다. 검은 뽑지 않았고 마르그리트에게 가세할 뜻은 티끌만큼도 없는 듯싶다. 다만 싸늘한 시선으로 전투에 임하고 있는 마르그리트를 지켜볼 뿐 실망 때문인지 체념 때문인지 가늠할 수 없는 한숨을 쉬었다.

"……어찌 모르는가."

마르그리트를 좇아온 그라함은 상당히 빠른 단계에서 따라잡을 수 있었다. 소녀는 숲에서 활동하는 데 익숙한 엘프였지만, 던전 탐색에는 서툴렀던 까닭에 그라함의 추적을 쉽게 허락할 수밖에 없었다.

끈질긴 설득에도 엘프의 공주가 귀를 기울이지 않자 그라함은 마침내 뜻을 꺾었다. 원하는 대로 싸우도록 내버려 뒀다. 한 차례 스스로 겪어보는 것도 필요하리라 생각해서였다. 전투 중 얻을 수 있는 깨달음에 기대했다.

그러나 지금까지는 딱히 조짐이 보이지 않는다. 무턱대고 검을 휘두를 뿐.

"분명 강하다. 그러나 단순한 무력이 전부라면……."

그라함은 저 너머 나뭇가지에 앉아 있는 아이를 쳐다봤다. 아이는 서글픔이 묻어나는 눈빛으로 마르그리트를 보고 있었다.

묘한 느낌이었다. 마력의 질은 마왕이라 불리는 존재와 가깝다. 그러나 아이에게서는 근소하게 느껴질 뿐이다. 다만 나무가 돔 형태를 이루어 뒤덮고 있는 이 광장에는 그 마력이 충만했다. 마수들은 거기에 이끌려서 몰려들었을 것으로 짐작된다.

그라함은 시선을 떼지 않고 쭉 관찰했다.

마력의 근원은 아마도 아이가 맞을 것이다. 그러나 마력은 바깥으로 방출되어 이렇게 기묘한 장소를 형성하는 데 이르렀다. 중심 역할을 하는 아이를 둘러싸고 있는 마력은 당장은 통제하에 있는 듯 짐작된다. 아이를 해친들 마력이 사라지지는 않을 것이다. 오히려 통솔자를 잃은 채 폭주할지도 모른다.

역전의 용사였던 그라함도 도무지 알 수가 없었다. 마왕과 유사한 마력의 질을 보유했음에도 결국은 자기 몸으로 거두지 않은 까닭에 장소만 영향을 받고 있다. 게다가 장소 자체를 스스로 통제하에 두고 있다니.

"……마치 자신의 안식처를 만들려는 것 같군."

그라함은 중얼거렸다. 마르그리트는 이런 사실을 깨닫지 못한 모양이다. 이미 아이를 마왕이라 단정 지었고, 어서 해치우기만 하면 해결되리라 속단하고 있다.

그러나 자신도 젊었던 시절에는 다짜고짜 돌진했었다. 눈앞의 장애물은 베어 넘기고 나아가면 된다고 진심으로 여겼던 것도 사실이다. 노련한 모험가가 충고 삼아서 건넸던 말도 늙은이의 허튼

133

소리로 치부할 뿐 귀를 기울이지 않았다.

같은 경험이 있었던 만큼 그라함은 암담한 기분에 빠져들었다. 달려 나가는 젊은이를 붙잡아 세우기란 너무나도 어렵다.

그때 뒤쪽에서 기척이 났다. 고개 돌렸던 그라함은 깜짝 놀랐다.

"……으음?"

벨그리프와 던컨이 서 있었다. 의아해하는 얼굴로 그라함의 건너편에 있는 나무 돔을 바라본다.

"두 분이…… 어찌하여?"

"벌써 하룻밤이 지났소. 무슨 일이 있는가 하여."

던컨의 말에 그라함의 눈매가 가늘어졌다.

"……그런가. 언제 그렇게."

"혹시 날이 바뀌는 줄도 모르셨습니까? 이곳에서도 해가 저물고 떠오르는 광경은 확인하실 수 있으셨을 텐데요……."

"아무래도 공간이 비틀린 탓에 시간의 흐름도 차이가 발생한 듯하이. 이곳에서는 아직 해가 저물지도 않았네."

던컨은 놀라서 눈을 크게 떴지만, 어렴풋이 짐작하고 있었던 벨그리프는 의혹을 확인하고 고개를 끄덕였다.

"그나저나 대체 이곳은……."

"변모된 숲의 중심부라네. 소규모지만 마력이 이곳에서 소용돌이치고 있군."

"……마르그리트 님이!"

던컨이 돔 안쪽을 보고 소리쳤다. 그라함을 돌아본다.

"어서 우리도 가세하십시다!"

그러나 그라함은 조용히 고개를 가로저었다.

"지금은 저 녀석이 배워야 할 때라네……. 말로 타일러서 못 알아듣거든 체험으로 깨닫게 해줄 수밖에."

"그, 그러나, 상대는 마왕이잖소?! 혹여 큰일이라도 나면……."

"걱정하지 말게, 던컨 군. 내가 보기에 저것에게는 마르그리트를 죽일 만한 힘이 없다네."

"으, 으음……."

던컨은 납득이 가지 않는다는 모습으로 나뭇가지 격자를 붙잡고 눈앞의 싸움을 주시했다.

벨그리프도 눈살을 찌푸린 채 지켜봤다.

"……저 아이가 마왕이란 말씀입니까?"

"모르겠군. 그러나 마력의 질은 비슷한 부분이 많아. 정체를 알수 없는 상대일세."

"……흐음."

도무지 알 수가 없었다. 벨그리프가 보기에 저 아이에게서는 분명 사악한 낌새는 느껴지지 않았기 때문이다. 주위를 둘러싸고 있는 마수는 어쨌든 간에 아이는 살기도 적의도 내비치지 않았다. 자신이 저것과 맞서 싸운다면, 자신은 과연 검을 휘둘러 베어 낼수 있을까? 그런 의문을 품게 만드는 상대였다.

그러나 마르그리트는 이러한 특이성을 알아차리지 못한 듯싶다. 좌우간에 쓰러뜨려야 할 상대로 저 아이를 바라보고 있다. 그것을 그라함은 못내 유감스러워하는 모습 같았다.

마찬가지로 마수와 싸우는 딸을 둔 처지로서 그라함의 심정은 알 수 있었다. 성장을 촉구하기 위해 부득이하게 다소 쓴 약을 써야 한다는 마음도 이해가 된다. 그러나 도무지 가라앉힐 수 없는 안타까움이 있었기에 벨그리프는 살짝 애가 끓었다.

세 사람이 지켜보는 가운데 마르그리트는 기이한 마수를 베어 넘기며 아이가 있는 곳으로 돌진했다. 아이는 휙휙 손가락을 휘두른다. 주위의 어두운 곳에서 또 그림자가 기어 나오더니 질량을 지닌 채 마르그리트의 앞을 가로막았다.

"걸리적거린다고……!"

마르그리트는 예리하게 검을 번쩍였다. 그림자가 베여 갈라져서 녹아들듯 사라졌다. 마르그리트는 탄력 있는 몸놀림으로 아이가 있는 곳까지 도약했다.

"죽어랏!"

마르그리트는 몸을 비틀어서 세검을 뒤로 빼냈다가 곧 용수철이 튀어 오르는 듯한 기세로 세차게 내찔렀다. 아이는 조금도 몸을 움직이지 않고 마르그리트를 보면서 불쑥 중얼거렸다.

"외로, 워……."

세검이 아이에게 도달했다고 여겨졌을 때, 마르그리트의 움직임이 우뚝 멈췄다. 뒤쪽에서 잡아당기는 힘을 느끼고 마르그리트가 고개 돌리자 그림자가 촉수처럼 사지를 뻗어 다리에 휘감겨 있었다.

콱 잡아끌기에 마르그리트는 낙법도 취하지 못한 채 지면에 세게 내동댕이쳐졌다.

"끄, 흐윽……!"

폐에서 공기가 밀려 나옴에 따라 마르그리트는 괴롭게 신음했다. 오래도록 아픔을 겪은 적이 없었기 때문에 사고가 혼란에 빠졌다.

방심했나? 여기에서 패배했다가는 큰숙부의 말대로 되어버리잖은가. 웃기지 마라!

"장난질…… 집어치워!"

마르그리트는 억지로 몸을 일으켜서 들이닥치는 마수를 베어 넘겼다. 다리에 들러붙은 그림자를 우격다짐으로 뿌리치고 다시 도약하기 위해 무릎에 힘을 넣는다.

그런 마르그리트를 보고는 아이는 더욱더 서글퍼하며 눈을 내리떴다.

"무서워……."

획, 손가락이 휘둘러진다. 아이의 뒤쪽 어둠에서 그림자가 일직선으로 뻗어 나와 마르그리트의 복부를 세차게 가격했다. 통증과 더불어 머리에 피가 올랐던 까닭으로 반응이 늦어졌던 마르그리트는 그 일격을 무방비 상태에서 얻어맞은 뒤 뒤쪽으로 날려 갔다.

그럼에도 가까스로 몸을 가누어 낙법을 취한 뒤 비틀비틀 일어선다. 입속에서 쇠의 맛이 났다.

주위에서 상황을 살피고 있던 마수들이 이때를 좋은 기회라고 여겼는지 일제히 밀려닥쳤다. 마르그리트는 응전하고자 했지만, 몸이 자기 뜻대로 움직여지지 않았다.

"제…… 젠장……!"

검을 겨눈 채 비틀거렸던 마르그리트를 커다란 손이 받쳐줬다.

마르그리트는 놀라서 얼굴을 들어 올렸다. 벨그리프가 사나운 표정을 짓고 서 있었다.

"……아저씨? 당신이, 어째서……."

"이야기는 나중에 합시다. 그라함 님."

그렇게 말한 뒤 마르그리트를 뒤쪽으로 밀어낸다. 그곳에 있던 그라함이 마르그리트를 넘겨받았다. 벨그리프는 검을 뽑아서 마수와 맞서 싸웠다.

밀려드는 주위의 마수 상대로 던컨이 전투 도끼를 휘둘러 요란하게 활극을 벌이고 있다. 그 광경을 보고 마르그리트는 몸을 움직였다.

"……아직이다! 나는 아직 끝나지 않았……!"

"마르그리트."

중후한 목소리가 들렸을 때 마르그리트는 움찔 몸을 떨었다.

"크…… 큰숙부……."

"자중하거라."

"……젠장."

마르그리트는 분해서 고개 숙였다.

벨그리프는 마수를 베어 가르면서 아이가 있는 위치로 다가갔다. 그리고 아래에서 위를 올려다보며 아이를 살펴본다. 아이는 변함없이 서글퍼하는 눈으로 벨그리프를 마주 바라봤다. 벨그리프는 문득 표정을 누그러뜨리고는 검을 검집에 납검했다. 아이가 눈을 깜빡거렸다.

벨그리프는 발길을 돌려서 빠른 걸음으로 그라함이 있는 곳으로 돌아왔다.

"물러납시다. 무익한 싸움입니다."

"……뭔가 알아냈는가?"

"저 녀석은 진짜 아이입니다. 단지 겁먹었을 뿐이지요. 이쪽에서 손을 썼기에 자신을 지키려 할 뿐, 제게는 그렇게 보입니다."

"흠……. 역시 그리 보았는가."

그라함은 마르그리트를 훌쩍 안아 들었다.

"물러나세."

"던컨! 물러나지!"

"알겠소! 후위는 본인에게 맡겨주시구려!"

던컨을 최후미에 두고 네 사람은 돔 바깥으로 빠져나와서 곧장 달아났다. 아이는 이상하다는 표정을 지은 채 지켜봤다.

돔에 득실거리던 마수들은 어느 틈인가 자취를 감췄고, 바람이 나무를 흔들어 싸락싸락 잎사귀 부딪히는 소리를 낼 뿐이었다.

아이는 멍하니 시선을 움직이다가 불쑥 중얼거렸다.

"……외로워."

35 애틋함이 만약 형태를 지닌다면

애틋함이 만약 형태를 지닌다면. 로브 남자가 말을 이었다.

"남겨진 것은 과연 어찌 되겠나."

"흐흥."

맞은편에 앉아 있는 하얀 옷차림의 남자가 히죽히죽 웃었다.

"솔로몬은 멍청한 짓을 했어. 불사로 만든 건 좋지만, 자아의 초석이 별개로 존재한다니 말이야. 아주 귀찮다고."

"호문클루스들은 솔로몬의 아래로 돌아가고 싶어 하지. 이것은 전부 다 애틋함의 자아가 전면에 나와 있기 때문이다. 솔로몬은 녀석들이 자신을 그리워하게 만들었다. 따라서 그리워할 대상을 잃은 호문클루스 녀석들은 발광했지."

"그래, 바알은?"

"애틋함만 도망쳤다."

로브 남자는 탁자 위쪽에 검은 보석을 올려놓았다.

"잠에서 깨우면 증오와 파멸의 자아만이 풀려날 테지."

"거 멋지군. 쓸데없이 솔로몬을 그리워하는 마음을 남겨 두기보다는 다루기 쉬운 병기가 될 테니."

"제어가 가능하다면 말이지."

로브 남자는 얼굴을 찌푸린 채 보석을 품에 넣었다.

휘황찬란한 방이었다. 고급 장식품이 여기저기에 놓였고, 천장에 매달아 둔 샹들리에에서 마법의 불꽃이 타오르고 있다.

하얀 옷차림 남자는 일어서서 창가 가까이 걸어가 바깥을 내다봤다. 밤의 불빛이 곳곳에서 일렁거리고 있었다.

남자는 지긋지긋하다는 듯이 웃고는 빙글 돌아섰다.

"그나저나 이 짧은 기간에 잘도 여기까지 도착했네?"

"카임 애송이에게 빌려줬던 힘을 본래 위치로 돌려놓았을 뿐이다."

"아, 공간 전이? 이름이 벡이었던가? 맞아, 추기경의 딸한테 붙여 놓았었지. 그래서 어떻게 됐어? 선동은 잘 진행되고 있나?"

"녀석들은 배반했다. 사미지나도 파괴됐지. 부활하는 데 시간이 걸린다. 선동당했던 바보들도 구심점을 잃어버리고 활동에 지장이 생긴 듯싶군. 조만간 완전히 주저앉을 테지."

로브 남자의 말에 하얀 옷차림 남자는 유쾌하게 웃었다.

"하하, 결국은 실패작인가……. 그래, 어떻게 할 거야?"

"글쎄, 어찌할까. 그 계집아이도 실험에 이용하지 못할 이유는 없다만, 딱히 특별한 가치가 있지는 않군. 애당초 뷔에나 교의 패거리도 노리고 있는 상황인 만큼 이쪽에서 손쓰기 전에 제거될지도 모른다만."

"후후, 그 여자애는 교황청의 입장에서 봐도 화근이니까 말이지. 살아 있었다고 알게 된다면 제거하려 들겠지. 정죄 기관은 이미 움직였어?"

"종교를 이용해서 포섭했던 귀족 및 선동자가 잇따라 사라지고 있다. 그 계집아이를 제거할 겸 불온 분자를 싹 쓸어버리겠다는 계획일지도 모르겠군."

"어휴, 참. 눈가림용 사교도 역할이 끝난 셈인가. 이제부턴 조금 신중하게 움직여야겠네."

"처음부터 별 기대는 하지 않았다. 제대로 된 실체도 없는 수단을 언제까지나 의지할 순 없는 노릇이었지."

로브 남자는 탁자에 둔 컵을 들어서 차를 홀짝였다.

"북부의 녀석들은 말괄량이 엘프에게 박살 났더군. 베리트, 오세, 모락스. 이 녀석들은 파괴되었다. 부활하려면 시간이 걸릴 테지."

"꼴사납기는. 마지막에 승리하는 건 우리야."

유쾌하게 웃는 하얀 옷차림 남자를 보고 로브 남자는 얼굴을 찌푸렸다.

"……흑발의 여검사라는 모험가를 알고 있나?"

"아니?"

"바알을 쓰러뜨렸던 녀석이다. 더욱이 보르도의 선동 공작도 저지했지."

"오, 제법이네. 그런데 왜?"

"칭호처럼 흑발이다. 눈동자도 검은색이지."

그 말을 듣고 하얀 옷차림 남자는 재미있다는 표정을 지은 채 의자에 걸터앉았다. 탁자에 팔꿈치를 괴고 몸을 쓱 내민다.

"염색한 게 아니라? 네가 보기에는 어때?"

"아직 직접 살펴본 게 아니지만 가능성은 높군. 조사할 계획이다."

"후후. 만약 성공작이라면 상황이 재미있어지겠네."

"바보 같은 소리는 마라. 완전히 성공했다면 오히려 난감해지 잖나."

"……그것도 맞는 말이네. 어휴, 놓쳐버렸던 게 가장 큰 실책이 었다니까."

"흥……. 나는 이만 가겠다. 너도 방심하지 마라."

"당연하지. 아무튼, 바알의 애틋함은 결국 어떻게 됐어?"

"알 바 아니군. 핵은 여기에 있다. 마력이 떨어지면 저절로 소멸할 테지."

로브 남자는 손을 가슴에 가져다 댔다. 그의 모습이 아지랑이처럼 일렁거리다가 처음부터 없었던 것처럼 사라졌다.

○

마을에 돌아왔을 때는 이미 해가 저물었다. 분명 아침에 나왔건만, 벨그리프와 일행들은 시간 흐름의 차이를 느끼고는 놀랐다. 하루 종일 자취를 감췄던 벨그리프와 일행들을 걱정해서 젊은이들이 자경단을 조직한 뒤 마을 주위를 순찰했다는 것은 벨그리프에게도 기쁜 성장이었다만.

전투 중에는 흥분 상태에서 분주히 돌아다녔던 마르그리트는 그라함의 등에 업혀서 몸에 휴식을 취하자 부상 및 피로를 못 이기고 힘이 쭉 빠져나가버린 듯싶었다. 한창 귀로를 서두르던 중 잠에 들었고, 지금은 침상에 똑바로 누워서 새근새근 숨소리를 내며 숙면하고 있다.

잠들어 있는 모습은 도저히 거친 발언을 내뱉거나 검을 쥐고 난장을 칠 사람처럼 보이지는 않는다.

조용히 잠든 질손을 곁눈질하며 그라함은 탄식했다.

"골치 아픈 녀석이군……. 그래도 이제 조금은 깨달은 바가 있었다면 좋으련마는."

"……그 심정, 이해합니다. 그라함 님."

벨그리프는 살며시 미소 짓고는 차를 더 끓였다.

던컨이 팔짱을 낀 채 벨그리프를 본다.

"그나저나 놀랐소이다! 마르그리트 님이 공격에 당해 날아갔던 순간에 벨 님의 돌풍 같았던 움직임! 방금 전까지는 분명 본인의 옆쪽에 서 계셨거늘 순식간에 저분의 곁까지 접근하셨잖소!"

"상황이 급했던지라……. 주제넘는 행동을 했지."

"아니, 그렇지 않네. 자네 덕분에 이 녀석도 중상을 모면할 수 있었으니."

그라함은 마르그리트를 바라보면서 눈을 내리떴다.

"나는 정말이지 제자를 길러 내는 재주가 모자라더군. 마르그리트에게 검술이야 철저히 주입시켰다만, 그 결과가 이런 꼴이니……. 내 아이처럼 엄격하게 훈육했다고 자신은 있었건마는……."

그라함은 띄엄띄엄 옛날이야기를 시작했다.

마르그리트는 별달리 아버지의 애정을 받고 자라지 못했다고 한다.

아버지, 즉 서쪽 숲의 왕 오베론은 엘프의 씨족 하나를 통솔하는 수장의 역할을 짊어져야 했다. 따라서 자식 한 명에게 얽매일 수가 없었던지라 어머니 및 유모가 신변을 맡아 돌봐줘야 했었다.

그 무렵 그라함은 엘프령의 서쪽 숲에서 은거에 가까운 생활을 했다. 오랜 모험가 생활 때문에 아내도 자식도 두지 않았고, 게다가 엘프 본연의 삶을 방기한 채 바깥 세계로 나돌았던 터라 막 돌아왔을 즈음은 비난도 거셌다던가.

그러나 마왕을 비롯하여 고위 랭크의 마수를 토벌했던 업적은 엘프들 사이에서도 영웅적인 행위였다. 조금씩 엘프령에서도 인정받았고, 그에게 호감을 갖고 방문하는 젊은 엘프들도 늘었다.

"오베론도 나를 숙부로 공경해줬네. 너무 공공연하게 드러내진 못했지만, 바깥 세계의 시점을 갖고 있는 나에게 여러 차례 의견을 구하러 와주고는 했지."

"그랬군요……."

"그런 연고도 있었던 덕에 마르그리트와 만날 기회가 많아졌지. 저 녀석은 바깥 세계에 흥미를 갖게 되었고, 내 여행 이야기를 듣고 싶어 했다네."

마르그리트는 엘프 본연의 고요한 생활에는 도무지 적응하지 못했다고 한다. 여느 사람들의 곱절은 될 만큼 호기심이 왕성했고, 그라함의 여행 이야기 및 마수와 싸웠던 이야기를 들을 때마다 눈을 반짝거리며 잇따라 더 많은 모험담을 졸랐다.

"마르그리트는 내가『그라함』으로 높인 명성을 몹시 부러워했지."

"인정받고 싶었기 때문이라고 짐작해도 되겠습니까?"

벨그리프는 말했다. 그라함은 고개를 끄덕거렸다.

"엘프는 개인 단위의 자신을 별로 중시하지 않아. 자아라는 속박에서 해방되어 자연과 더욱 일체화됨으로써 정신의 안녕과 조화를 추구하지. 그러나 마르그리트는 달랐네. 마르그리트라는 개인으로 인정받고 싶었을 게야……. 내 경험담이 박차를 가한 것은 분명하지."

"음, 그런 영웅심이야 한창때의 젊은이라면 누구든 가슴에 품는 법 아니외까? 본인도 젊은 시절에는 비슷한 꿈을 가지고 고향에서 뛰쳐나왔소만……."

"그 부분이 엘프와 인간의 차이라네, 던컨 군. 나 역시, 마르그리트 역시, 엘프라는 종족의 상식에서 보면 이단자가 되는 셈이야."

그녀도 마찬가지였을까, 벨그리프는 기억에 남아 있는 엘프 소녀를 떠올렸다.

어쨌든 간에 그러한 우여곡절이 있었고, 그라함은 마르그리트에게 검을 가르쳤다.

엘프라고 싸움을 무작정 질색하지는 않는다. 엘프령에도 마수가 발생할뿐더러 고기를 확보하기 위해 사냥도 한다. 숙련된 무기술의 습득은 아마 엘프에게도 바람직한 과제 같았다.

마르그리트는 대단히 놀랄 만한 기세로 숙달됐다. 왕족의 피를 이은 덕분에 강한 마력을 보유할 수 있었고, 그라함에게 몸속의 마력을 조작하는 방법에 대해 가르침을 받은 이후 눈 깜짝할 사이에 제 것으로 만들었다. 또한 여러 가지 검법을 차례차례 체득했고, 더 나아가 자기류로 재정립하여 갈고닦았다.

그러한 재능 덕택에 마르그리트는 이전보다 더욱 강하게 그라함이 걸었던 길에 동경심을 품게 되었다.

그리고 결국은 어느 날, 검을 한 손에 들고 다짜고짜 뛰쳐나갔다는 사연이다.

"엘프는 떠나가는 자에게 냉담하지. 씨족의 조화를 흩뜨리는 존재이기 때문이라네. 오베론도 왕비 타이타니아도 씨족을 다스리는 자로서 그런 태도를 취할 수밖에 없었어."

"그런 연유로 그라함 님께 마르그리트 님을 맡기셨군요."

"오베론은 본디 분주한 처지였거든. 혹시 어쩌면 내가 더 마르그리트와 보낸 시간이 길었을 수도 있겠군……."

그라함은 탄식했다.

"숲을 떠난 엘프는 무릇 고독한 존재일세. 매사에 특이하다는 시선을 받게 될뿐더러 두려움의 대상이 되는 경우도 많아. 그렇다고 숲에 돌아가 봤자 동포들이 다시 받아줄 때까지는 시간이 걸리지. 나는 몸소 겪어서 알았기에 더더욱 저 녀석을 말리고 싶었다네."

"……그게 쓸데없는 참견이라고, 큰숙부."

세 사람은 목소리가 들린 방향을 봤다. 마르그리트가 상체를 일으켜서 기운 없이 머리를 긁적이고 있었다.

"일어났느냐……. 몸은 좀 어떻고?"

"……만족했어? 큰숙부, 예상한 대로 결과를 맞이했잖아."

마르그리트는 예리한 시선으로 그라함을 노려봤다. 그라함은 눈살을 찌푸린 채 마주 바라봤다.

"어찌하여 이리 사고가 비뚤어졌단 말이더냐……? 나는 결단코 너의 전부를 부정하는 게 아니다. 다만 사려가 결여된 행동은 자기 자신을 궁지로 몰아넣을 뿐이다."

"잔소리는 이제 지겨워……."

마르그리트는 일어서려다가 부상당한 몸이 아파서 얼굴을 찡그리고는 무릎 꿇었다.

던컨이 허둥지둥 달려간다.

"아니 되오, 아직 상처도 다 낫지 않았거늘!"

"건드리지 마!"

마르그리트는 짐승처럼 으르렁거리며 던컨의 손을 뿌리쳤다. 그리고 벨그리프를 새삼 쳐다보면서 자학적인 미소를 띠었다.

"어차피 아저씨들도 속으론 비웃잖아? 멍청한 계집애가 혼자 무모하게 쳐들어가서 꼴사납게 나자빠졌다고! 아주 멋진 구경거리였겠어!!"

"마르그리트!!"

그라함이 분노한 표정으로 일어섰다.

"투정질 좀 적당히 해라! 던컨 군도 벨그리프 군도 너를 걱정해서 달려와줬다! 그런데 너는 어찌……! 이렇게 다른 사람을 밀쳐

내면 도대체 누가 너를 인정해준단 말이더냐! 누가 칭찬해준단 말이더냐! 대답해봐라!"

마르그리트는 입술을 꽉 깨물고 침묵했다. 그러다가 비틀비틀 일어서더니 불안불안한 걸음걸이로, 다만 빠르게 걸어서 집 밖으로 나가버렸다. 던컨이 당황해서 뒤를 따라가고자 다리를 움직였다.

"마르그리트 님!"

"내버려 두게! 던컨 군. 이리도 어리석은 녀석을 봤나……. 정나미가 다 떨어지는군!"

그라함은 팔짱을 끼고 난폭하게 의자에 걸터앉았다. 차분한 모습밖에 보여준 적이 없었던 남자가 웬일로 분명하게 노여움을 드러내는지라 던컨도 입을 다물고 다리를 멈췄다.

그러나 벨그리프는 일어서서 문으로 향했다. 그라함은 얼굴을 찌푸렸다.

"벨그리프 군, 쫓아갈 필요 없다네."

"그리할 수는 없습니다. 그라함 님, 저 또한 딸아이가 있는 처지라 귀하의 심정은 족히 이해됩니다……. 그 노여움이 자기 자신에게도 향하고 있다는 사실까지 말입니다."

"……그러나."

"가까운 관계인 탓에 도리어 서로 고집부리게 되는 경우도 있지요. 주제넘은 참견인지라 죄송합니다만, 이번에는 제가 나서보겠습니다. 아무쪼록 맡겨주십시오."

"……감사할 따름이네. 자네에게는 자꾸 신세만 지는군……."

그라함은 깊숙이 머리 숙였다. 벨그리프는 빙긋 웃고는 집을 나섰다.

낮 동안 하늘을 뒤덮던 구름은 개었고 별하늘이 펼쳐져 있다. 달은 나오지 않았지만, 그만큼 별들은 더욱 밝은 광채를 발하는 듯 보였다.

앞마당에 인영이 하나 있었다. 몸이 쑤시는 탓일까, 마르그리트는 멀리 나가지 못했다. 앞마당의 울타리에 기댄 채 깊은 한숨을 쉬며 물끄러미 조금 앞쪽의 땅바닥을 응시하고 있었다.

벨그리프가 천천히 다가가자 마르그리트는 얼굴도 쳐다보지 않고 쏴붙였다.

"뭐야, 아저씨. 동정 따위는 필요 없거든?"

"하하, 딱히 위로하자고 나온 게 아닙니다. 잠시 대화를 나누고 싶어서 말입니다."

벨그리프는 마르그리트의 옆쪽에 서서 마찬가지로 울타리에 기대어 섰다. 마르그리트는 입을 삐죽거리며 휙 고개 돌렸다.

"흥……. 대화는 무슨, 필요 없어."

"흠, 정말입니까? 저 역시 검사라 행세하는 몸, 당신의 뛰어난 검 솜씨는 존경할 만합니다. 세검을 쓰는데도 불구하고 장검에 뒤지지 않는 예리한 참격. 필시 검과 감응력도 높을 테지요."

마르그리트는 움찔 눈썹을 움직이고는 당황해서 입을 우물우물했다.

"뭐, 뭐어……."

"평소에는 어떤 단련을 하십니까?"

"그야…… 휘두르기라든가? 그리고 검식을 따라 움직이고, 마력의 흐름을 의식하면서 명상, 그리고 또 목적에 따른 찌르기나 참격을 훈련하는 거지. 딱히 특별한 훈련 내용은 없는데."

"그렇군요……. 확실히 복수의 검식을 한데 덧붙인 듯한 독특한 움직임을 취하셨지요. 용케 잘 다듬어 내셨습니다. 감탄스럽습니다."

"그, 그런가……? 헤헤……."

그렇게 웃다가 말고 깜짝 놀라서 입을 시옷 자로 꾹 다문다. 벨그리프는 쿡쿡 웃었다.

"제게는 딸이 있습니다. 지금은 남쪽 도시에서 모험가로 활동 중이지요. 자식 자랑은 팔불출이라지만, 검의 재능이 몹시 뛰어난 아이랍니다."

"흐음……. 나랑 비교하면 누가 더 센데?"

"글쎄요, 잘 모르겠군요. 제 딸아이도 제법 뛰어난 솜씨이고, 마왕을 토벌했던 경험도 있다니까 말입니다……."

"……이봐, 아저씨."

"말씀하시죠."

"내가 말이야, 이제 열여덟이거든? 존댓말은 관둬, 징그러우니까. 나는 숲 바깥에서도 공주님 행세를 할 생각은 없다고."

벨그리프는 피식 웃었다.

"그렇구나. 알겠다, 말은 좀 편하게 하자."

"응……. 아무튼, 아저씨 딸은 마왕은 얼마나 많이 해치웠는데?"

"하나라더군."

마르그리트는 의기양양하게 웃었다.

"나는 셋인데. 내가 더 강한 거 맞지?"

"하하, 그럴지도 모르겠구나……. 그래도 실제로 대결했을 때 누가 더 강할 것인가, 확실히 나도 짐작이 안 되는군."

"당연히 내가 이길 수밖에 없지. 큰숙부한테 검을 배웠다는 말씀이야. 아저씨 딸은 누구한테 검을 배웠는데."

벨그리프는 난처하게 웃고는 턱수염을 쓸어 만졌다.

"나란다. 스승의 격을 보자면 확실히 네가 단연코 우위에 있군."

"아하하핫! 아저씨, 무지 강한 사람인가 봐?"

마르그리트는 재미있다는 듯이 웃었다. 그러니 웃음을 터뜨리자 상처가 쑤시는지 웃으면서도 눈살에 주름이 졌다. 벨그리프는 쓴웃음을 짓고는 등을 문질러줬다.

"강하지 않아. 내 경우는 딸의 재능이 훨씬 더 뛰어나거든."

"뭐야, 지금 나한테는 재능이 없단 식으로 말하는 거야?"

"이 녀석, 말을 비뚤게 받아들이지 말거라. 너는 틀림없이 재능덩어리가 맞아. 그라함 님을 스승으로 두지 않았더라도 분명히 지금 수준으로 강해졌을 거라고 본다."

그렇게 말하자 마르그리트는 얼굴을 찡그렸다.

"아닌데. 분명히 내가 천재는 맞지만, 큰숙부를 스승으로 모신 덕분에 더 강해진 거야. 아저씨 딸도 큰숙부한테 배웠다면 훨씬 강해졌을걸."

"역시나……. 후후, 그라함 님을 상당히 신뢰하는구나."

"……윽!"

속았다! 낭패라는 듯이 마르그리트는 뺨을 새빨갛게 붉히고 휙고개 돌렸다.

마르그리트는 결코 어리석지 않음을 벨그리프는 느껴왔다. 그러나 젊음이란 여러모로 다루기 까다롭다. 거기에서 비롯된 근거 없고 이상한 자신감은 때로는 힘이 되며, 때로는 족쇄가 된다. 처음에는 살짝 부렸던 작은 고집이 이리저리 튀어 다니는 동안 눈덩이처럼 커다래져서 돌이킬 수가 없어지는 경우도 많다.

벨그리프에게도 경험이 있었다.

다리를 잃어버렸을 때 괜찮다며 동료들에게 고집부렸었다. 모험가로 계속 버티며, 전투가 아닌 잡일과 비슷한 일만 수행하면서, 그럼에도 웃음 지었다. 자존심에 상처 입었음에도 불구하고 약한 모습을 드러내는 게 싫었다. 결국 괴로움을 못 견디고 도망치다시피 톨네라로 돌아와버렸다. 아무에게도 어떠한 말도 남기지 않았다. 이후 옛 동료들과 서로 소식을 알지 못한다. 약한 모습을 감추고 줄곧 고집부렸던 결과다.

벨그리프는 구태여 내색하지 않고 별을 올려다봤다.

"나는 너를 부정할 생각은 없단다. 네 마음은 잘 이해되니까."

"흥……. 입으론 무슨 소리를 못 하겠어."

"입만 갖고 하는 소리가 아니야. 나도 옛날에는 모험가였지. 꿈과 희망을 갖고 있었고, 자신감이 있었고, 이상적인 미래를 움켜

잡을 수 있노라 의심하지 않았지."

"……그래서, 어떻게 됐는데?"

"이런 꼴이구나."

벨그리프는 오른쪽 의족으로 울타리를 딱딱 찼다. 마르그리트는 새삼 다리를 바라보면서 의문이 어린 표정을 지었다.

"다리, 그래서 없었구나……."

"그래……. 모험가 따위 목표로 하지 말란 소리를 꺼낼 생각은 없단다. 그런데 말이지, 이렇게 실패를 겪은 나라든가 그라함 님이라든가 던컨의 이야기에 귀를 기울이는 게 결코 헛되지는 않지 싶구나. 너는 그라함 님의 여행 이야기를 좋아했다면서?"

"……응."

벨그리프는 빙긋 웃고는 마르그리트의 어깨를 톡 다정하게 두드려줬다.

"배고프겠구나. 집에 돌아가볼 테냐?"

"……알았어."

벨그리프는 휘청이는 마르그리트를 부축해서 집에 돌아왔다.

집에 들어온 마르그리트는 주뼛주뼛하는 표정으로 슬쩍 그라함의 안색을 살폈다. 그라함은 잔뜩 굳은 얼굴로 의자에 걸터앉아 있었지만, 마르그리트를 보고는 조금 미안해하며 눈을 내리떴다.

"마리…… 말이 좀 지나쳤구나. 미안하다."

"아, 아냐……. 나도…… 잘못했어."

아마도 오랜만에 애칭을 불렸는지 마르그리트는 뺨을 붉혔다.

두 사람 다 표현이 서투르구나, 벨그리프는 미소 지었다. 던컨은 먼저 안도의 한숨을 내쉬고는 곧이어 호쾌하게 웃어 젖혔다.

"마르그리트 님! 부상이 다 회복되거든 아무쪼록 대련을 꼭 부탁드리겠소!"

"조, 좋아! 뭐, 아저씨한테 질 리가 없지만!"

"하하핫! 본인 또한 쉽사리 지지는 않는다오!"

벨그리프는 냄비를 불에 올리면서 숲속의 아이를 떠올렸다. 그 아이는 단지 쓰러뜨리면 해결되는 상대가 아닌 듯싶었다. 무엇인가 다른 해결 방법이 있지 않을까.

"……대화가 통해야 할 텐데."

"음? 뭐라 말씀하셨소? 벨 님."

"아니……. 아무것도 아닐세, 던컨. 감자를 좀 가지고 와주겠나?"

"아무렴, 잠시만 기다려주시오."

벨그리프는 힐끗 그라함을 쳐다봤다. 그라함은 온화한 표정으로 살짝 고갯짓으로 인사했다. 감사의 뜻이 뚜렷하게 담겨 있었다.

36 눈을 떴을 때 뭔가 보들보들해서 꼭 안았더니 기분이 참 좋은

눈을 떴을 때 뭔가 보들보들해서 꼭 안았더니 기분이 참 좋은 감촉이 품속에서 느껴졌다. 안젤린이 의아한 표정을 짓고 살펴봤더니 하얀 머리카락이 보였다. 어찌 된 영문인지 작은 소녀를 품에 안고 있었다.

"……맞다. 침대가 하나밖에 없어서."

안젤린이 몸을 뒤척거리자 품속에 있던 샤를로테가 꾸물꾸물 움직여서 더 깊숙이 안겨 들었다. 앞가슴에 얼굴을 꼭꼭 문질러 댄다.

"흐얌……. 어머니임……."

"음……. 내 모성은 그렇게 크지 않은데……."

누운 자세에서 방 안쪽을 휘릭 훑어본다. 소파에는 벡이 앉은 채 팔짱을 끼고 깊숙이 고개 숙이고 있었다. 잠든 것 같다.

침대에 기대어 세워 둔 검이 여전히 있음을 확인한 뒤 안젤린은 샤를로테를 다시 껴안았다. 보드랍다.

"이 녀석, 감촉이 엄청 좋았어……. 그래도 목욕부터 시켜야겠네."

제대로 못 씻은 탓인지 살짝 냄새가 난다. 본래는 훨씬 더 좋은 냄새가 날 텐데.

안젤린은 잠시간 샤를로테를 꼭 껴안은 채 감촉을 만끽하다가 창문 너머가 이미 밝았음을 알아차리고는 소녀의 뺨을 쭉 잡아당겼다. 샤를로테는 음냐음냐 중얼거리면서 살짝 눈 떴다.

"흐얌…… 머예오……."

그렇게 말하다 말고 안젤린이 시야에 들어오자 이런저런 기억이 떠올랐는지 허둥지둥 벌떡 일어나서 침대 바깥으로 뛰쳐나갔다.

"조, 좋은 아침이에요! 그, 그게요. 오랜만에 제대로 된 침대에서 잤던 바람에. 그, 그게, 그러니까……."

"그렇게 무서워하지 마……. 누가 잡아먹는 것도 아니고."

"아, 아으……."

"일단 아침밥……. 야, 일어나."

안젤린은 소파에 걸터앉아 있는 벡의 다리를 찼다. 벡은 머리를 수그린 자세 그래도 대답했다.

"……일어나 있다. 뭐냐?"

"심부름. 접시부터 날라."

벡은 귀찮다는 듯이 일어서고는 찬장에서 접시를 꺼냈다. 샤를로테는 머뭇머뭇하면서 조심스레 눈을 치뜨며 안젤린을 올려다봤다.

"저기요, 안젤린 님……. 저는 뭘 하면 될까요……?"

"세수하고 오렴. 그다음 나를 거들어줘."

샤를로테는 급히 세면대로 가서 어푸어푸 세수를 했다. 수건으로 얼굴을 닦고 안젤린을 돌아본다.

"다 씻었어요!"

"응. 이리 오렴."

안젤린은 샤를로테의 머리카락을 묶어준 다음, 잎 채소를 잘게 뜯으라고 말했다. 그리고 자신은 염석 화로에 프라이팬을 올려 가열하면서 거기에 베이컨과 달걀을 얹어 놓았다. 자글자글 소리가 나며 향긋한 냄새가 풍긴다. 샤를로테는 꿀꺽 침을 삼켰다.

미리 사 놓은 빵을 다시 데우고, 샐러드와 베이컨 에그가 아침 식사다. 벡은 여전히 무표정으로 느릿느릿 먹고 있지만, 샤를로테는 먹는 중 갑자기 눈물을 뚝뚝 흘렸다.

안젤린은 살짝 어이가 없어 꽃차를 홀짝였다.

"웬 호들갑이야……. 그렇게 맛있어?"

"네에……. 그게, 따뜻한 식사가, 오랜만이라……."

그 많은 돈을 가방에 갖고 다니면서 한 푼도 안 썼다는 말인가. 안젤린은 샤를로테의 각오를 살짝 다시 봤다. 복장 상태도 꾀죄죄한 것이 적어도 진지하게 반성하는 듯싶다.

그렇지만 사람까지 죽는 사태를 일으켜버렸다. 대체 어떠한 대가를 치러야 속죄할 수 있을까. 안젤린은 판단이 안 됐지만, 적어도 보르도 가문 사람들에게 제대로 된 사죄의 뜻은 전해야 할 것이다. 그 이후에 저쪽에서 무엇을 요구할지는 잘 모르겠다. 그러나 분명하게 책임을 져야 할 사안이었다.

"뭐, 아직 보르도에는 갈 수 없지만……."

준비가 필요했다. 무턱대고 움직였다가는 재차 보르도의 사람들까지 말려들 가능성이 있다.

아니지. 잠깐, 가만있자. 분명 벡은 공간 전이 마법을 사용할 줄 알지 않았던가?

"있잖아."

"……뭐냐?"

"너 말야, 분명히 공간 전이를 쓸 줄 알았지? 그거 어디까지 갈 수 있어?"

벡은 눈살을 찌푸렸다.

"기억에 있는 장소라면 가능하다만……. 이제 무리다. 빼앗겨서 말이지."

"……빼앗겼다?"

"그 마법은 빌린 물건이었다. 놈들을 배반해버렸던 탓에 빼앗겼지."

안젤린은 얼굴을 찡그렸다. 마법이 대여 가능하다는 말 따위 들었던 적이 없다. 그러나 지금 상황에서 벡이 구태여 거짓말을 할 것 같지도 않았다.

"입체 마법진은 잘 썼잖아."

"그것은 내가 스스로 습득한 마법이니까. 공간 전이는 빌린 물건이었고."

"……마법이 대여 가능한 물건이었어?"

"그런 놈들이니까."

벡은 꽃차를 홀짝였다. 안젤린은 낙담했다. 벡이 전이를 쓸 수 있다면 톨네라에 돌아가기도 수월했을 텐데.

"쓸모없는 녀석이네……."

"……미안하게 됐군."

어쨌든 간에 전이를 못 쓴다면 역시 아직은 톨네라에 갈 수 없다. 적의 반응을 살피며 준비부터 갖춰야 한다.

적어도 보르도로 가는 여행길 도중 습격당하기보다는 올펜이 아군도 많이 있으니까 더 안전하다. 게다가 초가을에 마리아나 유리를 데리고 갈 수 있다면 안전도는 훨씬 더 올라가고, 벨그리프의 결혼 계획도 함께 진행할 수 있겠다.

"일석이조……."

안젤린은 혼자 고개를 끄덕거리곤 빵을 베어 물었다.

아침 식사를 마쳤다. 자, 이제 어떻게 할까.

평소에는 길드에 가서 아넷사 및 밀리엄과 합류한 다음 수주할 만한 의뢰가 있나 확인한다. 있다면 의뢰를 처리하고, 없다면 휴일이다. 혼자서 느긋하게 지내든 셋이서 놀러 가든 그때그때 결정한다.

어떻게 하든 한 번은 길드에 갈 필요가 있었다. 이야기를 잘 진행하면 샤를로테와 벡을 보호하는 인원이 더욱 든든해질지도 모르니까.

마왕을 부활시키고자 획책하는 일당과 뷔에나 교의 정죄 기관. 어느 한쪽뿐이라면 안젤린도 대책을 마련하기 수월하겠지만, 별개의 조직이 따로따로 수를 쓴다면 역시 버거울 수밖에 없다. 만약 길드에서 돕지 않더라도 아넷사와 밀리엄이 협력해주면 훨씬 수월해질 것이다.

식기를 정리한 뒤 옷을 갈아입고 검을 허리에 찼다. 샤를로테는 안젤린의 눈치를 살폈다.

"저기, 저희는 어떻게 할까요……."

"같이 가자. 길드에 갈 거야."

그 말을 듣고는 벡이 얼굴을 찡그렸다.

"추천하고 싶지 않은데."

"어째서?"

"우리는 한 차례 이곳의 길드 마스터와 맞붙었던 전적이 있다."

안젤린은 한숨 쉬었다.

"진짜 말썽쟁이들이네……."

"아으……. 죄송해요……."

샤를로테가 고개 숙였다. 안젤린은 머리를 톡톡 다정하게 두드려줬다.

"뭐, 괜찮아. 올펜 길드의 사람들은 내 앞에서 머리를 못 들거든……."

"……너는 도대체 정체가 뭐냐."

기막혀하며 벡이 질문하자 안젤린은 훗 웃었다.

"S랭크 모험가지. 너보다 정체는 훨씬 더 확실하다는 말씀……. 뭐, 이야기는 나중에 천천히 하자."

안젤린은 샤를로테를 재촉해서 방을 나섰다. 벡은 느릿느릿한 걸음걸이로 뒤를 따랐다.

붓으로 칠한 듯 구름이 엷게 끼어 있었지만, 날씨는 제법 좋았다. 그럼에도 옆에서 걷는 샤를로테는 자꾸만 흠칫흠칫하며 걸음을 옮겼다. 언제 어디에서 습격자가 나타날지 몰라 경계하는 모습이었다.

애고고, 안젤린은 고개를 가로젓고는 샤를로테의 손을 꼭 쥐었다. 샤를로테는 깜짝 놀라서 안젤린을 올려다봤다.

"괜찮아. 나랑 같이 있잖아."

"……아! 네엣!"

샤를로테는 희색을 디며 안젤린의 손을 맞잡았다. 이런 관계도 나쁘지 않구나, 안젤린은 생각했다. 마치 갑자기 여동생이 생긴 기분이었다.

여동생. 제법 감미로운 울림이었다. 어머니와는 또 다른 매력이 있다. 보호받는 입장에서 벗어나 어리광을 받아주는 쾌감이라면 맞은 표현일까?

안젤린은 샤를로테를 빤히 바라봤다.

"……샤르라고 불러도 될까?"

"네? 앗, 그럼요!"

"……나는 앞으로 언니라고 부르도록."

샤를로테는 주뼛주뼛 조심스레 눈을 치뜨며 안젤린을 올려다봤다.

"저기…… 어, 언니……?"

"……흠흠."

좋다.

안젤린은 묘한 만족감을 느끼면서 가벼운 걸음걸이로 길드를 향해 걸었다. 벡은 어이가 없었는지 눈살을 찌푸린 채 묵묵히 따라온다.

갑자기 안젤린이 고개 돌렸다.

"너는 몇 살이야?"

"……뭐?"

"몇 살이냐니까?"

"……열다섯, 이다만……. 그게 어쨌다는 건가."

안젤린은 히죽히죽 웃었다.

"너도 누나라고 부르는 걸 허락하마."

벡은 벌레를 씹은 표정을 지었다.

"웃기는 소리 마라……."

"후후, 쑥스러워하기는……."

"쑥스럽기는, 누가!"

벡은 뿔난 사람처럼 고함질렀다. 안젤린은 장난스럽게 웃으며 걸음을 빨리했다. 샤를로테도 쿡쿡 웃음 지으면서 안젤린과 걷는 속도를 맞춘다. 벡은 불쾌해하며 얼굴을 찌푸렸지만, 그럼에도 두 사람에게 뒤처지지 않도록 걷는 속도를 높였다.

길드는 여전히 떠들썩하다. 가을을 앞에 두고 교역이 성행하게 되면 그에 따라서 호위 의뢰도 많아졌다. 타 지역에서 호위를 맡아 왔다가 다른 호위 의뢰를 받아 여행을 하는 방랑 모험가도 여럿 볼 수 있었다.

접수처에 갔더니 먼저 와 있었던 아넷사와 밀리엄이 유리와 뭔가 대화 중이었다. 안젤린이 이름 부르자 두 사람이 고개를 돌렸다.

"안녕, 안제. 오늘은 탐색 의뢰에 괜찮은 게……."

말하다 말고 아넷사는 의문스러워하며 눈에 힘줬다.

"웬 아이를 데리고 왔어?"

"여동생이야."

"……뭐?!"

"메롱, 거짓말."

"이 녀석……!"

입을 뻐끔뻐끔하는 아넷사의 옆에서 밀리엄이 쿡쿡 웃었다. 그러고는 샤를로테를 말똥말똥 바라본다.

"으음, 어딘가에서 본 적이 있는 것 같은데……. 어디였더라?"

"……앗! 보르도에서!"

아넷사가 먼저 떠올리고 샤를로테를 주시했다. 샤를로테는 흠칫 겁먹고는 몸을 움츠렸다. 안젤린은 입을 삐죽거렸다.

"너무 겁주지 마……."

"그래도, 분명 마르타 백작과 같이 보르도에 혼란을 일으켰던 주범이잖아? 어째서 이런 곳에……."

"이래저래 할 이야기가 많아. 유리 씨."

"으응?"

"길드 마스터, 있어?"

"응, 있단다? 평소처럼 비틀비틀하지만 말야."

유리는 카운터의 쪽문을 열고 안젤린과 샤를로테, 벡을 들여보내줬다. 아넷사와 밀리엄도 고개를 갸웃거리며 함께 따라온다.

카운터 뒤쪽의 문에 들어가서 복도를 조금 걸어간 곳에 길드 마스터의 방이 있었다. 저번에는 라이오넬의 개인 방 비슷한 상태로, 침대와 집무용 책상 및 접객용 소파와 탁자뿐이었는데 현재는 서류가 가득 차 있었다. 전대 길드 마스터가 증축해서 쓸데없이 실내가 넓은 까닭에 지금은 의논을 할 때도 곧잘 사용된다.

방에 들어가자 집무용 책상에서 라이오넬이 지친 모습으로 서류를 보고 있었고, 옆쪽에 놓인 의자에는 도르토스가 걸터앉은 채 역시 서류를 들여다보고 있었다. 소파에는 체보르그가 앉아 있었는데, 다만 사무 업무를 싫어하는 탓에 무엇인가 일을 하는 게 아니라 머리 뒤쪽에 깍지를 끼고 의자 등받이에다가 체중을 푹 실어놓았다. 큰 몸집을 한껏 기대고 있는 탓에 소파가 삐걱삐걱 비명을 지른다.

"안녕."

안젤린이 말을 건네자 다들 얼굴을 들어 올렸다. 체보르그가 유쾌하게 웃는다.

"껄껄껄껄! 뭐냐, 웬일로 직접 찾아왔냐, 안제!"

"근육 장군, 오랜만……. 여전히 기운차네."

"내가 기운이 없을 리 만무하잖느냐! 기운이 아주 넘친단다! 심심해 죽겠구나!"

도르토스가 지긋지긋하다는 듯이 일어서서 체보르그를 쿡쿡 찔렀다.

"체보르그, 시끄럽다……. 안제, 뭔 일이라도 있나?"

"응. 상담 좀……."

"으음, 틀림없이 귀찮은 사건이 맞지? 안제 양. 그 아이들, 아저씨가 엄청나게 낯이 익은데……."

라이오넬은 대놓고 귀찮아하며 찌푸린 얼굴로 샤를로테와 벡을 보고는 탄식했다. 샤를로테도 라이오넬과 체보르그를 기억하는 듯 겁먹은 모습으로, 그럼에도 꾸뻑 머리를 숙였다.

"그때는……. 저희가, 미, 민폐를……."

체보르그가 희색을 띠며 일어섰다.

"그때 한판 붙었던 장난꾸러기들이 아닌가! 껄껄껄껄! 이번에는 방심 안 한다!! 어서 덤벼보거라앗!"

"히익."

몸집 큰 체보르그의 위압감에 놀란 샤를로테가 허둥지둥 안젤린의 뒤로 숨었다. 안젤린은 절레절레 고개를 흔들었다.

"근육 장군……. 싸우자는 거 아니야."

"엉?! 뭐랏?! 안제, 방금 뭐랬냐?!"

"자네는 잠자코 앉아 있게. 사정은 잘 모르겠다만, 대화를 왔단 말이렷다?"

"응……. 에드 씨랑 길 씨는?"

"그 녀석들은 잠깐 교섭 임무를 줘서 내보냈어……. 후, 후훗……. 조금이나마 나처럼 스트레스를 겪어보라지……."

라이오넬은 병적인 미소를 띠었다.

산처럼 쌓인 서류를 치워서 공간을 만든 뒤 일행은 접객용 탁자의 주위에 자리 잡았다. 의자 숫자가 충분하지 않아서 여자들은 소파에 꼭꼭 끼어 앉아야 했다. 벡은 앉지 않고 벽면에 기대섰다.

라이오넬은 심호흡하며 각오를 다지고 안젤린을 마주 바라봤다.

"그래, 어떤 이야기인데?"

"……이 아이들은 목숨을 위협받고 있어."

"뭐, 뭐라고오! ……무슨 이유로?"

안젤린은 샤를로테와 벡의 첨언을 더해 가면서 사태의 전말을 설명했다. 마왕을 부활시켜 이용하고자 획책하는 자들의 존재, 뷔에나 교의 비밀 조직이라는 정죄 기관, 거기에서 추측되는 음모.

"이 아이들을 가만히 죽게 내버려 두는 건 우리에게도 결국 손해밖에 안 된다고 봐……."

"흠……."

도르토스가 콧수염을 쓸어 만졌다.

"루크레시아의 정변 사태는 나 또한 소식을 전해 들은 적이 있었지. 그렇다면 발뭉크 경의 여식이 바로 너였구나."

"……네."

오랜만에 아버지의 이름을 듣게 된 샤를로테는 무의식중에 눈물을 글썽였다. 라이오넬은 평소와 달리 진지한 표정을 짓고 팔짱을 꼈다.

"즉 지금 교황청 사람들은 샤를로테를 구심점으로 받들어 앉힌 일당을 우려하고 있단 말이구나. 공공연하게 다루고 있진 못하지만, 그 정변은 나중에 심문의 작위성을 지적받았다고 들었거든…… 발뭉크 경의 따님을 받들어서 대의명분을 세우겠다는 의도인가. 현세력과 반목하는 일당의 입장에서는 뭔 수를 써서라도 확보하고 싶은 인재겠네……"

"껄껄껄! 그래서 먼저 없애버리겠다는 속셈이냐! 별 시시한 녀석들을 보았나!!"

"이단자 사냥이라는 명목을 내세우면 정죄 기관도 움직일 수 있다는 말이로군."

"응……. 실제로 샤르는 사교의 선동자가 되었던 적이 있으니까 지목하기도 쉬웠을 거야."

"그게 전부는 아닐 텐데. 정보가 새어 나간 이상은 아마 샤를로테를 포섭하려는 일당도 벌써 물밑에서 움직이고 있을걸?"

아넷사가 말했다. 도르토스가 고개를 끄덕이고 수염을 쓸어 만졌다.

"그러나 절대 신용할 수 있는 놈들은 아닐 테지. 기껏해야 꼭두각시로 이용하겠다는 목적밖에 없을 터."

안젤린은 샤를로테를 바라봤다.

"루크레시아에 믿고 의지할 만한 사람은 있어……?"

샤를로테는 고개를 가로저었다. 그때 편들어줬던 사람들은 대부분 실권했거나 이단자 취급을 받아서 이미 처벌받았을 것이다. 제 몸을 던져서 샤를로테를 도와줄 만한 사람은 도저히 있을 것 같지 않았다.

라이오넬은 탄식했다.

"정죄 기관이라니……. 소문으로 들었던 적은 있었지만, 정말로 그런 게 실재했었구나……. 교황청과 분쟁이 일어나지 않으면 좋을 텐데……."

"비밀 조직이라면 쓸데없이 상황을 시끄럽게 만들진 않을 테니까 아주 공공연한 압력은 가하지 못할 거예요."

아넷사의 말에 라이오넬은 머리를 긁적였다.

"그러면 좋긴 할 텐데, 권력이 있는 인간들은 때때로 상상을 초월하는 만행까지 저지르거든……. 마왕을 부활시키겠다는 일당의 머릿속은 알 도리가 없지만……. 아무튼 이대로 가만히 두고 볼 상대는 아닐 테고. 곤란하네……. 그 녀석들은 사교와 같은 조직이야?"

샤를로테는 고개를 옆으로 흔들었다.

"잘 모르겠어요……. 무작정 뷔에나 교가 악의 주축이니까 무너뜨리자고 했어요. 그런데 저를 처음에 끌어들였던 사람들은 이후로 쭉 만난 적이 없었고, 딱히 대화도……."

"흠……. 국가 전복을 목표로 하는가, 어딘가의 나라나 귀족의 야망인가……. 어느 쪽이든 간에 제대로 된 놈들은 아니렷다."

"껄껄껄껄껄! 그래도 이야기를 들어본 바로 제법 솜씨가 좋은 녀석들이잖나! 상대해줄 보람이 있겠어! 재미있겠군!"

"그런데 말야~ 요컨대 양쪽이 서로 적대한단 뜻이네?"

밀리엄이 말했다. 아넷사가 고개를 끄덕거렸다.

"응, 아마도. 그게 위안이라면 위안이네."

"그러나 충돌은 기대하지 않는 게 좋겠다. 적어도 굳이 추대하여 이용하려는 자들을 제외하면 샤를로테의 죽음이 곧 목적 달성을 의미하니까 말이다."

"그 부분이 중요하죠. 어쨌든 상대의 의도를 조금이나마 파악할 수 있다는 게 감지덕지군요. 지난번 마왕 사태처럼 아리송한 건 아저씨가 정말 질색이거든……."

대화 나누는 어른들을 앞에 두고 샤를로테는 살짝 당황하며 주뼛주뼛 입을 열었다.

"설마…… 저, 저희를 도와주시려는 거예요? 저는, 그게, 나쁜 짓을 잔뜩 저질렀는데……."

체보르그가 호쾌하게 웃었다.

"껄껄껄껄! 꼬맹이는 괜한 걱정이랑 접어 두거라! 얌전히 지내다 보면 조만간에 다 해결될 게다!"

"그래도 사람이 죽기도 했고……. 저는, 틀림없이 사형을 당한다는 생각에 무서워서……. 그런 처벌이 아니라면 용서해줄 리가 없을 테니까……."

안젤린은 얼굴을 찌푸리고 샤를로테의 얼굴을 두 손을 잡아서 자신과 마주 보게 만들었다. 검은 눈동자가 소녀의 얼굴을 똑바로 주시한다.

"……죽고 싶어?"

샤를로테는 눈이 휘둥그레져서 고개를 휙휙 가로저었다.

"그렇다면 가볍게 사형이란 소리는 꺼내지 마……. 너 하나가 죽어 봤자 이미 저지른 행동이 사라지는 게 아니니까."

"아으……."

"나쁜 짓을 한 줄 알고 있다면 첫걸음은 뗀 거야. 속죄 방법은 나중에 진지하게 고민해보자. 그러니까 지금, 정체도 모를 일당한테 살해당하거나 납치당하면 곤란해……. 알아들었어?"

"네……."

샤를로테는 입을 꼭 다물고 고개를 끄덕였다. 지금 이렇듯 보호받는 입장이 된 이상 나중에 어떤 속죄의 방법을 요구당하더라도 고분고분 받아들이겠다고 각오를 다진 듯했다. 안젤린은 빙그레 웃었다.

"뭐, 언니가 있는 한 걱정할 거 없어……."

샤를로테는 울먹이는 얼굴로 웃었다.

여하튼 올펜 길드의 주요 멤버들이 샤를로테를 보호하기로 결정해준 만큼 안젤린은 안도했다. 길드가 교황청과 적대하게 될 사태를 염려해서 신중하게 나올 가능성도 조금은 고려했었지만, 역시 마음씨 착한 사람들뿐이다. 돕지 않는 다른 선택지가 없다는 듯한 행동거지였다.

올펜 길드는 규모가 크니까 소속 모험가들 모두가 아군이 되어준다는 보장은 없다. 그러나 길드 마스터를 비롯한 전직 S랭크 모험가들이 힘이 되어준다는 게 마음 든든했다. 여기 인원의 도움만 받아도 다른 조력자를 더 찾을 필요가 없을 정도다.

그런고로 무사히 협력자를 확보한 안젤린은 샤를로테와 벡, 거기에 아넷사와 밀리엄까지 같이 길드에서 나왔다. 오늘은 의뢰를 쉬고 두 사람이 쓸 생활 도구를 장만하기로 계획했다.

"먼저 목욕부터. 둘 다 조금 지저분하니까……."

"음? 어쩐지 아까부터 냄새가 좀 나더라니. 여자아이는 깔끔하게 하고 다녀야죠~."

수인이라 후각이 예민한 밀리엄은 샤를로테의 냄새에 얼굴을 찌푸리고는 얼기설기 엉킨 머리카락을 만지작거렸다. 아넷사는 살짝 난처하다는 표정을 짓고 탄식했다.

"아이고…… 일이 묘하게 되어버렸네."

그럼에도 아넷사 개인적으로는 샤를로테에게 특별히 나쁜 감정은 없었는지 밀리엄과 양쪽에서 사이에 두고 한쪽 손을 붙잡아 함께 걷고 있었다. 샤를로테도 기뻐 보인다.

한편 벡은 전혀 말을 않으며 조용히 뒤쪽에서 따라오고 있었다. 조금 전 대화를 나눌 때에도 배후의 조직에 대해 얼마간 정보를 제공했을 뿐 줄곧 과묵했었다.

안젤린은 걷는 속도를 살짝 늦춰서 벡과 나란히 섰다.

"……너한텐 이것저것 더 묻고 싶은 게 있어."

"……방금 물어보면 되었던 게 아닌가?"

안젤린은 훗 웃었다.

"너와 샤르는 다르잖아? 샤르는 평범한 인간이니까 어쨌든 간에 너는 정체를 밝히면 좀 많이 난감해질 것 같았고…….”

“흥……. 뇌까지 근육인 줄 알았더니만, 의외로 머리도 쓸 줄 알았군.”

“당연하잖아. 내가 『적귀』 벨그리프의 딸이거든? 검 솜씨만 갖고 S랭크가 된 게 아니라고.”

“흠, 딸이라…….”

벡은 가증스럽다는 듯이 얼굴을 찌푸렸다.

“너는 속 편해서 좋겠구나.”

“반대로 너는 뭐 때문에 맨날 심각한 거야? 치기 어리고 편견에서 비롯된 염세관 때문이라면 몇 년 뒤에 불현듯 떠올리고 몸부림치는 꼴을 못 면하니까 조심하라고 아빠가 말했는데…….”

“네 아버지는 뭐하는 사람이냐…….”

벡은 탄식하고 잠시간 입을 다물다가 이윽고 말문을 뗐다.

“내 안에는 마왕이 깃들어 있다. 카임이라는 마왕이지…….”

“흐음.”

어렴풋이 눈치채고는 있었는데 역시 맞았구나, 안젤린은 내심 수긍했다. 저번에 벡과 싸웠을 때 변모했던 모습에서 느낀 마력이 비슷한 성질을 갖고 있었기 때문이다.

“그래도 올펜에서 싸웠던 마왕이랑 살짝 다른 느낌이었는데…….”

“마왕이란 것들은 본래 솔로몬이 만든 호문클루스다. 불사의 존재이며 높은 마력과 전투력을 보유했지만, 주인을 잃어버려서 광기에 가득 차 있지.”

"그 말은 아까 들었어……. 그래서 호문클루스가 어째서 네 안에 있는 건데?"

"……호문클루스를 인간의 아이로 낳게 하자는 실험이 있었기 때문이지."

"……무슨 뜻이야?"

"나도 자세히는 듣지 못했다만……. 호문클루스가 지닌 뛰어난 능력을 계승시키는 한편 마왕의 기억과 광기는 제거하는 게 목적이었다던가……. 나는 실험체 중 하나였다. 다만 호문클루스의 자아가 심층에 남았다는 이유로 실패작 취급이었다만."

"흐음……. 별난 녀석이었네."

"시끄러워. 게다가 남 일이 아니잖나."

그렇게 말한 뒤 벡은 안젤린을 노려봤다.

"아마도 너 역시 실험체다."

"……엥?"

안젤린은 눈을 끔뻑거리다가 곧 웃어버렸다.

"내가 마왕이라고? 푸풉!"

"……자신의 강한 무력에 의문을 품었던 적이 없었나?"

안젤린은 홍 코웃음 치고 가슴을 폈다.

"……아빠 덕분이야."

"또 그 소리냐……. 진지하게 돌이켜봐라. 그 탁월한 잠재력은 호문클루스의 영향이다."

"그럼 어떻게 톨네라에서 아빠가 나를 주웠던 건데?"

"······글쎄다."

"네 이야기에 따르면 너는 제도에 있었던 거지? 즉 실험은 제도에서 이루어졌다는 말이고. 제도에서 톨네라까지 얼마나 먼데. 나는 막 태어난 상태에서 입양됐거든? 앞뒤가 안 맞잖아. 게다가 애당초 그딴 녀석들이 왜 실험체를 내다 버리겠어?"

벡은 포기한 듯 한숨 쉬었다.

"그래, 마음대로 해라······. 어느 쪽이든 내 자아가 전면에 나온 동안에는 호문클루스의 기억은 알 수 없다. 더 이상은 말할 게 없다고."

"그렇구나······. 뭐, 알겠어. 나한테는 별 상관도 없는 사정이란 걸 알았으니까."

"······쳇."

불퉁대며 혀를 찬 벡을 보고는 안젤린은 쿡쿡 웃다가 어깨에 팔을 둘렀다.

"너도 쓸쓸하구나? 괜찮아, 누나가 같이 있어줄게."

"누가 누나라는 말이냐······."

"에이, 쑥스러워하지 마. 후후. 조만간에 톨네라에도 같이 데려가줄게."

"······너 말이다, 진짜 귀찮은 여자군."

그러던 중 대중목욕탕에 도착해서 자신들을 부르는 목소리가 들렸기에 두 사람은 걸음을 빨리했다.

37 예쁘장한 옷으로 갈아입은 샤를로테가

"……좋아."

"흐앗, 잘 어울린다아. 귀여워어."

"원판이 귀여우니까 뭐든 다 어울려……. 좋아, 다음은 이거."

"저, 저기요……. 으으……."

예쁘장한 옷으로 갈아입은 샤를로테가 머뭇머뭇하며 서 있었다.

안젤린과 밀리엄이 다음은 이거, 다음은 이거, 이런저런 옷을 가지고 오는 바람에 샤를로테는 아까 전부터 옷 갈아입히기 인형 신세였다. 아넷사는 뒤쪽에서 어이없다는 표정을 짓고 서 있다 뿐이지 정작 자기도 입혀보고 싶은 옷을 몇 벌인가 손에 들고 있었다.

대중목욕탕에서 개운하게 씻고, 그러고는 옷을 사러 왔다. 아주 고급스러운 가게는 아니지만, 불량품은 일절 취급하지 않는 양심적인 곳이라 안젤린도 자주 이용하는 옷 가게였다.

샤를로테도 벡도 보르도의 소동 때 입었던 단벌 그대로 변함이 없는 꼴이었던지라 얼룩에 먼지에 찢어지고 닳고 상당히 지저분했다. 모처럼 목욕을 하고 깔끔하게 씻었건마는 이래서는 전부 다 소용이 없다.

옷까지 신세를 질 수는 없다며 샤를로테는 거듭 사양했지만, 이렇게 지저분한 아이를 데리고 걸어 다녔다간 이상하게 여기는 시선을 받게 된다며 안젤린은 거의 반강제로 옷 가게에 끌고 갔다. 그러나 지금 상황을 보면 어디까지나 구실이었을 뿐 완전히 즐기고 있는 듯 보인다.

"그럼 다음은 이거~."

"자, 잠깐만 기다려봐. 내가 골라 둔 옷도…….."

"어머, 아네 씨도 참, 관심 없다는 표정으로 시치미 떼더니. 은근슬쩍 약삭빠르군요."

"같이 끼고 싶으면 처음부터 말을 하지 말이에요, 오호호……."

"끙……. 뭐, 뭘 따지고 그래, 갑자기."

"안 된다는 말은 안 했어. 자, 아네의 안목을 확인해볼까……."

샤를로테도 이번에는 아넷사가 고른 옷을 입었다.

처음에는 민망해하며 몸을 움츠렸지만, 샤를로테 역시 여자아이인 데다가 본래는 귀족 출신. 귀여운 옷을 입는 게 기쁘지 않을 리 없었다. 점점 기분이 고양되어서 치맛자락을 붙잡아 인사하거나 몸을 구부려서 자세를 잡는 등 마음껏 즐기기 시작했다. 그때마다 세 아가씨는 꺅꺅 희색을 띠며 까불거렸다.

한편 벡은 그 광경을 어이없어하며 보고 있었다.

거만하고 건방지며 세파에 닳고 닳고도 어중간하게 못됐던 꼬맹이가 어쩌다가 이렇게까지 독기가 빠져나갔을까.

"바보 여자도, 적발 아저씨도, 도대체 뭘 하는 사람들이냐……."

벡이 보기에 안젤린도 벨그리프도 물러 빠졌다는 한 마디면 족했다. 샤를로테도 자신도 구태여 살려 놓을 것 없이 제꺼덕 숨통을 끊어버리면 되었을 텐데 싶었다. 그러나 두 사람의 물러 빠진 배려가 샤를로테의 독기를 쏙 빼냈던 것도 분명한 사실이었다.

단 한 번의 다정한 손길. 단 한 마디의 위로. 가족의 온기. 그러한 것이 인생을 바꾼다는 게 말이나 되나. 벡은 조용히 분개했다.

불쾌하다. 자신의 가치관을 근본부터 부정당하는 기분이다.

실패작이라는 이유로 조롱당했고, 밑바닥 생활을 강제당했고, 살인을 강요받았다. 줄곧 도구처럼 이용당해왔던 인생이다.

덧붙여서 마왕이라는 정체를 알 수 없는 녀석까지 자신을 침식한다. 이렇게 되면 어디까지가 자기 자신인가, 그런 구분마저 애매해져버린다. 그런 가운데 싹터 자랐던 염세관은 이 세상은 물론이고 자기 목숨마저 아무래도 좋다 생각하게 만들었다.

그러니까 샤를로테의 종자로 배정받았을 때도 그저 귀찮을 따름이었다. 복수에 눈이 멀어서 필요 이상으로 강경하게 처신하는 소녀를 보고 마음속으로 몇 번이나 비웃고는 했다.

그러나 샤를로테가 처한 환경을 이상하리만치 자신과 겹쳐 보았던 것도 사실이다. 그리고 복수라는 어두운 목적이나마 매진할 무엇인가를 지니고 있는 소녀가 부러웠고 심지어 호감마저 느꼈었다. 피를 무서워하는 소녀를 배려해서 살인은 되도록 피했던 것도 이제 와서는 좋게 작용하지 않았을까.

그리고 지금, 어두운 옛 멍에에서 해방된 것처럼 웃고 있는 샤를로테를 보고 벡은 만감이 뒤섞이는 감정에 사로잡혔다. 흐뭇하다는 마음도 약간은 있었지만, 질투나 선망이 많은 비중을 차지하는 기분이다.

질투? 무엇에 대해?

—너도 쓸쓸하구나? 괜찮아, 누나가 같이 있어줄게.

"……쳇."

갑자기 웬 누나 행세냐. 어처구니가 없군. 어차피 같은 소굴에서 나온 처지잖은가.

벡은 혀를 차고는 앞쪽의 광경에서 눈을 돌렸다.

그때 밀리엄이 다가와서 벡의 얼굴을 빤히 들여다보고 뜯어봤다. 벡은 잠시간 무시한 채 입을 다물었다만, 이윽고 불편해졌던 탓에 밀리엄을 마주 노려봤다.

"……뭐냐."

"흐음……. 벡한텐 어떤 옷이 어울릴까냥."

"뭐라고?"

덥석, 누가 어깨를 잡아 쥐었다. 안젤린이 싱글벙글 웃으며 서 있었다.

"샤르의 옷은 결정이 났어……. 이제 네 차례야."

"뭣……. 웃기지 마라, 나는."

"에이, 쑥스러워하지 마. 자, 일단 이 옷부터……."

옷 갈아입히기 인형이 되어줄까 보냐! 벡은 황급히 손을 뿌리치고 도망치려 했다만, 즉각 제압에 나선 안젤린에게 붙들렸다. S랭크 모험가가 발하는 위압감에 벡은 새삼스럽게 전율했다.

"이, 이 자식! 장난치지 마라!"

"장난치는 거 아닌데……. 미리, 벗겨."

"예이~."

"지, 집어치워엇!"

벡은 다급한 표정으로 도움을 구하듯 이곳저곳을 쳐다봤다. 자연히 샤를로테에게 시선이 멈춘다. 깔끔하게 옷을 차려입은 샤를로테는 수줍게 미소 짓고는 벡에게 옷 한 벌을 보여줬다.

"벡은 이게 잘 어울릴 거야!"

"너……!"

절망한 벡의 얼굴에 경련이 일어났다.

그런 실랑이 끝에 옷 가게에서 나왔을 때는 이미 점심때를 지나 태양이 서쪽으로 기울어지고 있는 무렵이었다.

옷 고르기에 정신이 팔려서 점심 식사도 거른 관계로 어딘가에서 끼니를 때우자는 이야기가 나왔다.

부드럽고 착용감 좋은 옷으로 차려입은 샤를로테는 기분이 꽤나 좋았는지 손을 잡아 쥐거나 팔에 안겨 들거나 안젤린과 친구들에게 자꾸 어리광 부렸다. 기뻐서 못 견디겠다는 모습이다. 이제야 열 살이라는 나이에 어울리는 행동거지를 보여주고 있기에 안젤린은 안도했다.

한편 벡은 녹초가 돼서 무기력하게 터벅터벅 뒤를 따라오고 있었다. 잇따라 거듭거듭 옷을 갈아입어야 했던지라 육체적으로 부담이 있다기보다는 정신적으로 지친 듯했다.

단골 주점을 목적지로 삼아 시가지를 따라 걸었다. 거리의 양편에 자리 잡은 높은 건물 사이에는 줄을 매달아 뒀고, 거기에 널어둔 세탁물이 펄럭거리고 있다. 갑자기 닭이 달려 나오고, 아이가 콧물을 질질 흘리며 다니고, 일자리를 구하지 못한 듯 보이는 남자가 길가에 주저앉아서 멍하니 주위를 둘러보고 있다. 평소와 같은 광경이다.

지금까지는 아직 습격의 낌새가 없다. 적의를 쏟아 보낸다면 금방 알아차릴 수 있고, 대응할 수 있다고 자신한다. 쓸데없이 줄곧 경계만 한들 피곤할 뿐. 즐길 때는 즐기는 게 맞다.

샤를로테가 두리번두리번하며 조금 거북해하는 모습을 보였다.

"돈, 돌려줘야 하는데……."

이곳이 연설로 공감을 쳐서 부적을 강매했던 길가 주변인 것 같았다. 안젤린은 얼굴을 찌푸렸다.

"얻어맞을걸? 실제로 호되게 겪어봤잖아……?"

"으으……. 그래도, 돌려줘야 해요."

샤를로테는 이제 못 알아볼 만큼 옅어진 뺨의 멍 자국에 손을 가져다 댔다. 아넷사가 쓴웃음 짓고 머리를 쓰다듬어줬다.

"괜찮지 않을까? 뭔가 마음속에 의지할 곳을 만들어줄 수 있다면 그게 진짜든 가짜든 그 사람에게 도움이 되잖아. 게다가 이 주변 녀석들은 금방 질리는 성격이거든. 가만히 갖고 있다가 끝까지 효과가 안 나타나면 조만간 잊어버릴 거야."

"그래도……."

"괜찮아. 속는 사람이 더 잘못했다는 말이야 물론 안 하겠지만, 과한 책임감도 좋을 게 없거든……. 아무 일도 안 일어난 것처럼 잊어버렸을 때 오히려 행복한 경우도 있는 법이야."

안젤린의 말에 샤를로테는 입술을 꼭 깨물었다.

"그래도, 이래서는 아무 반성도 안 되잖아요……."

밀리엄이 쿡쿡 웃고는 샤를로테의 머리카락을 휙휙 문질렀다. 목욕을 마치고 빗질할 때 묻었던 꽃 향유의 냄새가 났다.

"다른 방법도 이래저래 많거든~? 뭐, 일단 어려운 문제는 잠깐 미루어 놓고 지금은 밥 먹으러 가자!"

"맞아, 밥이 정답이야……. 배고파라……."

안젤린은 손바닥으로 배를 통통 두드렸다.

밀리엄이 샤를로테의 손을 잡아주며 말을 건넸다.

"샤르는 어떤 음식을 좋아할까~?"

샤를로테는 머뭇머뭇하다가 다시 기운을 내서 입을 열었다.

"그게요……. 물고기를 좋아해요. 루크레시아는요, 신선한 물고기가 잔뜩 잡히거든요!"

"물고기, 좋겠다. 엘브렌의 어패 요리도 맛있었는데, 루크레시아도 좋을 것 같아."

아넷사의 말에 샤를로테는 자랑스럽게 가슴을 폈다.

"에헤헤, 분명히 엘브렌의 요리보다 더 맛있을 거예요! 멸치 소금절임 파스타라든가 한 번만 먹어도 중독되는걸요!"

"멸치 소금절임이라……. 요즘은 맛있게 먹을 수 있게 됐어, 나도."

그 말을 듣고 밀리엄이 쿡쿡 웃었다.

"보르도에서 벨 아저씨가 먹었을 때 얼굴, 재미있었지~."

"맞아, 되게 당황하시더라……. 후후."

아넷사도 동의하며 웃었다. 샤를로테는 고개를 갸웃거렸다.

"벨 아저씨가, 누구예요?"

"울 아빠."

"언니의 아버지요……?"

"응. 『적귀』 벨그리프라는 분이야. 빨간 머리에 키가 크고 엄청나게 강한 데다가 멋있는 사나이란다."

샤를로테가 움찔 굳더니 놀라 눈동자를 떼굴거렸다.

"빨간, 머리?"

"응. 게다가 한쪽 다리는 의족인데도 나보다 더 강해. 조만간에 소개해줄게……."

그 말을 듣자마자 샤를로테는 울먹이는 표정을 지었고, 그러나 만면의 미소를 머금은 채 안젤린에게 안겨 들었다.

안젤린은 당황하면서도 일단 샤를로테를 쓰다듬어줬다.

"왜 그래? 샤르……."

"기뻐요! 에헤헤……. 정말 고마워요, 언니!"

샤를로테는 에헷, 에헤헷, 웃음 지으면서 안젤린에게 꾹꾹 얼굴을 비비적거렸다. 안젤린은 영문을 알 수 없었지만 아무튼 쓰다듬어줬다. 씻고 향유를 묻힌 머리카락은 감촉이 무척 좋았다.

뒤쪽에서 벡이 거하게 한숨 쉬었다.

○

　양털 깎기는 완전히 다 끝났고, 수확을 마친 밀밭도 열심히 갈아 황금색에서 갈색으로 바꿔 놓았다. 그러나 나무는 아직껏 푸르르고 낮의 햇살은 여름처럼 따갑다.

　복슬복슬했던 털이 사라진 덕에 양들은 시원스러운 얼굴로 풀을 뜯어 먹는다. 가까이 곁에서는 새끼 양이 뛰어다녔다. 양들이 제아무리 뜯어 먹어도 평원의 풀은 사라질 날이 오지 않을 듯싶다.

　톨네라에 엘프 사제가 방문하고 얼마간 시간이 지났다. 마을 사람들은 과묵하고 근엄한 인상의 그라함에게는 좀처럼 다가서지 못했지만, 쾌활하고 살짝 난폭한 성향마저 있는 마르그리트에게는 친근감을 느꼈나 보다. 소녀의 용모가 무척 수려한 까닭도 있어 청년들을 중심으로 한 마을 사람들은 엘프라는 이방인을 점차 받아들이게 되었다.

　여전히 마수 퇴치는 일과처럼 수행했지만, 던전화되고 있는 숲 안쪽에 다시 진입하는 행동은 삼갔다. 그 정체를 알지 못할 아이를 해치운들 무엇인가 바뀌리라는 기대가 들지 않아서였다. 그라함도 같은 생각이었기에 잠시 추이를 지켜보기로 했다. 적어도 마르그리트와 싸웠던 모습을 떠올려보면 그라함이 전면에 나설 경우, 어려움 없이 승리할 수 있는 상대라 판단되는지라 그 부분도 감안해서 내린 결정이었다.

그런고로 긴장을 풀 수는 없지만, 그럼에도 신기하게 평온한 나날이 지나가는 듯 여겨졌다.

"그래, 렘바스! 이게 진짜로 엄청 맛있다고! 여기에 오기 전 전부 다 먹어버렸지만 말이야!"

마르그리트가 나무 잔을 한 손에 들고서 기분 좋게 이야기한다. 젊은 청년들이 주위에 잔뜩 몰려서 칠칠하지 못하게 풀어진 표정으로 말을 듣고 있었다.

마르그리트는 비록 언동에 거친 부분이 있지만, 용모와 자연스러운 행동거지가 무척 아름다운지라 저절로 시선이 쏠리고 만다. 시골 아가씨나 유랑민밖에 알지 못했던 톨네라의 청년들이 모두들 헤죽헤죽 멍청하게 실실거리는지라 마을의 젊은 여인네들은 살짝 토라졌다.

케리의 집 안마당에서 작은 연회가 열렸다. 예전부터 엘프와 친목을 깊이 다지고 싶어 했었던 케리가 벨그리프를 중간 역할로 그라함과 마르그리트를 초대한 덕분이다.

몇몇 인원끼리 작은 술자리를 가질 계획이었지만, 어디에서 소식이 새어 나갔는지 청년들을 중심으로 한 마을 사람들이 잔뜩 나타나서는 아주 잔치를 벌이게 됐다. 사과주에 더하여 개척지의 포도를 써서 담근 비장의 와인통까지 따는 처지가 된 케리는 쓴웃음을 지었다만, 이번 기회에 마을 사람들이 엘프를 받아들여준다면 싼값이라며 단념했다.

벨그리프는 연회 자리에 함께하면서도 조용히 앉은 채 담소하는 마을 사람들과 마르그리트를 지켜보고 있었다.

본래 마을 바깥과 접촉이 별로 없었던 톨네라가 갑자기 엘프라는 여느 바깥보다 더욱 먼 바깥의 존재와 이렇듯 술잔을 서로 주고받고 있다. 참 신기한 광경이군. 벨그리프는 감탄했다.

"그래서 말야! 그때 줄다리가 확 흔들리더니……. 어라, 비었네. 여기, 벨! 와인 더 없어?"

마르그리트가 빈 잔을 손에 들고 흔들면서 큰 목소리로 이름 불렀다. 벨그리프는 쓴웃음을 지었다.

"마리, 좀 많이 마시는 게 아니냐?"

"무슨 소리야. 이제야 좀 취기가 도는 참이라고. 여기 술이 꽤 맛깔스럽네."

"아이고, 이 녀석. 케리가 울겠다. 벌써 두 통이나 비워 놓고는."

벨그리프가 말하자 옆에 앉아 있었던 케리가 웃었다.

"와하하핫, 엘프 공주가 통째 마셔준다면 오히려 자랑거리가 되니까 괜찮다고! 이봐, 자네들, 창고에서 한 통 더 가지고 오게!"

마르그리트에게 술을 헌상했다는 명예를 얻기 위해서 젊은이들은 한꺼번에 창고로 달려갔다. 「왜 저렇게 잔뜩 몰려가는 거야」라고 케리가 중얼거렸다.

이렇듯 술고래 엘프 공주가 있는 한편으로 다른 한 명의 엘프, 그라함은 아까부터 무뚝뚝하게 아무 말 않고 앉아 있었다. 얼굴을 수그린 채 몸이 좌우로 흔들린다. 탁자에 놓아둔 잔에 아직껏 와인이 조금 남아 있었다.

뜻밖에도 이 노엘프는 술에 그리 강하지 않은 듯싶었다. 약하다고 표현할 수도 있을 정도다. 술이 들어간 덕에 배짱이 붙었던 마을 사람들이 마셔라, 마셔라, 거듭 권하기에 받아 마셨던 것은 좋은데 이미 절반쯤 잠들어서 몸이 흔들거리고 있다. 옆쪽에 앉은 던컨이 어깨를 두드려줬다.

"그라함 님, 괜찮으시오? 졸린 듯하니 돌아가시려오?"

"으음……. 미안하군……."

그라함은 눈을 깜박거리면서 일어서려다가 다리가 비틀거리는 바람에 도로 주저앉았다.

그 모습을 보고 마르그리트가 깔깔 웃는다.

"큰숙부, 여전히 약해 빠졌군! 이제 겨우 대여섯 잔 마셨잖아?"

"……마리, 너도 적당히 마시도록 해라……. 지나침은…… 모자람만, 못할지니……."

그렇게 말하면서 그라함은 눈가에 깊이 주름이 새겨지도록 눈을 꾹 감았다. 던컨이 웃으며 어깨를 부축해서 일으켜 세워줬다.

"하하, 『팔라딘』께 이러한 약점이 있으실 줄은 상상도 못 했소이다. 하하핫! 케리 님, 귀한 대접에 감사드리오. 자, 그라함 님. 본인이 부축할 테니 가십시다."

"……고맙군. 사과하겠네……. 사과……? 사과주……."

그라함은 뭔가 중얼중얼 혼잣말하며 머리를 앞뒤로 덜렁덜렁 흔들었다. 한계인가 보다.

그런 그라함을 끌어당기다시피 하여 던컨이 걸어간다. 침식을 함께하는 동안 사이가 몹시 좋아졌다.

벨그리프도 적당히 자리를 털고 일어날까 생각했지만, 마르그리트를 혼자 내버려 둘 수도 없는 노릇인 터라 살짝살짝 와인을 들이마시며 조용히 앉아 있었다.

새 술통을 열고 거하게 와인을 따라 마시면서 마르그리트는 여행담 및 마수 이야기와 엘프령의 생활상 따위를 끊임없이 주절거렸다. 이윽고 밤이 깊어지자 마을 사람들은 내일 할 일을 위해서 하나둘 해산했다. 젊은이들도 못내 아쉬워하며 귀가했고, 떠들썩했던 케리의 집 안마당은 점점 조용해졌다.

케리는 커다랗게 하품을 했다.

"크으, 아주 북적거렸군."

"그래……. 괜찮나? 케리. 예상 이상으로 술 소비가……."

"무얼, 신경 쓰지 말게, 벨. 자네 덕분에 엘프도 이리 친근하게 지낼 수 있다는 것을 알았잖나. 다음에는 더 오붓하게 마시자고."

"하하, 그런가. 그렇다면야 다행이군."

엘프령에서 사는 엘프라면 이렇게 떠들지도 못했을 것 같다. 하지만 바깥 세계로 나올 만한 엘프와는 인간도 사이좋게 지낼 수 있을 것이다. 벨그리프는 안심해서 가슴을 쓸어내렸다.

그때 마르그리트가 가벼운 걸음걸이로 다가왔다. 분명히 꽤 많이 마셨는데도 취한 기색이 전혀 없었다.

"에잇, 다아들 돌아가버렸어."

"우리도 이만 가자고. 내일도 일찍 일어나야지."

"나 말야, 아직 술배가 덜 찼거든⋯⋯. 이봐, 벨. 조금만 더 같이 마셔줘. 던컨이랑 큰숙부는 도망쳐버렸다고."

마르그리트는 입을 삐죽거리며 발밑의 돌멩이를 찼다. 벨그리프는 난처해서 턱수염을 쓸어 만졌다. 케리가 웃으며 등을 두드린다.

"직성이 풀릴 때까지 마시다 가게! 나는 이만 잘 테지만, 자네라면 믿을 수 있고말고!"

"좋았어! 케리는 통이 크다니까!"

마르그리트는 희색을 띠며 웃었다. 벨그리프는 쓴웃음을 지었다.

"아니, 되었네. 너무 미안하잖나⋯⋯. 그럼 술을 조금만 받아서 가도 될까? 마리, 집으로 돌아가서 다시 마시자."

마르그리트도 고개를 끄덕였다. 두 사람은 케리에게 인사를 한 뒤 귀로에 올랐다.

큰 병에 담은 사과주를 각자 하나씩 손에 들고 달빛이 내리비치는 소로를 걸어간다. 달이 밝아서 램프도 필요가 없을 정도였다.

마르그리트는 폴짝폴짝 뛰는 듯 걸었다. 무엇이 저리 기쁜지 빙글빙글 춤추는 듯한 걸음이다. 윤기 있는 은발이 달빛을 반사하면서 유리처럼 반짝반짝 빛났다.

"기분이 좋은가 보군."

"헤헤⋯⋯."

마르그리트는 쑥스럽게 웃고는 벨그리프의 옆쪽으로 나란히 걸음걸이를 맞췄다.

"나 말야, 이런 걸 동경했거든. 다 같이 함께 술을 마시고, 쓸데없는 이야기를 나누고."

"흠? 엘프령에서는 이런 자리를 안 갖는 건가?"

"연회가 있기는 있어. 그런데 다들 고상하거든. 큰 소리로 웃거나 농담을 주고받는다거나 그런 게 없었어. 자꾸만 철학적인 주제라든가 실용적인 주제라든가 진지한 이야기로 대화가 흘러가거든. 뭐라고 말해야 하나……. 연회도 사고를 넓히기 위한 일종의 지식 교류회 같달까, 그런 느낌이지. 나한텐 너무 거북한 분위기야."

쓸데없는 대화만 자꾸 나누고 마는 모험가의 입장에서는 그건 또 그것대로 괜찮지 않은가 하는 생각이 들어서 벨그리프는 피식 웃었다. 마르그리트는 머리 뒤쪽으로 깍지를 꼈다.

"있잖아, 숲에는 언제 들어갈 거야? 나도 이번에는 방심하지 않을 거거든? 큰숙부나 벨이 주의를 줘도 꼭 들을게."

"음…… 글쎄다. 나도 고민 중이군. 그때 봤던 아이가 아무래도 신경 쓰여서 말이야."

"그 녀석이 원인이잖아? 후딱 해치우면 다 끝나는 거 아냐?"

"글쎄. 그리 단순하지는 않을 것 같군. 그곳에 충만한 마력과 그 아이는 서로 별개라는 게 그라함 님의 견해이기도 했고."

마르그리트는 팔짱을 끼고 고민에 잠겼다.

"……나 말야, 나쁜 것들은 싹 해치워버리면 전부 어떻게든 해결된다고 생각했었거든. 엘프령의 늙은이들처럼 머리 아프게 자꾸 고민할 바에야 원인부터 콱 쳐부수면 더 빨리 해결되는 거 아니야? 내가 틀렸던 걸까?"

밤이슬이 내리기 시작했는지 풀에 닿은 신발의 발등이 젖었다. 벨그리프는 저 멀리 시선을 보냈다.

"……그것이 진짜 원인이라면 아마도 해결될 테지. 그렇지만 그 원인에 다다르기 위해서 다들 고생을 한단다. 뻔한 악인이 존재한 다면 알기 쉽겠지만, 그게 진짜 원인이 아닌 경우도 많으니까 말이야."

"으으……. 싫다, 이런 거. 세상이 좀 단순하면 좋았을 텐데. 선 인은 선인, 악인은 악인이란 식으로 말야. 나쁜 것들을 해치우고 다 같이 행복하게 잘 살았습니다. 큰숙부의 영웅담에서는 흉악한 마수를 해치우면 다 해결됐거든? 악인 상대로도 그렇게 되면 편 하고 좋을 텐데."

"하하, 그러게 말이다……. 그래도 마수가 상대라면 또 모를까, 사람이란 선인도 악인도 될 수 있는 법이지. 망설이지 않고 전부 다 일도양단한다면 언뜻 통쾌할 수도 있겠지만, 미처 발견하지 못 한 작은 것들이 뒤늦게 잔뜩 나타날 거야. 통쾌하다며 쏟아지는 갈채에 숨겨져 있는 작은 것들이."

"……그러면 벨은 어떻게 하는 게 좋다고 생각하는데? 어떤 세 상이 벨한테는 이상적이야?"

벨그리프는 쓴웃음 짓고는 뺨을 긁적였다.

"나는 거의 톨네라밖에 모르는 사람이라서……. 그래도 사람들 이 매사에 항상 진지하게 마주 보면서 고민하는 게 중요하다는 생 각은 드는구나. 간단하게 결론을 내릴 수 있다면 물론 대단하고 매사가 빨리 진행되겠지만…….”

벨그리프는 턱수염을 쓸어 만졌다.

“나는 고민하고 망설이는 과정 자체에 의미와 가치가 있다고 본
다. 산다는 게 단순한 반복 작업은 아니잖니. 모든 게 매끄럽게만
흘러가지는 않아. 그러니까 고민하고 망설이면서, 다만 열심히 살
아가야겠지. 그런 과정 속에 분명히 발견이 있고 성장이 있지 않
을까? 그런 인생이 나는 소중하고 사랑스럽게 다가오는 것 같아.”

“……으음, 복잡하네. 역시 나는 잘 모르겠어.”

“하하……. 나도 나이를 먹었나 보다. 마리는 아직 젊으니까…….”

마르그리트는 입술을 삐죽이며 벨그리프를 쿡쿡 찔렀다.

“어린애 취급하지 말란 말이야.”

“이런, 이렇게 금방 삐치는 건 나쁜 버릇이란다?”

“안 삐쳤거든~. 바~보.”

마르그리트는 두둥실 날아오르는 듯한 걸음걸이로 달려가서 저
편에 보이는 벨그리프의 집 문을 열고 큰 목소리로 외쳤다.

“큰숙부! 벌써 잠들었어?!”

“으허억, 마리 님?! 불쑥 소리치면 놀라지 않소!”

던컨이 의자에서 나자빠졌는지 집 안에서 우당탕 소리가 났다.
벨그리프는 웃음 지으면서 천천히 집으로 향했다.

그 아이를 쓰러뜨릴지 여부는 차치하더라도 일단 상태를 보러
가기는 가야 할 것이다. 슬슬 행동을 개시해볼까.

문득 안젤린이라면 어떻게 했을까, 그런 생각을 떠올렸다.

38 연회 날, 깊은 밤부터 드리워졌던 구름이 점점

　연회 날, 깊은 밤부터 드리워졌던 구름이 점점 두께가 두꺼워지더니 완전히 하늘을 덮어버렸다. 밤과 아침의 경계가 애매해졌고, 문득 둘러보면 주위가 온통 부옜다.

　묘하게 공기가 끈적거렸고 양과 염소, 그리고 개들이 매우 불안해했다. 방목하려고 울타리 바깥으로 내보내자마자 모두 다른 방향으로 뿔뿔이 흩어졌고, 가축들을 몰아가는 것이 자기 역할인 개까지 착란을 일으킨 양 다른 방향으로 왔다 갔다를 반복했다.

　아침부터 양들 데려오는 작업을 거들러 나간 벨그리프는 자기 자신도 이상하게 불안해하고 있음을 깨달았다. 가만히 서 있기만 해도 마음이 술렁술렁 진정이 안 되서 차라리 움직여야 불안감을 떨칠 수 있었다.

　"이상한 날이로군······."

　그러나 어렴풋이 짚이는 데가 없지는 않다. 벨그리프는 숲 쪽에 시선을 줬다.

　바람에 흔들리는 나무들은 언뜻 평소와 다를 바 없다 여겨지지만, 잘 보면 위화감이 느껴진다. 결국 숲 바깥까지 영향이 나타나기 시작했는가 싶어서 눈에 힘을 주었다.

정오 무렵까지 시간을 들여서 양을 모은 뒤 집으로 돌아왔다.

어젯밤 연회에서 과음한 탓에 그라함은 숙취에 시달리며 침상에 누워 있었다.

"그라함 님, 상태는 좀 어떠신가?"

"……머리가 아프군. 젊은 시절에는 이런 경우가 없었건마는……."

"아하핫. 한심하구나, 큰숙부."

그토록 잔뜩 마시고도 아주 멀쩡한 마그리트가 놀리자 그라함은 분한 듯 입술을 깨물었다.

"뭐라 할 말이 없군……. 대체 왜 하필이면 이런 상황에……."

"어찌 된 일인가 짐작은 가나?"

벨그리프의 말에 그라함은 고개를 끄덕거렸다.

"숲에 차오른 마력의 흐름이 바뀌었네……. 낙관했건마는 움직임이 급하군. 무엇인가 일이 벌어졌다고 생각해야 할 테지."

"그런가, 역시……. 곤란하게 됐군."

"헹, 큰숙부는 누워 있으셔. 내가 가서 보고 올 테니까."

마르그리트는 자신 있게 말하고는 세검을 손에 들고 일어섰다. 벨그리프도 검을 허리에 찼다.

"나도 가지."

"뭐야, 딱히 혼자서도 괜찮거든? 쓱 보고 바로 온다니까."

"탈 없이 정찰이 되면 좋겠지만, 자꾸 불길한 예감이 드는구나."

그때 다른 집 양들 모으는 작업을 거들러 갔던 던컨이 돌아왔다. 이마의 땀을 훔치며 눈살을 찌푸린다.

"묘한 낌새가 느껴지는구려! 오싹오싹 불길한 예감이 밀려드는군."

"던컨, 나는 마리와 함께 숲에 다녀오겠네."

"음? 오호. 본인도 따라가리다!"

"아니, 자네는 마을을 지켜주게나. 숲 안쪽과 바깥은 시간의 흐
• 름이 다르다잖은가. 우리가 없을 때 마수가 튀어나오면 위험하지.
그라함 님도 상태가 안 좋으시고."

벨그리프는 자신이 아닌 던컨을 마르그리트와 동행시키는 방안
도 고려했다. 그러나 던컨은 스스로 말한 적이 있듯이 던전 탐색
은 서투르다. 마르그리트도 비록 마왕을 쓰러뜨렸던 경험은 있다
지만 모험가로서는 아직껏 한참 신출내기였다. 미처 불안을 떨칠
수 없었다.

만전을 기하자면 그라함이 나설 상황이기는 하다. 그러나 부득
이하게 움직이지 못할 처지인 만큼 자신이 갈 수밖에 없겠지. 그
런 판단이었다.

그라함은 민망해하며 상체를 일으켰다. 그러다가 두통에 얼굴
을 찡그린다.

"미안하네……. 이런 추태를."

던컨은 호쾌하게 웃었다.

"권하는 술을 거절하지 않았던 이유는 엘프에게 있는 편견을 불
식시키기 위함이었잖소이까! 전혀 부끄러워할 필요 없다오, 그라
함 님."

연회 때 그라함은 비록 말수는 적었지만 권해주는 대로 몇 잔이

나 술을 마셨고, 잔을 비울 때마다 살짝 웃었다. 그 모습을 보고 마을 사람들은 기뻐했다. 엘프도 마냥 거만한 것이 아니라 이러한 자리에서 함께 술잔을 주고받을 수 있는 이들이었다면서 몹시 기분 좋아했고, 서로 간의 거리감도 단박에 줄어드는 듯 여겨졌다. 그라함도 관계 개선을 위해 일부러 약한 술을 몇 잔이나 받아 마셨다. 무뚝뚝한 사람 나름대로 교류의 예의를 차린 셈이었다.

벨그리프도 던컨도 익히 짐작할 수 있었다. 그러니까 그라함에게 싫은 소리 한 마디 늘어놓지 않는다. 마르그리트는 절반쯤 재미 삼아 지적하면서 즐기고 있다만.

던컨은 다시 벨그리프를 돌아보며 말했다.

"잘 알겠소이다. 마을은 본인에게 맡겨 두시오. 두 분께서는 무사히 원인을 찾아주시구려."

"고맙네, 던컨……. 마리, 가자."

"좋아!"

두 사람은 무기와 도구를 챙겨 숲으로 향했다.

숲의 외곽에 다가가자 벌써부터 이변이 느껴졌다. 숲 안쪽에서 축축한 바람이 불어오고, 묘한 비린내가 느껴진다. 불길한 느낌이었다. 마르그리트가 얼굴을 찡그렸다.

"하루 사이에 상당히 바뀌었군……. 그 꼬맹이가 본성을 드러낸 거 아니야?"

"모를 일이지……. 일단 가보자. 떨어지지 않게 조심해야 한다?"

"어린애 취급하지 말래도!"

두 사람은 숲에 걸음을 들여놓았다.

나무들이 이상한 형태로 뒤틀렸고, 잎사귀 색이 칙칙한 자줏빛으로 변색되고 있었다.

풀이며 잎의 싱그러운 냄새는 사라졌고, 그 대신 무엇인가 썩는 듯 코를 찌르는 냄새가 감돌았다. 나무뿌리가 서로 뒤얽혀 바닥을 기어 다니면서 바위 및 지면을 침식하고 길을 틀어막고 있다.

이미 일찍이 안마당처럼 걸어 다녔던 숲이 아니었다. 벨그리프는 복잡한 심정으로 주변을 둘러봤다.

"심각하군…… . 상태가 몰라보게 변했어."

"아직 말라붙지는 않았잖아. 그래도 이대로 두면 다 말라 죽을걸. 마왕 때문에 말라서 죽은 숲을 난 봤다고."

주위에 마수의 낌새가 불어났다. 두 사람은 검을 뽑아 들었다. 동시에 마수가 몇 마리나 뛰쳐나왔다.

그레이 하운드, 자이언트 토드 등등 하위 랭크의 마수에 더하여 카오스 하운드 및 오거와 같은 고위 랭크의 마수까지 섞여 있었다.

"이런, 너무 느긋하게 굴었군…… ."

"헹, 그러니까 빨리 처리하자고 내가 말했잖아!"

그렇게 받아치면서 마르그리트는 날아오르는 듯한 훌륭한 몸놀림으로 마수에게 달려들어서 금세 몇 마리를 차마 형용할 수 없는 고깃덩어리로 만들었다.

벨그리프는 여전히 후발선제의 전법을 구사했는데, 몸의 움직임을 더욱 줄이고 지팡이처럼 의족을 효과적으로 써서 이전보다 훨씬 매끄러운 동작을 선보였다. 톨네라에 돌아온 이후 2개월 남짓, 던컨 및 그라함과 수행했던 단련의 성과가 여실하게 나타난 결과다.

고위 랭크의 마수와 호각 이상으로 대결할 수 있다는 데서 벨그리프는 우선 놀랐고, 또한 기쁜 마음이 들었다. 이 나이에도 아직껏 성장할 수 있을 줄이야.

그러나 마수가 자꾸자꾸 밀려오고 이대론 끝이 없겠다는 생각이 들었다. 마수들은 시체를 타고 넘어오면서 한층 더한 증오가 담긴 괴성을 질러 댔다.

벨그리프는 풀쩍 물러나서 검을 검집에 되돌렸다.

"마리! 뒤로 와라!"

소리치자마자 벨그리프는 도구 주머니에서 가루 기름을 꺼내 흩뿌렸다. 가루 기름은 값싼 착화제로 온 대륙에 보급되어 있는 물건이다.

눈 깜짝할 사이에 뒤로 물러났던 마르그리트가 가루 기름의 냄새에 코를 실룩거리다가 눈살을 찌푸렸다.

"이봐, 벨! 여기에서 불은 위험하다고!"

그러나 벨그리프는 착화 마도구를 꺼내서 재빨리 흔들어 불을 피웠다. 곧바로 가루 기름의 위쪽에 떨어뜨리자 즉각 불이 피어올랐고, 마수들은 몹시 당황하며 행동을 멈췄다. 벨그리프는 숲 안쪽으로 발길을 돌렸다.

"가자, 마리!"

"아, 알았어. 그나저나, 큰불이 나면 어쩌려고?!"

"걱정 마라. 이 주변은 물터가 근처에 있고, 바닥도 이끼에 덮여 있으니까 수분이 많아. 이 시기라면 낙엽도 없는 만큼 어지간하면 번지지 않을 거다."

아하, 미처 신경을 못 썼지만 확실히 바닥을 밟을 때마다 발바닥에 습기가 느껴졌다.

감탄한 마르그리트는 옆쪽에서 달리는 벨그리프를 돌아봤다.

"굉장하네. 무작정 싸우는 게 답은 아니었구나."

"모험가란 그런 법이지. 너도 기억해 두거라. 분명 도움이 될 테니."

불을 겁내서 행동을 멈춘 마수들은 뒤쪽에 둔 채 두 사람은 울퉁불퉁한 지면을 날듯이 달려 나갔다. 벨그리프는 때때로 하늘을 올려다보며 바람의 방향을 확인한 뒤 조금씩 진로를 조정하면서 숲 안쪽으로 쭉쭉 나아갔다.

점점 나무들이 비틀려 있는 정도가 심해졌고, 마치 독기처럼 묵직하게 어깨를 짓누르는 마력이 감돌기 시작했다. 마르그리트가 불쾌하다는 듯이 혀를 찼다.

"쳇, 기분 나쁜 마력이군……. 이러니까 마왕이란 것들은……."

"……역시 마왕인가?"

"응……. 마력의 질은 상당히 비슷하네. 그래도 이제껏 해치웠던 마왕 놈들과 살짝 다른 느낌이 나는데."

도중에 덮쳐드는 마수를 격퇴하면서 대략 한 시간 가까이 전진

한 끝에 얼마 전 보았던 나무로 된 돔이 눈에 들어왔다. 그 주위에도 비틀린 나무가 쭉 늘어섰지만, 안쪽의 몇 그루는 똑바로 선 부류도 있었다. 마치 신전의 기둥을 연상케 하며 일정한 간격을 두고 늘어서 있다.

마르그리트가 히죽 웃고는 검을 고쳐 쥐었다.

"이번에는 방심 안 한다……. 복수전이다."

"이 녀석, 마리. 혼자서 폭주하면 안 된다? 일단은 내 판단에 따라주거라."

"거참, 알겠다니까!"

돔에는 입구라고 할 만한 곳이 없었다. 온통 나뭇가지끼리 뒤얽혀 있다. 벨그리프는 검을 휘둘러 나무 격자를 베어 가르고, 억지로 입구를 만들어 냈다.

내부에 들어섰더니 독기가 가득 차 있었다. 저번에는 푸른 잎이 무성했던 돔의 나무가 모두 말라서 죽어버렸다. 독기에 노출되었던 까닭일까?

벨그리프는 재빨리 시선을 쭉 보내면서 아이의 모습을 찾았다.

"……음!"

돔의 중앙에 아이가 있었다. 옆으로 쓰러져 누워 있고 긴 머리카락이 주위에 뻗어 흩어져 있다. 잠든 건 아닌 듯싶다.

벨그리프는 서둘러 가까이 달려갔다. 아이는 눈을 감은 채 가쁘게 숨을 몰아쉬고 있었다. 몸은 흥건하게 땀이 배어났다. 잠들어 있던 게 아니라 지쳐 쓰러져 움직이지 못하게 된 모양이다.

"뭐가 어떻게 된 거지……?"

벨그리프는 품에서 손수건을 꺼내 아이의 땀을 닦아주는 한편 주위를 쓱 둘러봤다. 독기가 떠다니는 탓에 컨디션이 나빠진다.

마르그리트가 눈에 바짝 힘주며 아이를 내려다봤다.

"원인이 벌써 반죽음이잖아……. 그런데도 숲의 상황은 더 악화됐다고? 영문을 모르겠네……."

"이 아이가 정말 원인인지 어떤지 아직은 모른다, 마리. 이 아이의 마력은 마왕과 비슷한가?"

마르그리트는 주름지도록 미간을 찌푸리고는 몸을 굽혀서 아이의 얼굴을 들여다봤다.

"……아니, 그렇지 않아."

"그러면?"

"비슷한 수준이 아니야. 이 녀석은 진짜 마왕이 맞아."

말하자마자 마르그리트는 검을 뽑았다.

"이렇게 가까운 곳에서 안 보면 몰랐을 만큼 꼭꼭 숨겨 놓았던 거야. 역시 이 녀석이 원인이라고, 벨."

벨그리프는 급히 마르그리트의 검을 붙들었다.

"잠깐, 잠깐만. 그렇다면 더욱더 신중하게 대처해야지. 이 아이가 빈사 상태라는 이유 때문에 숲이 악화됐잖니? 대뜸 죽여버리면 돌이킬 수 없는 사태가 벌어질지도 모른단다."

"뻔하지, 마지막 발악 아니겠어? 죽기 전에 주위를 다 작살내겠다는 심보라고."

"아니다. 그렇다면 이 아이에게도 마력과 독기가 가득 휘감겨 있어야 하지. 게다가 애당초 어떤 이유로 빈사 상태가 되었는지 알 수가 없잖니."

"벨, 겉모습에 속아 넘어가면 안 돼. 이러다가 판단이 늦어져서 톨네라가 폭삭 망해도 책임질 수 있겠어?"

"그래. 책임지지. 그렇다면 내 목숨을 바치더라도 이 아이를 죽이마. 마을에는 그라함 님이 계시는 만큼 웬만한 위기는 대처할 수 있단다."

벨그리프의 묘한 박력에 배짱 두둑한 마르그리트도 무심코 숨을 멈췄다.

그때 불현듯 돔이 흔들렸다. 마른 잎사귀가 흩날리고 나뭇가지며 줄기가 소리를 내며 꺾인다. 두 사람을 놀라서 얼굴을 들어 올렸다.

"윽!"

마르그리트가 눈을 부릅뜨며 검을 뽑았다.

이형의 마수가 돔을 파괴하고 안에 들어왔다. 사람의 신장보다도 훨씬 큰 사족이 달린 마수였다. 그림자처럼 검은 몸 곳곳에 다양한 마수의 얼굴이 떠올라서 나타났다가 사라지고, 사라졌다가 다시 나타나며 맥동하는 듯 움직이고 있었다.

마르그리트가 소름이 돋는 몸을 진정시키기 위해 두 팔을 맞잡아 안고 문질렀다.

"지, 징그러워! 도대체 뭐야!"

"······마수가 여럿 뒤섞인 느낌이군."

"그, 그게 가능한 거야?"

"고위 랭크의 던전에서는 드물게 목격된다던데······. 나도 직접 보기는 처음이구나."

아무래도 이곳의 일그러진 마력이며 독기의 영향 때문에 마수끼리 서로 뒤섞여서 다른 마수로 변모한 듯싶었다.

이형의 마수는 몸에 두른 독기를 사방에 흩뿌리면서 차마 형용하지 못할 목소리로 포효했다. 듣기에 몹시 불쾌한 음색이었다. 아이가 괴로워하며 신음성을 터뜨렸다. 눈자위에서 눈물이 흘렀다.

"무서워······. 무서워······."

마르그리트가 아이를 보고는 곧 이형의 마수를 쳐다봤다.

"저 징그러운 녀석이 꼬맹이의 마력을 빨아들이고 있군······. 원인은 저것이었어!"

"온다, 마리!"

벨그리프는 아이를 안아 들고는 옆쪽으로 몸을 날렸다. 마르그리트도 반대 방향으로 뛰었다. 거기에 이형의 마수가 포효하면서 돌진을 감행했다. 쿵, 짓밟듯 내디뎠던 발이 지면을 흔들었다. 마르그리트가 고함질렀다.

"이봐, 벨! 이 녀석도 죽이지 말란 소리는 설마 안 하겠지?!"

"설마 그럴 리가! 방심하지 마라, 마리!"

"당연하지! 단숨에 박살 내주마!"

마르그리트는 몸을 비틀어 마수에게 뛰어들었다. 세검이 번쩍이고, 한순간에 십수 발의 참격이 치달린다. 마수의 앞다리가 갈 가리 찢겨 지면에 흩어졌다.

"헹! 허우대만 멀쩡……."

말하다 말고 마르그리트는 눈이 휘둥그레졌다. 갈가리 찢겨 나 갔던 앞다리의 파편이 저마다 작은 마수로 바뀌어 일어섰고, 이형 의 마수도 앞다리가 몸체에서 뻗어 나오며 재생했다. 마르그리트 는 일순간 움직임이 멈췄지만, 곧 검을 고쳐 쥐고는 사나운 미소 를 머금었다.

"재미있네……. 죽을 때까지 죽여주마!"

마르그리트는 번쩍 치켜 올라간 마수의 앞다리를 베어 떨구고, 검을 회수하는 동시에 떼 지어 달려드는 작은 마수를 토막토막 베 어버렸다.

그 전투를 곁눈질로 바라보다가 벨그리프는 주위도 역시 경계 하는 한편 아이의 상태를 살폈다. 여전히 괴로워 보였지만, 이형 의 마수가 마르그리트와 싸우느라 마력의 흡수를 멈춘 덕분인지 조금이나마 표정은 잔잔해진 듯 보였다.

"……마왕이라니."

그러나 이런 마왕이 과연 있을까? 진짜 정체는 과거의 대마도 사 솔로몬이 만들어 낸 인공 생명체라던데, 솔로몬은 도대체 어떤 목적으로 이들을 만들어 냈단 말인가.

모르는 것뿐이었지만 아무튼 지금은 눈앞의 사태에 집중하는 것이 먼저였다.

벨그리프는 아이를 안은 채 돔에서 나와 효과의 여부는 잘 모르겠지만, 아이에게 약초로 만든 환약을 먹이고 망토를 벗어 둘러준 뒤 그나마 안전할 만한 장소에 눕혔다. 아이는 살짝 눈을 떠서 벨그리프를 바라봤다. 검은 눈동자에 자신의 모습이 비치는 듯 느껴졌다.

"……죽지 말거라."

벨그리프는 다시 돔 안쪽을 쳐다봤다.

마르그리트는 중력이 느껴지지 않는 화려한 몸놀림으로 이리저리 뛰어다니며 이형의 마수에게 잇따라 참격을 퍼붓고 있다. 그러나 베고 또 베어도 재생하는지라 결판이 나지 않았다. 장내에 충만한 비틀린 마력과 독기가 저 마수에게 힘을 부여하는 듯싶다.

그러나 저런 부류의 합성 마수는 반드시 핵이 존재한다는 게 통설이다. 중심이 되는 부분이 없다면 저렇게 뭉쳐서 덩어리지지 못한다.

벨그리프는 힐끔 아이를 보았다가 곧 검을 뽑아서 돔으로 뛰어들었다.

"마리! 무턱대고 싸우지 마라! 어딘가에 있는 핵을 노려라!"

"뭐, 핵?! 그게 뭔데? 에잇!"

"형태는 모른다! 다만 핵을 중심으로 형태를 만들어 냈을 테지! 재생하는 근원 부분을 찾거라!"

"알았어……!"

마르그리트는 훌쩍 뛰어올라서 검과 격렬한 감응을 담은 일격으로 마수의 목을 베었다. 그러나 목도 몸체에서 뻗어 나와 재생한다. 아무래도 핵은 몸체에 있는 듯싶다.

실력은 명백하게 마르그리트가 앞섰다. 벨그리프는 지원에 전념하고자 이형의 마수에게서 떨어져 나온 마수를 해치우며 돌아다녔다.

마르그리트는 살점을 깎아 내듯이 마수의 몸체를 거푸 베었다. 재생 속도를 뛰어넘는 빠르기였다. 마수는 우렁차게 포효하며 마구 날뛰었지만, 마르그리트는 전혀 개의치 않았다. 적확하게 살점을 발라내면서 핵을 찾는다.

"……아! 거기냐!"

깎아 낸 몸체 안쪽에 색깔이 다른 부분이 있었다. 그곳을 뒤덮어 가면서 검은 육체가 재생된다.

마르그리트는 커다랗게 몸을 비틀어 세검을 내찔렀다. 검의 칼날 끝이 핵에 꽂혀 들어갔다. 이형의 마수는 비명이라 할 수도 없도록 귀청을 뚫는 괴성을 내질렀다.

"헹, 이제 끝……."

그렇게 마르그리트가 힘을 풀었을 때 느닷없이 마수의 몸체가 터져 나갔다. 제각각 여러 마수의 형태를 취하더니 눈 깜짝할 틈에 마르그리트를 포위했다.

마르그리트는 눈이 휘둥그레져서 검을 쥔 손을 잡아당겼지만, 꿰찌른 핵이 녹아내리면서 흡사 타르처럼 끈적하게 검에 휘감겨서 빠지지 않았다. 움직임이 멈춘 마르그리트에게 마수의 이빨이

들이닥쳤다.

"아차……!"

무심결에 눈을 감았던 마르그리트는 충격을 받고 나가떨어졌다. 상상했던 대로 베여서 갈라지는 아픔은 없다. 다만 예상외의 충격이었기에 낙법도 취하지 못한 채 그대로 지면을 굴러야 했다.

노성이 울려 퍼진다.

"멍청하기는! 전장에서 겁먹는 녀석이 어디에 있나!"

마르그리트는 놀라서 눈을 떴다. 검으로 이빨을 막아 낸 벨그리프가 마수를 막 걷어차 날려버리고 있었다.

"베, 벨……."

"긴장을 풀지 마라! 아직 끝난 게 아니란 말이다!"

벨그리프는 허리에 찬 벨트에서 단검을 뽑아 매섭게 투척했다. 마르그리트의 뒤쪽으로 들이닥치던 마수의 눈을 꿰뚫는다. 마수는 비명을 지르며 등부터 털썩 쓰러졌다.

마르그리트는 스스로가 한심스러워 입술을 꽉 깨물고 일어선 다음 몸을 날리며 검을 쥐었다. 완전히 다 녹아서 흐물흐물해진 핵을 난폭하게 떨쳐 낸다.

"빌어먹을!"

그렇게 지면을 박차고 단번에 몇 마리의 마수를 처단했다. 자기 자신에 대한 분노도 담긴 격렬한 검격이었다.

또 방심했다. 우습지도 않다.

얼마 지나지 않아 마수는 모두 섬멸됐다. 마르그리트도 벨그리프도 몸을 멈추고 숨을 내쉬었다.

"괜찮니? 마리."

"젠장. 방심 안 한다고 말해 놓고도, 나는……."

"……다음에 같은 실수를 안 하면 된단다. 게다가 핵을 부수면 끝이라는 것처럼 말한 사람은 나였지. 미안하구나."

벨그리프는 다정하게 위로의 말을 건네며 바닥에 앉아 도구 주머니에서 붕대를 꺼내 들었다. 마르그리트는 퍼뜩 놀라며 얼굴을 들었다. 벨그리프의 왼팔에서 피가 흘러 떨어지고 있었다.

"벨, 너……. 다쳤어?"

"뭘, 별로 대단한 상처는 아니란다."

벨그리프는 쓴웃음 지은 채 옷을 걷어 올리고 어깻죽지의 상처에 고약을 발랐다.

"미안한데 붕대를 좀 감아주겠니?"

"……응."

마르그리트는 주뼛주뼛 벨그리프에게 다가와 쪼그려 앉고 붕대를 받아 들었다.

상처 부위를 본다. 이빨에 찢겨 나간 상처다. 마르그리트는 눈살을 찌푸렸다.

"……나를 감쌌을 때?"

"……대단한 상처는 아니니까 신경 쓰지 말거라. 예측을 잘못했던 나의 책임이지."

아니다. 방심했던 쪽은 자신이다.

붕대를 둘러 감던 중 눈물이 배어나는 바람에 마르그리트는 허둥지둥 고개 숙였다. 또 이렇게 민폐를 끼치고 있다. 혼자서 우쭐거리다가. 바보 같다.

　"……있잖아. 나는, 어떻게 해야 돼? 어떻게 하면 큰숙부나 벨처럼 될 수 있어?"

　"글쎄다……. 모험가란 한순간의 판단으로 삶과 죽음이 갈라지지. 그런 판단을 잔뜩 흥분한 머리로는 절대 불가능하잖니. 침착함을 잃지 않을 것, 언제나 자신을 바라보고 있는 두 번째 자신을 등 뒤에 놓아둘 것……. 본보기가 될지는 잘 모르겠다만, 나는 이런 신조를 갖고 있단다."

　그러고 보니 똑같은 말을 옛날에 안젤린에게도 들려줬던가. 벨그리프는 새삼 옛 기억을 떠올렸다.

　그때 불현듯 장내의 마력이 뒤흔들렸다. 두 사람이 놀라서 얼굴을 들어 올렸을 때 돔의 중심에서 또다시 이형의 마수가 만들어지고 있었다. 분명 녹아내렸던 핵이 또다시 형태를 되찾았고, 그 핵을 중심으로 마치 점균이 모여들듯이 꾸물꾸물 형태를 바꿔 나간다. 그러나 갖가지 마물의 머리가 나타났다가 사라졌다.

　"아, 아직도 살아 있었나……! 이번에야말로!"

　일어서서 검을 겨누려고 하는 마르그리트를 벨그리프가 제지했다.

　"끝이 안 난다. 일단 물러나자. 아이도 걱정되는군."

　"그, 그래도……."

　마수는 상당히 빠른 속도로 육체를 구축하고 있다. 물러난들 과연 뿌리치고 후퇴할 수 있을까?

마르그리트는 검을 쥔 손에 꽉 힘을 넣었다. 안전하게 후퇴할 수 있도록 자신이 후위를 끝까지 지켜 내겠다 결심하며.

그러나 그때, 시야에 회색 망토가 흔들거렸다. 마르그리트는 놀라서 눈이 휘둥그레졌다.

"크, 큰숙부……!"

"……애썼다, 마리. 잘 버텨줬어."

그라함은 서툴게 미소 짓고는 곧 벨그리프에게 시선을 옮겼다.

"벨, 미안했네. 폐를 끼쳤어."

벨그리프는 빙긋 웃었다.

"바깥은 얼마나 시간이 흘러갔나?"

"이미 밤이 가깝군."

"몸 상태는?"

"나쁘지 않네."

그라함은 등에 멘 대검을 뽑아 들었다. 검은 부웅, 소리를 내며 번뜩였다.

무시무시한 마력의 고양, 격렬한 감응과 함께 그라함은 검을 치켜들었다가 한 걸음을 내디디는 동시에 내리 휘둘렀다.

그 순간 폭발적인 충격파가 발생하면서 이형의 마수는 가루가 되어 싹 날아가버렸다.

그뿐이 아니었다. 검에서 용솟음치는 번쩍이는 마력에 의해 주위에 만연했었던 독기 및 비틀린 마력이 소거됐다. 살짝 답답했던 호흡이 단박에 편해졌다.

그야말로 성검이라 부르기에 걸맞은 검이었고 『팔라딘』이라는 이름에 부끄럽지 않은 실력이다. 살아 있는 전설의 검을 본 벨그리프는 깊이 감동했다.

그라함은 크게 숨을 내쉬고 검을 거뒀다. 일검에 한껏 지쳐버렸는지 이마에 땀이 배어났다. 쓸쓸하게 미소 짓고는 벨그리프를 마주 바라본다.

"……늙었군. 고작 일검에 숨이 차올라."

"하하, 그럼에도 특별하더군……. 고맙네, 그라함 님. 덕분에 살았어."

벨그리프는 일어서서 그라함의 어깨를 두드렸다.

"자, 아이는 좀 나아졌으려나……."

눕혀 둔 아이가 있는 곳으로 서둘러 달려갔다.

아이는 눕혀 놓았을 때 모습대로 움직이지 않았다. 눈을 감고 조용히 누워 있다. 벨그리프는 놀라서 숨을 멈추고 입가에 손을 가져다 댔다.

"……그냥 잠들었군."

평온한 호흡이었다. 벨그리프는 안심해서 가슴을 쓸어내리고 아이를 안아 들었다. 아이는 중얼중얼 잠꼬대를 하면서 벨그리프의 가슴팍에 느릿느릿 얼굴을 파묻었다.

나무들이 싸락싸락 바람에 흔들거리고, 비틀려 있던 나뭇가지가 천천히 본래대로 되돌아간다. 시간 차이가 사라졌는지 불현듯 주위가 어두워졌다. 나뭇가지 사이 틈으로 보이는 하늘에는 별이 반짝이고 있었다.

○

"상세한 경위야 추측에 불과하네만, 짐작건대 조금씩 단계를 밟아 천천히 변화하는 것이 아니라 어느 임계를 넘어간 순간 폭발적으로 변이하는 타입의 마력이었을 테지. 그게 아니라면 이렇듯 갑작스러운 변이는 설명이 되지 않으니."

"일리가 있군……. 그러면 이 아이는 대체……?"

"생명을 유지하는 기관 및 몸의 구조는 거의 완벽한 인간일세. 다만 깃들어 있는 마력의 질은 전혀 다르군. 마왕과 거의 동일하네. 다만 육체를 구축할 때 다 써버렸는지 마력의 별로 남지 않은 듯싶으이. 현재 상태는 특별히 위험하지 않을 걸세."

"큰숙부는 별걸 다 알아보네……. 나는 전혀 모르겠는데."

"마르그리트, 너는 조금 더 수행이 필요한 것 같구나……."

"끙……. 저, 정진하겠습니다."

"아무튼 간에 참으로 놀랍군……. 설마 이토록 인간과 비슷한 형태로 변모할 수가 있다니……. 몇 번이고 상대했음에도 불구하고 이들은 알 수 없는 것이 너무도 많아."

"그나저나 그 이형의 마수는 무엇이었겠나? 이 아이는 또 어째서 반죽음이 되었고……."

"역시 추측이네만. 마왕의 마력과 인간의 마력은 전혀 다르다네. 육체를 인간과 비슷하게 재구축했을 때 육체와 마력에 괴리가 발생하여 몸 바깥으로 방출되지 않았나 싶군. 거기에 영향을 받아 모여들었던 마수가 융합하고, 더욱이 근소하게 남아 있었던 마력까지 빨아들이려고 했다. 급격한 마력 고갈은 육체의 쇠약을 초래하지. 그게 원인이 아니었는가 싶네."

"헤헤, 어쨌든 그 징그러운 녀석도 큰숙부한테 걸리니까 싱겁게 작살났잖아!"

"으음, 정말 부럽군! 그라함 님의 전력이 담긴 일격을 눈앞에서 목격하다니!"

"하하. 미안하군, 던컨. 그래도 자네가 마을을 지켜준 덕에 든든했다네……. 이런, 이 녀석, 그건 먹는 게 아니란 말이다."

벨그리프는 허둥지둥 난롯가의 장작을 씹는 아이를 안아 들었다. 아이는 검은 눈동자로 멍하니 벨그리프를 올려다봤다.

숲의 이변을 수습하고 하룻밤이 지난 다음 날 아침은 화창했다. 전날에 큰 소동을 부렸던 양과 개들은 다시 안정을 되찾아서 평소처럼 풀을 뜯어 먹으러 초원으로 나갔다. 마수의 기척은 희박해졌고 숲도 완전히 원래대로 돌아갔다. 별다를 바 없는 일상이 돌아온 듯싶었다.

한편 벨그리프가 데려왔던 아이는 마력을 모두 잃어버렸다. 자기 정체가 무엇인지도 알지 못하는 눈치였지만 천진하게 벨그리프를 잘 따랐다. 본래 마왕이었다면 돌아갈 집이 어디에 있겠는

가. 결국 벨그리프가 맡아서 키울 수밖에 달리 방도가 없었다.

아이를 달래주는 벨그리프를 보고 마르그리트가 말했다.

"그래서, 그 녀석은 어쩌려고?"

"어쩌기는…… 이렇게 된 이상 내팽개칠 수도 없는 노릇이잖나? 길러야지."

"기르다니…… 그 녀석은 마왕이거든? 진짜 괜찮은 거야?"

"마력은 거의 남아 있지 않다잖니?"

"뭐, 그렇긴 한데……"

아이는 벨그리프의 등을 타고 올라서 목에 팔을 두르고, 뒤쪽에서 턱수염을 잡아 쥐고는 신기하다는 표정을 지었다. 벨그리프는 아이가 하려는 대로 가만히 놓아두면서도 손을 들어서 머리를 쓰다듬었다.

"나는 이런 아이가 위험하다는 생각은 안 드는구나."

"……뭐, 여기는 벨의 집이니까. 벨이 알아서 결정하면 그만 아니겠어?"

마르그리트는 어깨를 으쓱거렸다. 던컨과 그라함은 처음부터 이의가 없는 듯했다.

갑자기 가족이 늘어나버렸다. 다만 기분은 썩 나쁘지 않다. 안젤린에게 알려주면 어떻게 반응할까.

"결국은 될 대로 되는 법이지……"

불쑥 중얼거렸던 한마디는 누구의 귀에도 들어가지 않았다.

39 손가락이 마치 다른 생물처럼 움직인다.
완전히 부드러워진

　손가락이 마치 다른 생물처럼 움직인다. 완전히 부드러워진 하얀 머리카락을 빗이 지나가고, 엮고, 묶고 정리한다. 샤를로테는 기분 좋게 미소 지었다.

　"자, 다 됐어."

　리본을 다 묶은 유리가 생긋 웃는다. 앞쪽의 거울을 보고 샤를로테는 방싯방싯 미소 지었다. 귀 앞쪽에 세 가닥으로 땋은 머리카락을 후두부로 돌려서 한데 모아다가 리본으로 고정했다. 리본은 연파란색으로 샤를로테의 하얀 머리카락과 잘 어울렸다.

　샤를로테는 머리카락에 손을 얹은 채 어깨 너머로 유리를 돌아다봤다.

　"고마워! 에헤헤……."

　"후후, 천만에요. 샤르는 머리카락이 예쁘니까 꾸밀 보람이 있구나."

　"소재가 좋으면 기술이 살아난다……. 유리 씨, 굿 잡."

　옆에서 지켜보던 안젤린이 엄지손가락을 척 세웠다. 샤를로테는 의자에서 일어나 안젤린의 뒤쪽으로 돌아가 등을 밀었다.

　"언니는 내가 해줄게! 앉아!"

"오호……. 좋아, 어디 한번 해보시지."

안젤린은 거울 앞 의자에 걸터앉았다. 뒤쪽에 선 샤를로테가 검은 머리카락을 만지작거리기 시작했다.

지금은 유리의 집에 놀러 와 있다. 오늘은 휴일이지만 아넷사와 밀리엄은 다른 볼일이 있어 외출했기 때문에 샤를로테와 벡까지 셋이서 왔다.

유리는 길드의 건물과 가까운 곳에 위치한 방을 하나 빌려서 생활하고 있었다. 여성의 방답게 가재를 제법 갖춰 놓았는데도 깔끔하게 정리해 놓은 덕택에 청결감이 느껴진다. 혹시 지저분했다면 벨그리프의 신부 후보를 다시 물색해야 할 수도 있다고 혼자 멋대로 염려했던 안젤린은 가슴을 쓸어내렸고, 역시 유리가 어머니라면 좋겠다고 생각했다.

안젤린이 샤를로테와 벡을 보호한 지 이제 열흘 남짓이 지나가고 있었다. 습격자들은 안 나타나는 정도가 아니라 낌새도 보이지 않았다. 싹 잊어버린 걸까, 아니면 귀찮아서 관둬버렸을까. 설마 자기들끼리 충돌해서 공멸했을까? 안 나타나겠다면 안 나타나는 것이 좋기는 한데, 그러면 이제 신경 쓰지 말라고 소식이나 살짝 전해달라는 게 안젤린의 불평이었다.

어쨌든 줄곧 경계한 채 지내려면 지친다. 신경을 곤두세워야 하는 데다가 갑작스러운 상황에 대응할 수 있도록 크든 작든 무기로 쓸 만한 물건은 항상 몸에 지니고 다녀야 한다. 던전 탐색 및 호위 의뢰 따위를 수행하며 익숙해졌지만, 역시 길게 이어지면 피곤하다.

그런 점에서 이렇듯 유리와 같은 실력이 분명한 인물과 놀면 긴장을 풀 수 있어서 좋았다. 비록 일선에서 물러났다지만, 유리는 전직 AAA랭크의 모험가다. 접수원이라는 모험가와 부대끼는 직업으로 복귀한 까닭인지 때때로 보여주는 예리한 시선에서는 아직 쇠퇴가 느껴지지 않는다. 여차할 때 등을 맡길 수 있는 인물과 함께라는 게 든든하다.

샤를로테가 머리카락을 만지작거리는 와중에 안젤린은 벡을 곁눈질로 힐끗 쳐다봤다. 지루하다는 듯이 벽에 기대서서 팔짱을 끼고 있었다.

이 소년도 무력만 보자면 고위 랭크의 모험가에 필적한다. 그야 허를 찔렸다지만 라이오넬에 체보르그 두 사람을 상대해서 뒤로 물렸던 전적이 있다. 게다가 보르도에서는 사샤, 애시크로프트, 엘모어까지 세 사람을 압도했었다. 어중간한 실력이 아니다.

그러나 왠지 몰라도 안젤린은 벡을 싸우게 하는 게 싫었다.

마왕이 이러쿵저러쿵 하는 소리는 아무래도 상관없었지만, 자신보다 나이가 어린 데다가 모험가도 아닌 소년에게 싸우는 역할을 맡긴다는 게 못내 꺼림칙하다.

스스로를 지키지 말란 소리는 하지 않는다. 그러나 굳이 싸움터에 내보내는 짓을 하고 싶지도 않았다. 줄곧 싸워야 했던 피비린내 나는 삶이 벡의 마음에 무엇인가 어두운 영향을 드리웠으리라는 생각도 들었기 때문이다.

물론 이런 속내를 벡에게 말한 적은 없었다. 다만 안젤린은 마음속에서 샤를로테와 함께 벡도 끝까지 지켜 내겠다고 결심했다. 그리고 언젠가 누나 소리를 듣고야 말겠다고 벼르기도 했다. 한결같이 자신을 잘 따라주는 여동생도 기쁘지만, 시건방진 남동생 역시 포기하기는 아쉽다.

"후후……. 가족……."

두 사람을 데리고 귀성하면 아빠는 어떤 표정을 지을까? 분명히 많이 놀라겠지만, 싫은 내색은 않고 따스하게 맞이해줄 것이다. 그러면 다 같이 바위월귤을 따러 가야지.

안젤린은 가족이 늘어나서 놀란 벨그리프의 얼굴을 떠올려보곤 득의양양 미소 지었지만, 본가에 이미 식객이 꽤 늘어났을 줄은 꿈에도 상상하지 못했다.

"자, 다 됐어!"

샤를로테의 목소리에 안젤린은 상념에서 깨어났다. 고개를 들어 올리자 거울에 비친 자신의 얼굴이 보였다. 평소에는 늘 아무렇게나 묶고 다녔던 흑발을 깔끔하게 빗질한 뒤 머릿결에 따라 정리했고, 살짝 느슨하게 세 가닥 땋기로 엮은 큼지막한 머리 다발을 오른쪽 어깨에서 앞쪽으로 드리웠다.

"오오…… 괜찮네."

"에헤헤, 역시 언니는 세 가닥 땋기가 잘 어울릴 것 같았어!"

"이렇게 하니까 왠지 쑥스럽네……. 그래도 멋져. 샤르, 고마워."

"응!"

안젤린이 쓰다듬어주자 샤를로테는 기뻐하며 웃었다. 발에 힘주고 몸을 뻗어서 쓰다듬는 손에 자신의 머리를 맞비빈다. 열흘 남짓 함께 생활하는 동안 안젤린이 쭉 귀여워했던 덕분인지 아주 잘 따르게 됐다.

유리가 뒤쪽에서 안젤린의 뺨을 잡았다.

"안제, 이왕이면 화장도 같이 해볼래?"

"응……? 싫어, 화장은 좀…….."

슬며시 빼는 안젤린에게 샤를로테가 안겨 들었다.

"엥, 어째서? 어째서? 언니, 예쁘니까 화장도 하면 훨씬 더 예뻐질 텐데?!"

"그게, 성미에 안 맞는달까, 뭐랄까…….."

"어휴, 이래서는 남자 친구도 안 생긴단다? 뭐든 경험이잖니. 자, 해보자."

"그래도, 음……. 얼굴에 뭔가 바르는 감각이 어색하단 말야…….. 던전용 벌레 퇴치약이 떠올라…….."

큭큭 웃음소리가 들려서 고개 돌렸더니 벡이 작게 웃고 있었다.

안젤린은 얼굴을 찌푸렸다.

"뭐야."

"네 녀석은 화장해 봤자 남자 친구는커녕 마수와 놀러 다니잖나. 안 하는 게 정답이지."

안젤린은 발끈해서 입을 삐죽거리다가 곧 뭔가 생각을 떠올리곤 장난스럽게 웃었다. 유리를 돌아다본다.

"있잖아, 난 말고 쟤한테 화장해주자. 그리고 예쁜 옷을 입혀서 노는 거야."

벡의 얼굴에서 표정이 사라졌다. 동시에 도망치고자 발길을 돌려 문으로 향한다. 그러나 눈 깜짝할 사이에 안젤린에게 붙잡혀서 벽으로 떠밀리고 말았다.

"노, 놓아라, 이 자식!"

"……응, 노올아, 놀아줄게."

"말장난 집어치워!! 당장 놓으란 말이다!!"

"누난 충격이야……. 포기하자, 벡 군……. 귀여워해줄 테니까."

"벡 군이라고 부르지 마라! 이봐, 이 녀석을…… 왜 옷을 고르고 자빠졌어!!"

유리와 함께 여성용 옷을 고르는 샤를로테를 보고 벡은 절망에 찬 얼굴로 부르짖었다. 샤를로테는 즐거운 표정으로 옷을 집어 들어서 벡에게 보여줬다.

"벡은 이게 잘 어울릴 거야!"

"웃기지 마라, 망할 꼬맹이가!"

"어라, 그런가아? 이게 더 예쁘지 않니이?"

"젠장, 아줌마! 네 녀석도 못된 장난질은 받아주지 마라!"

"어머, 어머나. 어휴, 벡 군도 참. 숙녀한테 무슨 말버릇이 이렇게 험할까? 응, 벌을 좀 줘야겠어."

유리는 생글생글 웃으면서 프릴이 잔뜩 달린 옷을 손에 들었다. 벡은 핼쑥해졌다. 머릿속에 옷 가게에서 겪은 악몽이 되살아난다.

남자의 존엄을 완전히 짓밟혔던 시간. 자신을 도구처럼 갖고 놀았던 녀석들마저도 이리 끔찍한 짓은 안 저질렀다.

……표현은 다소 과장스럽지만, 이러한 수치에 익숙하지 않은 게 사실이었다.

이미 죽여 놓은 줄 여겼던 감정과 마음이 억지로 비틀어 열리는 기분이기에 벡은 당황했고, 허둥지둥했고, 묘한 감각이 공포스러웠다. 자신의 내면에 있는 무엇인가가 갑자기 바뀌어버리는 것 같았다.

이대로 가만히 당할 순 없노라고 벽면에 바짝 붙어서 저항하는 벡을 안젤린이 떼어 내다가 등 뒤에서 꼼짝 못 하게 껴안았다.

"자꾸 쿨한 척 굴어도 재미없잖니……. 인생은 즐기는 자가 이기는 거야."

"시끄럽다! 적어도 이건 즐겁지 않아!!"

"괜찮아. 신경 쓰지 마……."

"괜찮을 리가 있나!!"

안젤린은 입술을 꽉 다문 채 벡의 머리를 퍽 두드렸다.

"이런 식으로 주위 사람들을 맨날 거절해서 어쩌자는 건데……. 너는 앞으로도 열심히 살아가야 하는 입장이거든? 내내 이렇게 얼굴 찌푸린 채 지낼 작정이야?"

"그게 여장과 무슨 관계가 있단 말이냐!"

안젤린은 히죽 웃었다.

"네가 가장 감정을 잘 드러내니까. 자기가 대상이 아닌 다른 경우면 항상 일부러 감정을 죽이고 시큰둥하게 굴잖아, 요 녀석……."

분명 맛있는 식사도, 아름다운 풍경도, 카드 및 보드 게임 같은 놀이도 언제나 벡은 한 걸음 물러난 채 전혀 웃지 않고 지켜보기만 했었다. 자신이 주목받는 상황을 최대한 피하려고 하는 느낌이었다.

이용당하는 환경에서 도망친 뒤 이제는 자유로워졌을 텐데도 벡 본인은 무엇인가가 바뀐 것처럼 보이지 않는다. 바꿔려고도 하지 않는다. 그게 안젤린은 마음에 들지 않았나 보다. 자기가 자기 인생을 회색으로 물들이는 것. 거기에 도대체 어떤 의미가 있냐는 물음이랄까.

그럼에도 벡은 찌푸린 얼굴을 펴지 않았다.

"……다른 사람의 마음에 함부로 밀고 들어오지 마라. 마음에 안 든다고. 어차피 같은 소굴에서 나온 처지인 주제에."

"딱히 날 미워하는 건 상관없는데……. 그래도 네가 허구한 날 얼굴 찌푸리고 다니면 샤르가 슬퍼할걸."

벡은 눈살을 찌푸린 채 샤를로테를 봤다. 즐겁게 옷을 고르면서 유리와 서로 무엇인가 속삭거리고 쿡쿡 웃는다. 루크레시아에서 도망치고 솔로몬의 무녀로 유세를 하며 돌아다녔던 때와는 전혀 다르게 정말 열 살짜리 소녀와 같은 모습이다.

벡은 눈을 내리깔고 포기한 듯 한숨지었다.

"……젠장."

"후후……. 너도 사실은 착한 아이란 거지. 누나는 알 수 있단

227

다······."

"누가 누나냐, 웃기는군······."

안젤린은 생긋 웃고는 벡을 붙들고 있던 손에서 힘을 빼냈다.

"자, 유리 씨. 화장 잘 부탁해."

"그럼, 나한테 맡겨. 후후, 기대된다."

유리는 화장 도구를 바스락바스락 꺼내 들었다. 여전히 꼼짝 못
하게 붙들려 있는 벡은 결국 체념했는지 완전히 얌전해졌지만, 표
정은 뭔가 석연치 않아 보였다.

"······이봐."

"왜?"

"너는 여자가 맞지?"

안젤린은 의아하다는 얼굴로 되물었다.

"여자 맞는데······. 갑자기 왜 물어보는 거야?"

벡은 뭔가 확인하고자 몸을 살짝 움직였다. 그러고는 고개를 살
짝 갸웃거렸다.

"아무 감촉도 안 느껴지잖아······."

안젤린의 살짝 진심을 담은 주먹이 벡의 머리에 직격했다.

○

들뜬 샤를로테와 녹초가 된 벡을 데리고 안젤린은 유리의 집에
서 나왔다. 화장을 하고 여성용 옷을 입어야 했던 벡이 뜻밖에도

귀여웠기에 여성들은 몹시 흥분했다. 벡 본인은 줄곧 떨떠름한 얼굴로 외면했다는 것은 말할 필요도 없겠다.

세 사람은 점심 식사를 먹고자 거리를 따라 내려갔다.

사람들이 잔뜩 오가는 터라 긴장을 풀면 일행과 떨어져버릴 것 같다. 안젤린은 샤를로테와 손을 붙잡았고, 샤를로테는 다른 쪽 손으로 다시 벡의 손을 쥐었다.

하늘에는 작은 구름이 떠 있을 뿐 햇볕이 강하기에 더웠다. 거기에 사람들의 열기와 모래 먼지도 심해서 조금 걷기만 해도 고생스럽다.

가까운 가게를 찾아 두리번두리번하는 안젤린을 앞에 두고 샤를로테는 벡에게 말을 건넸다.

"있잖아, 벡. 너는 뭘 먹고 싶어?"

"……글쎄. 네가 좋아하는 데로 가면 되겠지."

"어휴! 자꾸 쌀쌀맞게 굴면 언니한테 일러줄 거야!"

"……아주 홀라당 넘어가버렸군."

벡은 질색하며 한숨 쉬었다.

안젤린은 대로에서 골목길로 들어선 다음 좁은 샛길을 지나 나아갔다. 작은 계단과 비탈길이 나타났다. 그 위에 작은 식당이 있음을 알기에 안젤린은 때때로 이곳을 방문했었다.

문을 열자 썰렁한 공기가 넘쳐흘렀다.

이곳의 점주는 과거 본직이 마법사였던 터라 가게 내부에 냉방 마법의 술식을 자력으로 걸어 놓았다. 과연 마법사 출신답게 온도 조절이 훌륭하다. 그러나 기껏 편안한 환경을 갖춰 놓고도 간판조차 걸지 않은 채 영업하는 까닭도 있어 손님은 별달리 많지 않았다.

자리를 둘러보던 중 어쩐지 낯익은 모습이 하나 있었다. 안젤린은 빠른 걸음으로 다가가서 어깨를 두드렸다.

"마리아 할매……!"

의자에 걸터앉아서 뭔가 마시고 있던 마리아는 귀찮다는 표정으로 고개 돌렸다.

"안제냐……. 묘한 곳까지 다 찾아오는구나, 이 녀석."

"할매야말로 웬일로 도시까지 나왔대……? 무슨 일 있어?"

"흥, 잠깐 소재를 매입하려고 온 거다. 내 눈으로 확인하고 싶은 소재니까 일부러 왔다만……. 여전히 먼지나 풀풀 풍기니 건강에 해로운 도시로구나, 이곳은."

마리아는 툭 쏘아붙이고 목도리의 위치를 고쳤다. 아하, 발밑에 아마 소재를 넣어 두었을 자루가 놓여 있구나.

"머리 모양을 바꿨구나? 안제."

"후후, 어울려……?"

안젤린은 기뻐하며 세 갈래로 땋은 머리카락에 손을 가져갔다. 마리아는 유리잔의 내용물을 조금 마시고 샤를로테와 벡을 뚫어져라 쳐다봤다.

"그래, 뭐냐, 저 꼬맹이들은."

"여동생이랑 남동생."

"……엉?"

"농담이야. 사정이 있어서 내가 돌봐주는 중."

"쓸데없는 흰소리를 늘어놓지 말거라……."

"후후, 미안해. 얘가 샤를로테. 쟤는 벡. 자, 인사해……."

안젤린에게 재촉받아서 샤를로테는 꾸뻑 인사했다. 벡도 살짝 고개인사를 했다.

마리아는 눈을 가늘게 뜨고 샤를로테를 보았다가 그다음은 벡을 쳐다봤다.

"계집아이는 마력이 꽤 많구나. 한데 애송이는 마력의 질이 이상하군. 넌 도대체 뭐냐?"

"……글쎄."

"흥, 시건방진 꼬맹이일세. 어쨌든 마법진은 적당히 좀 날려 대거라."

벡의 눈살이 꿈틀 움직였다. 안젤린은 의아하다는 얼굴로 벡을 쳐다봤다.

"너, 입체 마법진을 띄워 놨었어? 안 보이는 녀석?"

"……그렇지, 뭐. 불의의 기습은 막아야 하지 않겠나."

"자동 방어에 불가시 술식을 끼워 넣다니 제법이군. 다만 조잡하다. 조금 더 매끄럽게 조합할 수 있을 텐데?"

"쓸데없는 참견이군……."

"군소리 마라. 이따위 적당히 때운 마법을 보면 답답해서 내가 못 견딘다는 말이다."

마리아는 작게 뭐라고 투덜대고는 손가락을 휙 흔들었다. 주위에 입체 마법진이 떠오른다. 벡은 놀라서 눈이 가늘어졌다.

"봐라. 네 마법진은 이 부분을 평면으로 인식하는 데서 머무르고 있지. 이곳의 원형은 구체다. 거기에 삼각뿔과 입방체를 끼워 넣을 수 있잖나. 입방체는 모서리뿐이면 안 된다. 이곳은 면을 더하지 않으면 마력의 기척이 새어 나가는군."

"……쳇."

옳은 지적임을 알기 때문일 테지, 벡은 받아치지 않고 혀만 차면서 불평했다. 안젤린은 쿡쿡 웃고는 마리아의 맞은편 의자에 손을 올려놓았다.

"할매, 여기 앉아도 돼?"

"멋대로 해라. 시끄럽게 떠들진 말고."

마리아는 의자에 깊숙이 몸을 묻은 채 숨을 내쉬었다.

샤를로테는 의자에 앉으면서 머뭇머뭇 입을 열었다.

"할매……?"

"응. 마리아 할매. 엄청난 마법사거든. 마법으로 노화를 막고 있지만, 벌써 예순여덟…… 아홉이었던가?"

"아주 팔팔하지. 아가씨란다."

샤를로테는 「와아~」 놀라서 마리아를 말똥말똥 바라봤다. 그리고 두툼하게 잔뜩 껴입은 복장을 보고 이상하다 싶어 고개를 갸웃거렸다.

"저기, 덥지 않으세요……?"

"음? 오히려 추울 지경이군. 좀 특이한 병이라서 말이다."

대답을 듣고 샤를로테는 민망해했다.

"죄, 죄송합니다. 몰랐어요……."

"흥, 당연히 몰랐을 테지. 자, 날 신경 쓸 틈에 얼른 주문이나
해라."

마리아는 휙휙 손을 흔들고 유리잔을 입에 가져갔다.

놀랄 만큼 맛있는 맛은 아니지만, 절대로 맛이 없지는 않는 식
사를 먹으면서 안젤린은 마리아와 환담에 열중했다.

"할매, 오늘은 기침을 안 하네."

"맞다. 새로운 약을 시험해봤다만……. 재료가 너무 비싸더군.
자주 쓰지는 못하겠어."

"흐음……, 연구는? 순조로워?"

"순조로운가 아닌가 알 수 있다면 얼마나 편하겠냐."

안젤린은 얼마 전부터 샤를로테에게도 자기방어용 기술을 가르
쳐야겠다고 생각했었다. 그러나 소녀의 경우 검은 서투른 게 분명
하고, 창과 도기, 활 역시 안 될 듯싶었다. 그러나 몸에 내재되어
있는 마력의 양은 파격적이다. 보르도에서는 마법으로 도시 전체
를 혼란에 빠뜨렸었고, 싸워야 할 때는 마법이 적당하겠다고 생각
을 정리했다.

그러나 안젤린은 마법사가 아니고, 벡이 사용하는 마법은 너무
수준이 높다. 아울러 밀리엄은 남을 가르치는 게 별로 능숙하지
않았다. 언젠가 마리아에게 상담해야겠다고 마음에 담아 두었기
에 이곳에서 만난 것은 무척 반가운 우연이었다. 방금 전 벡에게

재빨리 마법진의 단점을 바로잡아줬던 기량을 봐도 마법의 스승으로 이보다 더 나은 인물은 없다 여겨졌다.

"있잖아, 할매. 샤르는 마력을 잔뜩 갖고 있잖아……? 뭔가 마법을 익힐 순 있을까?"

"앙?"

마리아는 샤를로테를 빤히 바라봤다. 샤를로테는 긴장해서 표정이 굳어졌다. 마리아는 미간을 찌푸리며 생각에 잠겼다.

"마력의 양이 재능을 전부 결정하는 게 아니다. 직접 겪어봐야 판단이 되는 법이지."

"혹시 부탁하면 가르쳐줄 거야?"

"괜찮다만 내 수업은 만만치 않다. 어중간한 방식은 싫단 말이지."

"그렇구나……. 그럼 톨네라에 가자, 할매."

"……엉?"

대화가 엉뚱한 방향으로 날아가는지라 마리아는 눈이 동그래졌다.

"너 말이다……. 대체 이야기를 어디로 끌어가는 거냐. 어째서 톨네라가 튀어나와."

"이 아이들은 나쁜 놈들한테 목숨을 위협받고 있어. 그러니까 올펜에서 계속 지내면 위험하거든."

"그게 무슨 상관이랑 게냐?"

"그러니까 샤르랑 벡을 조만간 톨네라로 데려갈 거야. 아마도 그쪽이 더 안전할 테니. 만약 할매가 마법을 가르쳐주려면 필연적으로 할매도 톨네라에 가야 한다는 뜻……."

공국 최북단에 있는 마을이라면 루크레시아 교황청의 비밀 기관이든 정체를 알 수 없는 악당 조직이든 쉽사리 쫓아오지는 못할 것이라는 생각이었다. 설령 일부가 따라와 봤자 벨그리프만 있다면 괜찮다고 진심으로 믿고 있었다. 기본적으로 안젤린은 온갖 부분에서 벨그리프에게 전폭적인 신뢰를 보내는 경향이 있다.

마리아는 어이없어하며 고개를 가로저었다.

"바보 같은 소리. 톨네라에서는 소재를 못 구하잖나. 나는 빈둥빈둥 은거를 하고 싶은 게 아니란 말이다. 싸움이라면 귀찮다만 연구는 계속하고 싶거든."

"그래도 톨네라는 공기가 맑아. 분명히 할매 폐에도 좋고. 아빠랑 결혼하면 잘 돌봐줄걸……?"

마리아는 어이없어하며 어깨를 으쓱거렸다.

"또 그 소리냐? 나는 너 같은 딸이라면 절대 사절이란다. 네 아버지에게도 전혀 흥미가 없고."

안젤린은 입술을 삐죽거렸다.

"흥, 할매는 뭘 몰라서 튕기는 거야……. 뭐, 됐어. 그건 빼더라도 톨네라에 한번 놀러 와……. 요양에도 좋은 곳이고, 같이 와주면 여행길도 안심이니까……."

"……뭐, 지금 연구가 일단락되면 생각은 해보마."

마리아는 무뚝뚝하게 말한 뒤 유리잔의 내용물을 쭉 들이켰다.

40 결국 해가 기울어질 때까지 노닥노닥

결국 해가 기울어질 때까지 노닥노닥 잡담을 나누다가 가게에서 나왔을 때는 석양이 비쳐서 주위가 엷은 붉은색으로 물들어 있었다. 하늘을 올려다보면 구름이 타오르는 듯 주홍색을 띠고 있었고, 음영 때문에 형태가 몹시 뚜렷하게 도드라졌다. 점점 위쪽부터 밤에 뒤덮여 가며 뿌옜던 하늘 꼭대기에서 별이 반짝거리고 있다.

저녁나절의 산들바람이 불어오는 가운데 샤를로테는 하늘을 올려다보면서 후유, 한숨을 쉬었다. 조금 불안해하는 표정이다. 안젤린은 고개를 갸웃거렸다.

"왜 그래?"

"……이렇게 즐거워해도 되나 싶어서."

눈을 깜박거리는 샤를로테는 어떠한 상념에 잠긴 듯 눈자위가 살짝 눈물에 젖어서 촉촉해졌다. 지금 느끼는 행복과 손수 저질러 버렸던 과오가 천칭의 양 끝에 올라서 기우뚱기우뚱 흔들리고 있었다.

비록 부조리한 폭거를 당해 나라에서 쫓겨났던 처지였다지만, 그것이 아무 관계가 없는 평범한 사람들에게 악행을 일삼았던 것에 대한 면죄부가 되지는 않는다. 복수에 이성을 잃은 머리로는 몰랐던 죄책감이 뒤늦게 소녀의 마음을 몹시 괴롭혔다. 과연 자신에게 행복해질 자격이 있는 것일까.

안젤린은 샤를로테의 머리를 톡톡 살며시 토닥여줬다.

"그런 거 신경 쓰지 마……. 열심히 살면 즐거운 일이 잔뜩이야."

"……고마워, 언니."

샤를로테는 안젤린의 손을 맞잡았다.

돌아가는 길에 행상꾼 시장에 들렀다. 크고 작은 마차가 차양을 펼쳐서 노점상을 꾸려 놓았고, 여기저기에서 온 각양각색의 식자재 덕에 가게 앞쪽이 떠들썩하다. 저녁 찬거리를 사러 온 사람들로 시장은 북적였다. 거리 공연을 하는 사람이 요란하게 곡예를 선보이고, 유랑민들이 노상에서 연주하고, 마치 축제를 방불케 할 만큼 활기가 가득하다.

냉장 마법고가 딸린 마차에서 생선을 팔고 있었다. 엘브렌의 생선을 날라 왔다고 선전 중이다. 과연, 막 낚았다는 말은 못 하더라도 차갑게 해서 운반한 생선은 윤기가 돌아 맛있어 보였다. 샤를로테가 문득 시선을 보내다가 안젤린의 손을 잡아당겼다.

"있잖아, 언니. 오늘은 생선을 사 갖고 돌아가서 요리하자!"

"음……. 괜찮네……."

낮에는 고기 요리를 먹었다. 그러니까 밤에 생선을 먹자는 제안은 나쁘지 않다.

그러면 어떤 생선을 살까 둘러보던 때 「앗!」 뒤쪽에서 소리가 났다. 안젤린이 고개 돌리자 몇몇 남자들이 서서 샤를로테에게 눈을 부라리고 있었다. 샤를로테는 몸을 움찔 떨었다.

"이 녀석, 못된 사기꾼 자식!"

"뻔뻔스럽게 이런 곳을 나돌아다니다니, 꼬맹이가!"

"힉…… 자, 잘못했어요!"

겁먹은 샤를로테를 보고 남자들은 가학심으로 가득 찬 미소를 머금었다.

"네 녀석처럼 못된 것들이 나돌아다니면 거슬린단 말이다. 우리가 얼마나 상처받았는데…….."

"뭐가 솔로몬이냐, 싹 거짓부렁이지. 어떻게 책임을 질 테냐? 아앙?"

입술을 꽉 깨문 샤를로테를 감싸고자 벡이 귀찮아하며 앞에 나섰다.

"댁들은 이미 돈을 돌려받았을 텐데? 이제 와서 뭐라는 거냐."

"뭐가 잘났다고 입을 놀리나! 쓰레기 같은 놈, 전혀 반성을 안 하는군!"

벡의 멱살을 거머쥐려고 뻗었던 팔을 안젤린이 잡아챘다.

"그만해."

"뭐, 뭐냐, 네 녀석은……. 상관없는 자식은 꺼져!"

"이 아이들이 잘못을 안 했다는 말은 안 할게. 그래도 돈을 돌려주고 제대로 사과했잖아……? 괜히 트집 잡아서 괴롭히는 건 어른스러운 행동이 아냐."

"지금 뭐라고 지껄였냐! 이년, 누구한테 감히!"

"이게 무슨 짓입니까!"

또랑또랑한 목소리가 들렸다. 고개 돌렸더니 로제타 수녀가 서 있었다. 장바구니를 한 손에 들고 당당하게 서서 남자들을 엄하게 주시하고 있다.

"아이 상대로 다 큰 어른이 잔뜩 몰려들어선 스스로가 한심하다는 생각도 못 하는 겁니까! 주신께서도 슬퍼하시겠군요!"

"끙, 뭐가 자꾸 튀어나와……."

"이봐, 무턱대고 뷔에나 교의 수녀와 말썽을 일으키면 곤란하다고……."

한 차례 사교로 배교한 적이 있다는 죄책감 때문인지 남자들은 도망치듯 떠나갔다. 안젤린은 후유, 숨을 내쉬고 자신에게 매달려 있던 샤를로테의 머리를 톡톡 쓰다듬었다.

"고마워, 로제타 씨."

"응, 다행이다. 웬 사람들이 저리 난폭하다니? 그쪽에 아이들은……."

로제타는 샤를로테와 벡을 바라봤다. 샤를로테는 살짝 눈살을 찌푸린 채 안젤린의 뒤쪽에 숨었다. 벡은 묵묵히 서 있었다.

"이쪽은 샤를로테. 쟤는 벡이야. 사정이 있어서 내가 당분간 돌봐주게 됐고……."

"흠, 그렇구나. 잘 부탁해, 얘들아. 내 이름은 로제타야. 근처의 교회 고아원에서 수녀로 일하고 있단다."

로제타는 생글생글 말을 붙였지만, 샤를로테는 입을 꾹 다물고 대답하지 않았다. 벡도 살짝 고개를 꾸벅거렸을 뿐 말을 꺼내지 않는다. 로제타는 난처해하며 웃고는 뺨을 긁적였다.

"내가 마음에 안 드는 걸까……."

"샤르……. 이렇게 뚱한 태도로 무시하면 실례잖아."

"그래도……."

"안 돼. 곤란할 때 도와줬잖아? 게다가 로제타 씨는 내 어머니 후보거든……."

"얘, 안제! 그 뜬금없는 소리는 이제 좀 관두렴!"

로제타는 안젤린의 머리를 콕 찔렀다. 안젤린은 입을 삐죽거렸다.

"뜬금없는 소리 아니야……. 나는 진심인데."

"어휴……."

로제타가 한숨 쉬었다. 샤를로테는 흥, 코웃음 쳤다.

"뷔에나 교의 수녀 따위는 언니에게 어울리지 않아……."

로제타는 살짝 놀라서 눈을 크게 떴다가 샤를로테를 바라봤다.

"무슨 일이 있었던 거네……. 괜찮으면 얘기를 들려주지 않을래?"

"……딱히 할 얘기도 아냐."

"에이, 그렇지 않아. 주신의 자애는 저 멀리 온 땅을 비춘단다. 길 잃은 아이를 이끌어주는 것도 우리가 할 일인걸."

"자애? 웃기지 마! 그딴 게 도대체 어디 있다는 건데!"

샤를로테가 소리 지르자 사람들이 놀라서 걸음을 멈추고 의아하다는 얼굴로 빤히 쳐다본다. 생선 가게의 주인이 질색을 하며 얼굴을 찌푸렸다.

"아가씨들, 자꾸 장사 방해하지 말고 다른 데 가주면 안 될까?"

네 사람은 도로 쪽 시장을 나와 길 귀퉁이로 붙었다. 큰길은 통행하는 사람이 많아서 가만히 서 있으면 걸리적거리니까 뒷골목 안쪽 건물의 뒤편에 자리 잡았다.

줄곧 불쾌한 표정으로 입을 다물고 있는 샤를로테를 대신해서 안젤린이 사연을 얼추 설명했다. 샤를로테가 루크레시아 출신이라는 것, 추기경의 딸이었다는 것, 정쟁에 휘말려서 부모님이 죽었다는 것 등등.

이야기를 다 듣고 로제타 수녀는 조용히 성호를 긋고 기도드렸다. 그러고는 어디까지나 정감이 묻어나는 표정으로 샤를로테에게 말을 건넨다.

"……큰일을 겪었구나. 많이 힘들었겠어."

"흥, 당신 같은 사람한테 동정받을 이유가 없어. 뷔에나 교는 절대로 안 믿어."

로제타는 난처해하며 눈살을 찌푸렸다.

"응……. 맞아, 성직자라고 다 선량하진 않은걸. 정말 다양한 사람이 섞여 있어. 지위와 권력을 이용해서 나쁜 짓을 저지르는 사람도 있고. 그래도 말야, 겸허하게 기도를 올리고 마음의 평안을 찾아 살아가는 사람들도 있단다. 그런 사람들을 주신은 결코 외면하지 않으셔."

"거짓말이야!"

로제타의 말을 가로막고 샤를로테가 소리 질렀다. 주먹을 꽉 쥐었고, 눈에는 눈물이 떠올라 있다.

"겸허했어! 매일 아침 매일 밤마다 기도드리고, 예배에 참석하고, 행복할 수 있는 시간에 감사드렸어! 원망한다거나 나쁜 마음을 가졌던 적은 절대로 없었어! 그랬는데, 어째서 주신은 아버님과 어머님을 도와주지 않았던 거야?! 어째서?! 어째서어⋯⋯."

샤를로테는 로제타에게 달려들어서 작은 주먹으로 퍽퍽 때리며 눈물 흘렸다. 소리 높이고, 오열하고, 흘러넘치는 감정을 마냥 쏟아부었다. 부조리한 분노임을 머릿속 어딘가에서는 알고 있는데도 자꾸 감정이 솟구치고 분노가 바깥으로 드러난다. 부모님의 얼굴이 뇌리에 스치고, 눈물은 끊임없이 흘러넘쳤다.

로제타는 서글프게 눈을 내리뜨고는 살며시 샤를로테의 머리에 손을 얹었다.

"⋯⋯미안해. 나는 네 물음에 대답할 수가 없구나."

"역시! 이렇게 모른 척할 줄 알았어! 위선자!"

"샤르, 진정해. 로제타 씨의 잘못이 아니야."

말을 이어 나가려는 안젤린을 제지하고 로제타가 앞에 나섰다.

"안제, 잠깐 물러나줄래?"

"⋯⋯알았어."

안젤린은 뒤로 물러나서 벡과 나란히 상황을 지켜봤다. 로제타는 쪼그려 앉아 샤를로테의 어깨에 손을 올려놓았다. 샤를로테는 눈물 흘리고 코를 훌쩍였다.

"미안해, 내가 무책임했지⋯⋯."

"흥! 당신은 절대 내 마음을 알지도 이해하지도 못해!"

"응……. 맞는 말이야. 이해한다는 말을 가볍게 할 수는 없어. 그래도 있잖아."

로제타는 샤를로테를 다정하게 쓰다듬었다.

"기도를 드리고 싶어. 이미 일어난 비극 때문이 아니라, 너의 앞날이 축복받을 수 있도록. 힘든 과거를 극복하고 앞으로 나아갈 수 있도록."

"다 헛소리야! 입으로 무슨 말을 못 하겠어!"

"그렇지 않아. 보렴, 지금 네 곁에는 안제가 함께 있잖니. 네 미래는 이제부터 더 달라질 거야. 복수의 길을 벗어나서 따뜻한 세계로 돌아왔는걸. 그 마음을 부정하면 안 돼!"

"……흑! 시끄러워! 시끄러워, 시끄러워, 시끄러워!"

샤를로테는 화가 치솟아 로제타를 밀어내고 몸을 떼어 냈다.

먹먹함, 분노, 서글픔. 여러 감정이 샤를로테의 내면에서 소용돌이쳤고, 소녀는 무작정 골목길에서 나가고자 정신없이 달음박질쳤다. 도망친들 달라지는 게 없음을 뻔히 알면서도 이곳에서 도망치지 않고는 견딜 수가 없었다.

그러던 중 무엇인가에 세게 부딪혔다. 샤를로테가 놀라서 고개를 들어 올리자 아마 순찰을 돌고 있었을 병사가 의아한 표정을 지은 채 서 있었다.

"이런 곳에서 뭘 하는 거냐?"

로제타가 달려와서 생글거리며 말을 건넸다.

"수고 많으십니다, 병사님. 저기, 아무것도 아니에요. 잠깐 대화를 나누고 있었답니다."

"이런 곳에서, 해가 떨어지는데? 위험하잖나. 못된 사람이 나타날지도 모른다고. 모, 모, 못된 사람이, 사람이, 못된, 못, 못된 아이, 찾았다."

병사의 눈에서 초점이 흐려지고 눈동자는 멍하니 빛을 잃었다. 허리에 찬 검을 뽑아서 치켜들었다.

"모, 못, 못된 아이는, 죽여, 죽여, 죽여야, 한다. 죽어라!"

"꺄……!"

몸을 움츠린 샤를로테에게 검이 내리 떨어진다.

샤를로테는 눈을 꽉 감았다.

그러나 곧 포근하게 따뜻한 감촉에 꼭 껴안긴 채 밀려 넘어져서 지면을 굴렀다. 뒤쪽에서 안젤린의 고함 소리가 들렸다.

"로제타 씨! 샤르!"

샤를로테는 눈을 떴다. 예상했던 아픔은 느껴지지 않는다.

"……아! 어째서……."

로제타가 샤를로테를 감싸서 안아 지켜주고 있었다. 얼굴을 들고 힘없이 웃는다.

"아야야……. 괜찮니?"

"싫어……! 싫어엇!"

샤를로테는 비명 지르며 방금 전까지는 분명히 증오했었던 로제타를 끌어안았다.

손에 끈적거리는 감촉이 느껴졌다. 바라봤더니 피가 묻어 있었다. 로제타의 녹색 수녀복 등 부분이 거무칙칙하게 물들어 간다. 장바구니의 내용물이 여기저기에 나동그라졌다.

샤를로테는 절망한 표정으로 넋을 놓았다.

또다시 검을 치켜들었던 병사를 날다시피 나타난 안젤린이 걷어찼다. 병사는 공중제비를 돌며 쓰러졌고, 그러나 인형처럼 다시 일어섰다.

안젤린은 조바심에 혀를 차고는 막 일어난 병사를 다시 걷어찼다.

"직전까지 아무 기척도 없었는데……! 제길, 난 바보야!"

그토록 방심하면 안 된다고 거듭 다짐했는데도 이런 꼴이라니. 한심해서 자신이 싫어진다. 아빠라면 이런 실수는 절대로 저지르지 않았을 텐데.

갑작스럽게 주위에 기척이 가득 찼다. 사방팔방에서 나이프가 날아든다.

안젤린은 샤를로테와 로제타를 지키고자 검을 들어 올렸다. 그러나 나이프는 중간에 튕겨져 나가 바닥에 떨어졌다.

"넋 놓지 말고 정신 차려라."

벡이 안젤린의 등 뒤를 지켜주겠다는 듯이 서 있었다. 여전히 불가시인 채 주위에 입체 마법진을 띄워 놓았을 것이다.

안젤린은 로제타를 안아 일으켜서 업고는 공포에 사로잡혀 움직이지 못하고 있는 샤를로테의 손을 붙잡아 세워 놓았다.

"나 때문에……. 나 때문이야……."

"샤르! 정신 차려……!"

척, 척척, 발소리를 내며 기척이 다가든다. 고개 돌려서 바라봤더니 올펜의 도시 소속 병사들이었다. 그러나 눈이 흐리멍덩해서 인형 같았다. 그런데도 몸놀림은 몹시 빨라서 저번에 상대했던 가면 습격자들처럼 벽면을 달리다시피 하여 덮쳐들었다.

안젤린은 검에 검집을 씌우고 샤를로테를 끌어안았다.

"벡, 이 사람들은 그냥 조종당하는 거야……! 죽이면 안 돼!"

"쳇……."

벡은 팔을 휘둘렀다. 보이지 않는 마법진이 병사들을 날려 보냈다. 고함질렀다.

"꾸물꾸물하지 마! 골목길에서 나가!"

"너도 같이 가야지! 내가 지켜줄 테니까, 안 싸워도 괜찮아!"

이렇게 하지 않으면 벡은 영영 닫아 둔 마음을 열지 않는다. 안젤린은 길을 틀어막는 병사들을 검면으로 후려친 다음 허리에 꽂고 빈손으로 벡의 팔을 잡아끌었다.

큰길로 뛰쳐나간다.

해가 저물어 가는 시간이기에 주변은 어둑어둑했다. 노점 및 상점의 처마 끝에 불빛을 밝혀 놓았고, 오가는 사람들의 그림자가 생물처럼 움직이고 있었다.

로제타는 안젤린의 등에 업혀서 가느다랗게 호흡을 이어 나갔다. 아직 죽지는 않았다. 그러나 샤를로테를 감싸다가 등을 깊숙이 베여버렸던 탓에 출혈이 심각하다. 이대로 방치하면 분명 죽어버린다.

아직껏 정신을 차리지 못한 샤를로테를 벡에게 맡기고, 안젤린
은 재빨리 판단을 마쳤다.

"고아원은…… 안 돼……. 길드!"

가까운 곳은 고아원이지만, 다른 수녀들 및 아이들까지 휘말리
게 만들 순 없었다. 이보다 더 많은 인원을 혼자서 다 지켜 내기
는 무리이니까.

안젤린은 인파를 누비며 서둘러 달려 나갔다. 샤를로테를 안아
든 벡도 뒤를 따른다. 뒤쪽에서는 조종당한 병사들도 쫓아오고 있
었다. 때때로 어깨며 팔꿈치에 부딪힌 사람들이 비난의 시선으로
일행을 쳐다봤다.

달려 나가면서 안젤린은 생각했다.

조종하는 인간이 반드시 있다. 그 녀석을 때려잡지 않는 한 병
사들은 죽을 때까지 쫓아올 테지. 그렇다면 육안으로든 마법으로
든 술사가 어딘가에서 자신들을 관찰하고 있다는 의미다. 이토록
기민한 움직임을 강제할 수 있는 마법이라면 많이 떨어진 위치는
아닐 것이다.

그러나 우선 로제타의 치료가 먼저였다. 길드까지 가면 비축해
둔 영약이 있다.

등에 느껴지는 로제타의 심장 고동이 멎지 않기를 기원하면서
안젤린은 쭉 달려 나갔다.

거리의 양측 건물의 위쪽에서 나란히 줄지어 달려가는 기척이

느껴졌다. 아마 위쪽에서도 습격자가 보고 있는 듯싶다. 지킬 사람이 없었다면 이쪽에서 먼저 공격했을 텐데. 안젤린은 다만 이를 갈았다.

오가는 사람들의 덕을 보았을까, 어떻게든 길드의 건물까지 다다를 수 있었다. 안젤린과 벡이 안쪽에 뛰어들자 로비에 모여 있었던 모험가들이 놀라서 웅성거렸다. 안젤린은 아랑곳하지 않고 접수처 카운터에 달려들었다.

"영약! 영약 가져와!"

여성 접수원은 깜짝 놀라서 비명 질렀다.

"꺄앗, 안젤린 씨?! 도, 도대체 무슨 일이에요?!"

"설명은 나중에……! 서둘러, 죽는단 말야……!"

여성 접수원은 안젤린의 등 뒤에 업힌 로제타를 보고는 곧장 다부진 표정으로 답했다.

"알겠습니다! 일단 의무실로 데려가죠!"

"응……. 길드 마스터는? 백금 할배든 근육 장군이든 괜찮아……."

"그게, 융자를 해준 귀족님에게 호출을 받고 다 나가서 없는 상황이에요……."

"에잇, 왜 하필 지금……!"

안젤린은 로제타를 여성 접수원에게 넘겨주면서 벡을 돌아봤다. 벡은 언짢아하며 얼굴을 찌푸렸고, 그 품에 안긴 샤를로테는 어지간히 큰 충격을 받았는지 아직껏 정신을 못 차리고 있다.

"벡, 샤르를 이쪽으로……."

안젤린을 손을 뻗었을 때 조종당하는 병사들이 건물 안으로 우르르 밀려닥쳤다. 처음 일행을 쫓아왔을 때보다 숫자가 꽤 늘어났다. 피를 흘리거나 척 봐도 팔이며 다리가 부러져 있는 사람도 보였지만, 그럼에도 저마다 손에 무기를 들고 멍멍한 눈을 뒤룩뒤룩 움직이고 있었다.

놀란 모험가들이 일어나서 무기를 들어 올렸다. 당장에 덤벼들려는 듯이 우렁차게 소리 높이며 위협한다. 안젤린은 서둘러 모험가들을 제지했다.

"잠깐! 저 사람들은 조종당하는 거야! 죽이면 안 돼!"

소리치면서 허리의 검을 검집째 뽑아 겨눴다.

"술사를 해치우면 수습할 수 있어! 그때까지 어떻게든 죽이지 말고 버텨줘!"

웬 황당한 요구를, 모험가들이 투덜투덜 중얼거리며 후퇴했다.

병사들이 무기를 들어 올리며 앞쪽으로 치고 들어온다.

그때 큰 소리가 나며 섬광이 솟아나더니 병사들이 뒤로 날아갔다. 안젤린을 비롯하여 모험가들은 입을 쩍 벌렸다.

픽픽 나자빠지는 병사들을 뛰어넘어서 누군가가 날아들었다. 바다처럼 짙은 푸른색 머리카락이 흔들렸다.

"……아! 유리 씨!"

"어휴, 도대체 무슨 일이야?"

유리는 푸른 머리카락을 쓸어 올리는 한편 주위에서 다시 일어나는 병사들을 보곤 눈살을 찌푸렸다.

"병사 아저씨들이잖아. 안제, 나쁜 짓이라도 했어?"

"아니야. 이 사람들은 조종당하는 거야⋯⋯. 술사를 처리하면 정신 차릴 테니까 죽이면 안 돼⋯⋯!"

병사가 한 명 일어나서 유리에게 덮쳐들었다. 유리는 살짝 몸을 빼냈다가 주먹을 꽉 쥐고 병사의 턱을 후려쳤다. 동시에 파직, 하얗게 빛이 터져 나오며 병사는 경련하다가 털썩 쓰러졌다.

"⋯⋯잘 모르겠는데 일단 못 움직이게 만들어 놓으면 된단 말이지?"

유리는 재빨리 머리카락을 묶은 다음에 주먹을 쥐고 뚝뚝 소리를 냈다. 손목부터 손가락까지 주먹이 전기를 띠며 딱딱 하얗게 명멸했다. 안젤린은 히죽 입꼬리를 끌어 올렸다.

"맞아, 부탁할게!"

안젤린도 검을 휘둘러 근처에 있는 병사를 쳐서 쓰러뜨렸다. 모험가들도 어쩔 수 없다는 분위기이기는 해도 무기에 천을 두르거나 칼집에 집어넣는 등 죽이지 않도록 준비를 해서 병사들과 맞서 싸웠다.

그러나 이쪽이 죽이면 안 된다고 조심한들 상대방은 죽이자고 달려드는 형편이었다. 게다가 기껏 때려눕혀도 거듭거듭 다시 일어나 덤벼든다. 마치 언데드를 상대하는 상황인지라 모험가들은 점점 의욕을 잃어버렸다. 그들에게는 딱히 안젤린을 도울 의무가 없기도 했다.

그런 가운데 유리는 가벼운 몸놀림으로 뛰어다니면서 전격을 두른 주먹으로 잇따라 병사들을 바닥에 나뒹굴게 만들었다. 과연 전직 AAA랭크 모험가답다. 이보다 더 믿음직할 수가 없었다. 당장 현역으로 나서도 충분히 통할 듯싶다.

그때 불현듯 희미하게 불빛이 떠올랐다. 모래색의 기하학 문양 입체가 이리저리 날아다닌다. 벡이 입체 마법진을 가시화시켰다. 여러 입체가 잇따라 병사들을 때려눕혔고, 그대로 내려앉더니 중량을 늘린 듯 등과 팔을 압박했다. 모험가들은 놀라서 소리 높였다.

안젤린은 눈살을 찌푸리며 벡을 돌아다봤다.

"너는 물러나 있어도 된다니까."

"흥…… . 네 녀석에게 보호받는 신세는 사절한다. 왜 이리 시간을 끄나, 한심하기는."

벡은 팔을 휘둘러 마법진을 조작하고 잇따라 병사를 제압하여 못 움직이게 만들었다.

안젤린은 입술을 깨물었다. 지켜주겠다고 말만 열심히 하고 결국에 혼자서는 아무것도 해내지 못했다. 이래서는 단지 벨그리프의 흉내질로 기분만 내는 것에 불과하다.

"제길…… ."

빨리 술사를 찾아 처리해야겠다. 안젤린은 지면을 박찬 뒤 움직임이 둔해져 있는 병사들의 틈을 누비고 달려가서 길드 건물의 바깥으로 나왔다.

이미 해가 푹 저물어서 가로등에는 불이 들어왔고, 오가는 사람들의 표정도 잘 알아볼 수가 없었다.

술사는 어디에 있을까. 안젤린은 날카롭게 주위를 둘러보면서 감각을 곤두세웠다.

꼭두각시 마법을 사용하는 이상은 가느다란 마력의 실이 있을 것이다. 모험가 길드 근처인 터라 마법사가 다수라는 까닭도 있어 마력의 기척이 한데 뒤섞여 파악하기가 쉽진 않았지만, 그럼에도 안젤린은 미약한 기척을 잡아채고는 얼굴을 들어 올렸다.

"거기냐……!"

지면을 찬다. 처마 기둥을 붙잡고 차양의 위로 뛰어오른 다음은 건물 벽면을 달리다시피 하여 단번에 올라갔다.

"찾았다."

가면을 쓴 몇 사람이 움찔 굳어서 안젤린을 보고 있었다. 술사로 짐작되는 자는 가면의 문양이 살짝 달랐다. 주위를 둘러싼 가면들이 검을 뽑아서 안젤린에게 덤벼들었다.

"너희에게 베풀 자비는 없어……!"

안젤린은 검을 검집에서 단숨에 뽑아 막 덤벼드는 몇 사람을 한꺼번에 베어 넘겼다. 곧장 앞으로 몸을 날린다.

술사를 노리고 휘둘렀던 검을 가면 습격자가 한 사람, 몸을 내던져서 막았다. 그러고는 살점에 파고든 검을 손으로 쥔다. 밀어도 당겨도 움직여지지 않았다. 얼굴을 찌푸리는 안젤린에게 확 흩어져서 주위를 둘러쌌던 다른 가면들의 검이 들이닥쳤다.

그러나 안젤린은 검에서 손을 떼고 재빨리 몸을 구부려 공격을 회피했다. 허리에 찬 벨트에서 나이프를 뽑아 들고는 한 사람의 목에 처박고, 더욱이 한 사람의 다리를 후려쳐서 건물 아래로 떨어뜨렸다. 위쪽에서 사람이 떨어지는 통에 아래쪽 거리가 소란스러워졌다.

"지나가는 사람이 맞지 않기를……!"

중얼거리며 몸을 거머쥔 가면을 걷어차서 억지로 검을 잡아 뽑았다. 잡아 뽑는 기세 그대로 검을 휘둘러 또다시 주위에서 들이닥쳤던 습격자들을 단숨에 베어 넘겼다.

고개를 들어 술자가 있는 방향을 노려본다. 가면을 쓴 탓에 표정은 알 수 없었다. 그러나 뭔가 중얼중얼 말을 늘어놓고 있었다.

"주신…… 주신이시여……. 저희를 악한 자에게서 지켜주소서……."

"……비열한 교황청 놈들!"

안젤린은 노호를 한 차례 터뜨린 뒤 검을 휘둘렀다. 술사의 목이 날아갔고, 몸에서 뻗어 나가던 마력의 실이 절단됐다.

안젤린은 검을 휘둘러 피를 떨치고 검집에 납검했다. 어쩐지 확지치는 기분이다.

건물 가장자리에 가서 아래를 봤다. 길드 안쪽에서는 부상당한 병사들이 이제 정신을 차리고 아파 신음하는 목소리가 들렸다. 비록 죽이지는 않도록 조심했을 테지만, 제법 큰 상처를 입은 사람도 있을 것이다.

"……전혀 못쓰겠네, 나."

안젤린은 암담한 기분이 들었지만, 로제타와 샤를로테를 떠올리면 괜히 갈등할 틈도 없었기에 서둘러 건물에서 뛰어 내려갔다.

○

하얀 로브 차림에 후드를 깊숙이 뒤집어쓴 남자가 팔짱을 끼고
서 있었다. 안젤린이 전투를 벌인 장소에서 조금 떨어져 있는 위
치였지만, 안젤린의 움직임은 잘 관찰할 수 있었다.

"……흠."

남자는 턱에 손을 가져가 생각에 잠긴 듯 눈을 반쯤 감았다.

"확실히 강하군……. 그러나 아직은 많이 모자라."

남자는 방금 전까지 전투가 벌어졌던 위치로 날아가듯이 이동
했다. 주검이 나뒹구는 데다가 코를 찌르는 시취가 여름밤의 더위
에 달아올라서 떠다니고 있다. 남자는 주검을 하나하나 확인하면
서 걸어 다니다가 고개를 갸웃거렸다.

"마침 적당한 들러리가 나타났다 싶었는데, 이딴 녀석들은 힘을
가늠하기에도 너무 약했군……. 모험가에 대해서는 정죄 기관도
제대로 된 정보를 보유하지 못했다고 봐야 하는가."

남자는 힐끗 길드가 있는 방향을 바라봤다.

"……한 번 더 건드려볼까."

품에서 검은 보석을 꺼내 들었다. 뭔가 주문을 읊으면서 보석을
쥔 손에 힘을 넣는다.

파르께한 빛이 손에서 넘쳐흐르고, 바람도 불지 않는데 로브 자

락이 펄럭였다.

"다녀오거라."

남자는 보석을 길드가 있는 방향으로 집어 던졌다.

41 부상자를 치료하느라 다들 분주했다

부상자를 치료하느라 다들 분주했다. 길드 직원이 바삐 오가고, 코를 자극하는 영약의 냄새가 건물 안쪽에 감돌았다.

얼마 전까지 미친 사람처럼 마구 덤벼들었던 병사들이 갑자기 너나없이 바닥에 나자빠져서 아파하며 신음을 터뜨렸기에 모험가들은 당황했다. 그러나 분명 안젤린이 술사를 해치웠기 때문이라며 판단을 내린 유리 덕분에 곧장 영약을 꺼내 온 다음은 직원들이 총출동하여 치료를 시작할 수 있었다.

의무실은 이미 만원이기에 로비의 의자 및 탁자를 급조 침대로 이용하고 있는 형편이다. 비록 도시의 병력 주둔지에 연락은 보냈다지만, 상당한 수의 병사가 조종당했던 까닭도 있어 보고 체계가 흐트러진 까닭에 도무지 협력이 이루어지지 않는 상황이었다.

안젤린은 누워 있는 병사들 사이를 걸어가면서 한숨 쉬었다. 조금 더 빨리 술사를 발견하고 처리했다면 피해가 줄었을 텐데.

의무실에 들어섰다. 침대가 사람들로 가득해서 마치 야전 병원과 같은 꼴이었다. 병사들은 조종당했을 때의 기억이 없는 듯 어째서 자신들이 이런 처지에 놓였는지 전혀 이해하지 못하는 모습이다.

안쪽에 로제타가 누워 있었다. 옆쪽에 놓인 의자에는 샤를로테

가 앉아 있다. 가까이 다가가는 안젤린을 알아본 샤를로테는 곧장
눈물을 글썽거렸다.

"언니이……."

"샤르, 괜찮아? 로제타 씨는……."

안젤린은 샤를로테를 쓰다듬어주면서 침대에 누운 로제타를 살
폈다.

상처가 등에 난 터라 엎드려 놓았는데 영약을 바른 덕분에 피는
멎었다. 안색도 나쁘지 않고 입가에 손을 가져가자 안정된 호흡이
느껴졌다.

"다행이다……."

최악의 사태만큼은 어쨌든 간에 피할 수 있었기에 안젤린은 숨
을 내쉬었다.

샤를로테는 안젤린에게 안겨 들어서 허리 부근에 얼굴을 파묻
은 채 오열했다.

"나, 나, 나 때문에……."

"아니야. 샤르 잘못이 아니야. 자신을 책망하면 못써……."

"그래도……!"

"으응……."

퍼뜩 놀라서 쳐다봤더니 로제타가 몸을 움찔거리며 살며시 눈
을 떴다.

"……어떻게 된 거야? 여기는……."

"로제타 씨, 무리하면 안 돼. 많이 다쳤어……."

안젤린은 몸을 일으키려는 로제타에게 급히 달려가서 부축해줬다.

"아야야……. 안제, 그 아이는……."

말하다 말고 로제타는 샤를로테에게 시선이 닿아 안심해서 표정을 누그러뜨렸다.

"다행이다……. 무사했구나."

그 말에 샤를로테를 말문이 막힌 듯 입술을 깨물더니 눈물을 뚝뚝 흘렸다. 그럼에도 화난 사람처럼 눈썹을 치켜 올리며 소리 질렀다.

"바보! 바보야! 내가, 그렇게 못된 말만 했는데……! 어째서!"

"후후……. 그러게 말야. 나는 바보니까 어째서인지 이유도 모르겠네. 그래도 무사해서 정말 다행이야……."

아직 상처가 아픈지 로제타는 힘없이 웃고는 샤를로테의 머리에 톡 손을 얹었다. 샤를로테는 눈물을 뚝뚝 흘리면서 로제타의 가슴에 얼굴을 묻고 흐느꼈다.

"미안해요……! 살려줘서 고마워…… 고마워요……."

"후후, 천만에요."

안젤린은 한숨 쉬고는 가만히 발길을 돌렸다. 길드 소속의 치료사를 불러 세워서 묻는다.

"로제타 씨…… 저기 수녀님의 상처는 어때?"

"아, 저분 말입니까. 상처 자체는 깊고 출혈도 상당했습니다만, 뼈도 내장도 상한 부분이 없습니다. 지혈은 끝났겠다, 이대로 안정만 잘 취한다면 괜찮을 겁니다."

"그래……."

일단 괜찮은 것 같다. 잠깐 저쪽을 다시 봤더니 로제타가 샤를 로테를 쓰다듬어주며 뭔가 대화를 나누는 모습이었다.

내가 나설 필요는 없겠구나.

안젤린은 무거운 걸음걸이로 의무실에서 나왔다. 로제타의 소식을 교회 고아원에 어서 전해줘야 했다.

비틀비틀 걸어가던 중 로비에 고인 피를 청소하는 유리가 보였다. 가까이 다가가서 말을 건넨다.

"유리 씨."

"어머, 안제구나. 갑자기 참 큰일이었지."

"응……. 고마워. 도와줘서."

"후후, 괜찮아. 곤란할 땐 서로 돕고 살아야지."

유리는 허물없이 미소 짓고는 안젤린의 어깨를 토닥여줬다. 안젤린은 힘없이 웃었다.

"……잠깐 머리 좀 식히고 올게. 의무실에 샤르랑 로제타 씨가 있어. 부탁해도 될까?"

"응……. 알았어. 무리하면 안 된다? 안제."

"……고마워."

안젤린의 번민에 찬 표정을 보고 무엇인가 알아차렸을 테지, 유리는 불평 한 마디 말하지 않고 미소 짓고는 청소를 다른 직원에게 맡긴 뒤 의무실에 들어갔다.

안젤린은 건물 바깥으로 나왔다. 오늘 밤은 저녁때부터 줄곧 바람이 잠잠했기에 왠지 축축한 여름 더위가 내내 머물러 있는 듯 느껴졌다.

깊이 호흡을 하고 무심코 주위를 쓱 둘러봤다. 길드의 소동을 전해 듣고 찾아왔을 구경꾼들이 보인다. 떠들썩하다는 의미에선 평소와 비슷한 상황이었다. 시선을 다른 곳으로 움직이던 중 벡을 발견했다. 거리의 벽에 기대선 채 가만히 하늘을 올려다보고 있었다. 안젤린이 다가가자 눈살을 찌푸리더니 빈정대는 웃음을 지어 보였다.

"꼴사납구나. 누나가 지켜줄 테니 안심하라며."

"······미안."

"······뭐냐. 네 녀석이 이렇게 고분고분하면 징그럽다고."

"난 그냥 혼자서 우쭐거렸던 거야. 지킨다는 게 무엇인지 제대로 고민도 안 해본 주제에······."

샤를로테가 자신을 신뢰해주며 어리광을 부릴 때마다, 벡이 조금씩 감정을 드러낼 때마다 벨그리프에게 가까워지는 것 같아서 뿌듯한 기분이 들었다. 그렇지만 결국은 허울뿐이었다. 과연 진심으로 샤를로테와 벡을 마주 바라봤던 것일까. 독선에 빠졌던 것은 아닐까. 그것이 사실인지 아닌지 차치하더라도 이렇듯 소란이 벌어지자 자신이 한심하다는 생각만 자꾸 절절히 느껴졌다.

안젤린은 벡을 따라서 옆쪽 벽면에 같이 기대어 섰다. 곁눈질로 힐끔 벡을 쳐다본다. 연하의 소년이지만 키는 자신과 비슷하게 컸다.

"······내가 어떻게 하면 좋았던 걸까?"

"알까 보냐."

"어휴……."

의기소침해서 고개 숙이는 안젤린을 보고 벡은 짜증스럽게 혀를 찼다.

"네 녀석도 꼬맹이와 똑같군."

"……뭐라고?"

"자기가 잘못했다, 자기가 잘못했다고 말이야. 그렇게 전부 혼자서 떠안고 비극의 여주인공 행세를 하면 기분이 꽤 흐뭇하실 테지."

가차 없는 발언에 안젤린도 울컥했다.

"뭔데……. 그런 생각이 아니……."

"흥, 내가 보기에는 똑같군. 꾸물꾸물 제자리걸음이나 할 바에는 저번처럼 귀찮게 치근거리는 게 차라리 낫다."

"그렇지만……. 그렇게 자꾸 우쭐거리다가 이런 사고가……."

"……음! 잠깐."

벡은 팔을 휙 내밀며 앞에 나섰다. 머리카락이 검게 물들고, 입체 마법진이 가시화되고, 모래색의 불빛이 거리를 엷게 비춘다. 안젤린도 등골에 오싹한 감촉을 느끼고 반사적으로 검을 뽑아 들었다.

"저 녀석은……!"

웅성웅성, 신기한 구경거리를 발견한 양 모여든 인파 중심에 작은 무엇인가가 있었다. 몸길이는 안젤린의 허리 부근밖에 안 된다. 새까맣고 그림자 같은, 간신히 인간의 형태는 유지하고 있다.

그것이 입체 마법진의 빛을 받아서 번뜩번뜩 습기를 띠고 빛났다.

일찍이 올펜 근교의 폐던전에서 맞서 싸웠던 그 사람 그림자였다. 그러나 그때 느꼈던 어린아이 같은 기척은 전무하다. 온몸에서 명백한 적의와 살기가 풀풀 흘러나와서 가만히 보기만 해도 기분이 안 좋아질 정도였다.

그림자는 상황을 살피는 것처럼 가만히 서 있었지만, 마치 주위의 웅성거리는 소리에 반응한 듯이 얼굴에 해당하는 부분에서 뛰룩 눈이 나타나더니 주위를 둘러봤다.

"버러지들. 죽인다."

갑자기 그림자가 팽창했다. 어른과 비슷할 만큼 체격이 커졌고, 손끝 및 발끝이 명백하게 질량을 동반하여 무쇠처럼 빛을 반사했다. 사람들은 웅성거리다가 위험을 감지한 듯 허둥지둥 그림자에게서 거리를 벌리고자 움직였다. 그런 사람들을 악의로 정체되어 있는 눈동자가 포착했다.

뛰어오른다. 손톱이 가까운 곳의 남자를 노린다. 남자의 얼굴이 공포에 젖어 경련했다.

그러나 손톱은 남자에게 닿지 못했다. 어느 틈인가 달려왔던 안젤린이 사이에 끼어들어서 검으로 손톱을 막아 냈기에.

무시무시하게 묵직한 일격이었다. 검을 쥔 손이 찌릿찌릿 저리고, 힘껏 내디뎠던 발이 뒤쪽으로 살짝 밀려났다.

"도망쳐!"

안젤린의 차라리 노성에 가까운 고함 소리를 듣고 사람들은 허둥지둥 당황해서 도망쳤다. 안젤린은 검에 힘을 넣어서 그림자를 억지로 떨쳐버렸다. 그림자는 빙글빙글 공중을 회전하다가 가뿐히 척 착지했다. 눈은 안젤린을 번뜩번뜩 주시한다.

"걸리적거려."

"얕보지 마……!"

두 개의 그림자가 교차했다. 금속음이 울려 퍼진다.

또다시 거리를 벌렸을 때 안젤린은 팔과 뺨, 다리에 상처를 입고 얼굴을 찌푸렸다. 모두 찰과상에 불과하다지만, 피가 흘러서 불쾌했다.

폐던전에서 싸웠던 마왕과 격이 다르다. 안젤린은 검을 고쳐 쥐었다. 연전의 직후. 게다가 중간에 불쑥 번민에 시달렸던 것이 뼈아팠다. 집중력이 많이 산만해진 것 같다.

잔재주가 통할 상대가 아니었다. 전력으로 맞서 싸우지 않는다면 이쪽이 당할 것이다.

안젤린은 검을 겨눴다. 동시에 뒤쪽에서 모래색으로 빛나는 입체 마법진이 날아들었다. 여러 입체들은 그림자에게 부딪쳐서 피부에 옴폭옴폭 흠집을 냈다. 그러나 치명상에는 미치지 못한다. 그림자는 불쾌하다는 듯이 으르렁거리곤 몸을 흔들어 마법진을 떨쳐 냈다.

안젤린은 눈살을 찌푸리며 뒤쪽을 돌아봤다.

"너까지 손쓸 필요는 없어……. 내가 지켜줄 테니까."

"……흥."

벡은 듣는 시늉도 않고 팔을 휘둘렀다. 그림자에게 입체 마법진이 덮쳐든다. 그림자는 팔을 휘둘러 입체들을 걷어치운 뒤 지면을 박차고 안젤린이 있는 방향으로 날았다.

"와라……!"

몸을 낮춰서 그림자를 요격한다.

검과 손톱이 맞부딪치며 불꽃이 흩날렸다. 검날이 붕붕 떨렸고, 그 여파가 칼자루에, 그리고 손에 전달됐다.

그럼에도 안젤린은 억지로 팔을 끝까지 휘둘러서 그림자와 대치했다. 어깨부터 앞쪽이 마치 채찍처럼 낭창낭창 휘어진다.

그러나 이는 상대도 마찬가지였다. 오히려 무기와 손이 일체화되어 있는 만큼 상대가 불필요한 동작은 더욱 적었는지 몇십 합을 맞부딪치는 동안에 안젤린은 점점 떠밀렸다.

그리로 벡의 입체 마법진이 날아든다. 안젤린과 맞싸우던 그림자는 뜻밖의 협공에 허를 찔려서 정통으로 적중되어 뒤로 날아갔다.

커다랗게 숨을 쉰 안젤린에게 벡의 언짢은 가득한 목소리가 날아들었다.

"이봐, 적당히 좀 해라. 그따위 마구잡이 전법으로 이길 수 있을 것 같나?"

안젤린은 짜증스럽게 고함질렀다.

"시끄러! 더는 실수하지 않아……. 모두, 내가 지켜줄 거야……!"

안젤린은 마치 무엇인가에 씐 사람처럼 받아치고는 다리를 힘껏 내디디며 검을 고쳐 쥐었다.

벡은 지긋지긋하다는 듯이 고함쳤다.

"누굴 어떻게 지키겠단 거냐! 혼자서 전부 떠안은 채 자멸할 작정인가! 오만한 헛소리는 작작 좀 떠들어라!"

안젤린은 말문이 꽉 막혀 입을 다물었지만, 그럼에도 발을 내디디며서 그림자에게 덤벼들었다. 그림자는 여전히 증오와 적의에 가득 차올라서 안젤린을 맞받아쳤다.

신속(神速)이라 표현할 만한 무시무시한 속도의 검격이었지만, 그림자는 모조리 다 막아 내면서 정면으로 맞섰다. 그저 속도만 빠르다 뿐 안젤린의 검은 평소의 정묘함이 결여됐다. 조바심과, 아울러 벡의 지적에 솟구쳤던 짜증이 속도밖에 없는 검을 휘두르게 만들었다.

"······*걸리적거려.*"

그림자가 중얼거린다.

그 순간, 안젤린은 옆구리에 강렬한 충격을 느꼈다. 그림자의 몸체에서 뻗어 나왔던 세 번째 팔이 안젤린의 옆구리를 강하게 타격한 것이다.

획 날려 가서 지면을 두 번, 세 번 튕기며 굴렀다. 충격 때문에 폐에서 공기가 달아났고, 숨이 막혀서 꺽꺽거렸다.

"쿨럭······! 콜록, 끅······!"

호흡이 제 뜻을 들어주지 않아 얼굴을 찌푸린 채 안젤린은 고개 들었다. 그림자가 손톱을 치켜들고 들이닥친다.

"*죽인다.*"

"까…… 불지 마!"

지지 않는다. 절대로.

안젤린은 짐승처럼 포효하면서 검을 쥐고 억지로 일어섰다. 욱신거리는 마디마디도 기력을 짜서 굴복시켰다. 그러나 움직임이 딱히 예리한 게 아니다. 일어서서 검을 겨누었을 때 그림자의 손톱이 곧장 눈앞까지 닥쳐들었다.

그러나 그 손톱도 안젤린에게 닿진 못했다. 모래색으로 명멸하는 마법진이 옆쪽에서 끼어들어 튕겨 냈다. 또한 동시에 그림자의 측면으로 다수의 입체 마법진이 포탄처럼 충돌했고, 그림자는 표면이 움푹 파인 채 날려 갔다.

벡이 빠르게 달려온다. 분노로 얼굴을 일그러뜨리고 있다.

"죽을 작정이냐! 헛짓거리 마라!"

"……무슨 소리를 하는 거야. 내가 틀렸다는 말이야……?"

안젤린은 멍한 눈으로, 그러나 분노가 담긴 모습으로 중얼거렸다. 그 분노는 다른 누군가에게 향하는 것이 아니라 자기 자신에게 향하는 감정이었다.

벡은 마침내 울화를 견딜 수가 없다는 듯이 거칠게 안젤린의 어깨를 붙들고 흔들었다.

"무슨 넋 나간 소리를 지껄이냐! 어리광은 작작 좀 부려라! 나에게 이것저것 잘난 척 설교해 놓고 이 꼴은 도대체 뭐냐!!"

"……난 말이야!"

안젤린이 입을 막 열었을 때 벡은 날카롭게 옆쪽을 돌아보면서 팔을 휘둘렀다. 입체 마법진이 벡을 지키고자 모여든다. 그러나 칠흑의 손톱이 그것들을 한꺼번에 싹 날려버렸고, 벡까지 함께 휘말려서 날아가고 말았다. 안젤린의 시야에서 벡이 사라졌다.

멍하니 시선을 움직인다.

벡은 상당한 기세의 일격을 당한 듯싶다. 엉망진창, 만신창이의 모습이었다. 그럼에도 간신히 낙법을 취한 뒤 분노의 불꽃이 이글거리는 눈동자로 더욱더 입체 마법진의 숫자를 늘렸다. 머리카락 색깔이 백색과 흑색으로 얼룩졌다가 다시 검어진다.

그림자가 다가들었다.

벡을 중심으로 공전하는 입체 마법진이 그림자를 맞받아쳤지만, 어떤 공격도 치명상을 입히는 데 이르지는 못했다. 그림자는 팔을 휘둘러 마법진을 튕겨 내었고, 벡은 더욱더 숫자를 늘린 입체 마법진을 유성처럼 쏟아부었다. 그러나 마력이 고갈된 까닭일 테지, 점점 눈에 띄도록 기세가 떨어졌고 창백하게 질린 입술에서 선혈이 떨어지더니 검은 안개가 되어 허공에 흩날렸다. 무릎 꿇는다. 마법진의 숫자도 점점 줄어들었다.

안젤린은 울부짖고 싶었다. 분노인지 서글픔인지 가늠할 수 없는 감정을 목소리에 실어서 쏟아 내고 싶었다.

"……안 돼."

꾹 견뎠다. 그러나 마음속은 소용돌이가 더한 기세를 휘돌며 혼돈이 들어차기만 한다.

감정의 정점이 가까워져서 결국 폭발을 일으키려고 했을 때 불현듯 벨그리프의 얼굴이 뇌리를 스치고 갔다.

떠올려라. 아빠가 뭐라 말했더라?

어떤 상황에 처하더라도 침착함을 잃어선 안 된다. 일시적인 감정에 휩쓸려서 돌이킬 수 없는 사태를 초래하는 실책을 저지르지 마라. 모험가는 한순간의 판단이 삶과 죽음을 가른다. 그러니까 언제나 자신을 바라보고 있는 두 번째 자신을 등 뒤에 놓아둘 것.

갑자기 시야가 넓어지는 기분이었다. 분노와 먹먹한 심정 때문에 흐려졌던 눈동자에 빛이 돌아온 것 같다.

"……뭔 짓을 했던 거야, 나는."

지킨다, 지킨다, 기세만 등등할 뿐 실상은 아무것도 직시하지 못했다. 마음만 괜히 들떴었다. 하물며 자기 자신을 객관적으로 바라보지도 못했다.

한심하기는.

그렇지만 뒤늦은 후회에 얽매여서 자기혐오에 빠질 상황이 아니었다. 눈앞의 문제를 먼저 처리하자. 그러지 않는다면 벨그리프가 어이없어할 테니까.

그렇게 생각했던 순간에 몸은 움직이고 있었다. 방금 전까지는 무겁게 느껴졌던 검을 쥔 손이 몹시도 가볍다. 나무 막대기를 쥐고 있는 기분이 든다. 쓸데없는 힘은 빠져나갔고, 바닥을 차는 다리도 경쾌했다.

벡의 숨통을 끊고자 팔을 쳐들었던 그림자를 안젤린은 있는 힘껏 걷어찼다. 허를 찔렸던 지면을 구르다시피 날아갔다.

"……맞아, 아빠랑 비교하면 별로 대단한 상대가 아냐."

분명히 빠른 데다가 일격은 몹시 묵직하다. 그러나 이쪽의 움직임을 유인하는 페인트가 없고 동작도 직선적이다. 세 번째 팔 역시 침착하게 맞서 싸웠다면 대응할 수 있었다. 이쪽의 움직임에 맞춰 적확하게 다가드는 벨그리프의 공격이 훨씬 더 강력하다.

가슴에 손을 얹은 채 헉헉 거칠게 숨을 몰아쉬면서 벡이 말했다.

"……느려."

"미안해, 벡 군. 뒷일은 맡겨줘."

"벡 군이라고 부르지 마라……."

"후후……. 물러나 있어."

안젤린은 톡톡 발끝으로 지면을 찼다.

막 일어서서 증오에 가득 찬 시선을 날리는 그림자에게 안젤린은 검을 겨눴다.

"덤벼. 놀아줄게."

"죽인다."

그림자는 바닥에서 펄쩍 뛰어올라 다가들었다. 벡과 맞서 싸우는 동안 움직임이 더 세련되어졌나? 조금 전보다 빨랐다.

그러나 안젤린은 가볍게 몸을 비틀어 팔의 일격을 막아 냈다. 상대의 움직임에 맞춰 몸을 움직이고, 버들처럼 충격을 능숙하게 분산시킨다. 얼마 전에는 저려왔던 손에 어떠한 이상도 없다. 그리고 곧장 기세를 살려 발끝을 축 삼아 반전하며 그림자에게 검을 때려 박았다.

"끄흑?!"

그림자는 괴롭게 신음하고는 몸을 날렸다. 칼날이 분명 박혔는데도 베이지는 않았다. 그러나 타격으로서는 효과가 나타난 듯싶다.

"맞아……. 이 녀석은 잘 안 베였지."

폐던전에서 벌인 싸움을 떠올린다. 도르토스의 창으로도 꿰뚫지 못했고, 자신의 검도 마지막 최후의 순간에나 간신히 베어 가를 수 있었다.

그 감응이 필요하다.

안젤린은 검을 쥔 손에 힘을 넣었다. 번민을 떨쳐 낸 지금 와서는 마치 전투에 피가 끓는 심정이다. 강적과 싸우는 게 싫지는 않다. 전투에 쏟는 순수한 투쟁심. 그것이 마음을 채움에 따라 입에는 미소마저 어른거린다.

몸속의 마력은 소용돌이치듯 기세가 높아져서 심장이 뛸 때마다 온몸을 돌아다닌다. 팔에서 손, 손가락, 더욱이 지금 쥔 검이 마치 몸의 일부가 된 듯 느껴졌다. 억누를 수 없이 흘러넘치는 마력이 반짝였다.

그림자는 증오를 담아 눈을 움직이다가 팔의 숫자를 늘려서 안젤린에게 달려들었다.

"죽인다!"

마치 거미의 다리처럼 잔뜩 돋아난 팔이 안젤린을 감싸고 들이닥쳤다. 하나하나가 닿기만 해도 치명상을 가할 위력을 지니고 있다.

"——!"

안젤린은 마치 발검술처럼 검을 빼내며 몸을 구부렸다가 그림자를 목표로 힘차게 휘둘렀다.

쓱, 저항도 느껴지지 않고 칼날이 그림자의 안을 가로질렸다.

그림자의 가슴 부근에서 몸체가 위아래로 갈라졌다. 안젤린에게 들이닥치던 팔이 경련을 일으키는가 싶더니 뚝 허물어져서 형태를 잃는다.

"아······ 끅······."

그림자는 비틀비틀 휘청거리다가 곧 바닥에 털썩 나동그라졌다. 그러고는 악취와 함께 연기를 피워 올리면서 몸이 무너졌고, 순식간에 걸쭉하게 녹아내려서 검은 물웅덩이가 되고 말았다.

안젤린은 검을 납검한 뒤 커다랗게 숨을 쉬었다.

힘이 빠진다. 그러나 아직 쓰러질 순 없었다.

빙글 시선을 움직여서 벡을 찾았다. 발견하고는 빙그레 미소 짓는다.

"거봐, 누나한테 맡기니까 다 해결됐잖아······?"

한마디 건넨 뒤 뒤쪽으로 털썩 나자빠졌다.

벡은 어이없어하며 탄식하고 고개를 절레절레 가로저었다.

○

바람이 불기 시작했다.

건물의 옥상 위에서 안젤린과 그림자의 싸움을 지켜보던 로브

남자는 감탄하며 중얼거렸다.

"……재미있군. 이 정도면 당분간 가만 내버려 두는 것도 괜찮겠어."

남자는 턱에 손을 가져가며 건물 가장자리를 몇 걸음 걸었다. 바람이 휘휘 불어서 로브 자락을 휘감아 펄럭펄럭 흔들었다.

만족한 표정으로 남자는 공간 전이의 술식을 발동하고자 가슴에 손을 얹었다. 그러나 공간이 흔들리지 않는다. 의아해하며 눈살을 찌푸리고 뒤로 돌아섰다.

"……이게 누구신가."

"네놈……. 이런 곳에서 뭔 수작이냐. 쿨럭."

회색 머리카락을 바람에 나부끼면서 마리아가 서 있었다. 가볍게 펼쳐 위쪽으로 향하게 둔 손바닥에서 압축된 마력 구체가 빛나고 있다. 이것이 남자의 공간 전이를 방해한 것 같다.

남자는 히죽 웃고는 뚝뚝 손가락의 뼈를 튕겼다.

"무슨 수작이냐고? 뻔히 알면서 묻는군. 네 녀석이야말로 이런 곳에서 뼈를 묻을 작정인가?"

"흥. 나를 네놈들과 똑같이 취급하지 마라. 애당초 네놈은 죽었던 게……."

"큭큭, 『회색』의 칭호를 받은 대마도사께서 얼간이 같은 소리를 늘어놓지 마라."

"진짜 얼간이가 누구냐, 쓰레기 놈. 내가 있는 곳에서 뻔뻔하게 나돌아다니다니. 쿨럭, 쿨럭!"

연신 기침을 터뜨리는 마리아를 보고 남자는 큭큭 웃었다.

"몸 상태가 많이 나쁘군. 그런 꼴로 나를 죽일 수 있겠나?"

"헛소리."

마리아는 손가락을 휙 움직였다. 공간이 신기루처럼 진동하며 남자를 좌우에 끼워 압박하고자 육박했다.

남자는 두 손을 교차시켜서 재빨리 영창을 개시했다. 파랗게 빛이 용솟음치며 흔들리는 공간을 저지한다. 마법이 교착 상태를 이루어 묵직한 소리를 냈다. 남자는 히죽, 비웃음과 닮은 미소를 머금었다.

"왜 이러나? 실력이 떨어졌군, 마리아."

"몸풀기 갖고 우쭐거리지 마라."

마리아는 또다시 손가락을 움직였다. 곧장 남자의 발밑이 늪처럼 질퍽해졌고, 남자의 다리가 푹 잠겨 들어갔다.

얼굴을 찌푸린 남자에게 광탄이 다수 날아들었다. 압축된 마력 덩어리다. 통상적인 마탄과 위력이 현격하게 다르다.

남자는 혀를 차고는 두 손을 앞으로 내밀었다.

『밤은 칠흑, 피는 은색. 불에 일렁이고 달빛에 차올라서 전부를 물들여라.』

영창이 끝난 동시에 남자의 앞쪽에서 광탄이 터졌다.

폭력적인 섬광에 마리아도 얼굴을 찌푸린다. 지상에서도 빛이 보이는 듯 거리의 사람들이 위를 가리키며 웅성거렸다.

"……도망쳤나."

마리아는 숨을 내쉬고 팔을 내려뜨렸다. 남자의 모습은 안 보인다. 억지로 영창을 덮어씌워서 마리아의 방해 술식에 구멍을 뚫은 듯싶다.

"나도 힘이 꽤 빠졌나 보군……. 쿨럭, 쿨럭!"

마리아는 언짢아하며 건물 위에서 거리를 내려다봤다. 섬광에 놀라 위쪽을 쳐다보는 사람들이 보였다. 안젤린과 그림자가 싸움을 벌인 흔적은 주변 지면에 요철로 남아 있었다.

시선을 움직이던 중 방금 녹아내렸던 그림자의 검은 물웅덩이가 눈에 들어왔다.

"저 녀석이 관련된 이상에야 시치미를 뗄 수도 없겠군……. 귀찮지만 조사해볼까."

그렇게 말하다 말고 마리아는 가슴을 부여잡았다.

"끅, 쿨럭! 쿠울럭, 쿨럭!"

한바탕 기침을 터뜨리고 떨떠름하게 내뱉는다.

"제길……. 이번에 만든 약도 효과는 짧은가……. 새로운 조합을 궁리해야……."

마리아는 얼굴을 찌푸리고 천천히 건물을 내려갔다.

42 침대에 푹 엎드렸다. 주위에는

침대에 푹 엎드렸다. 주위에는 어이없어하는 얼굴의 아넷사와 벡, 히죽히죽 웃는 밀리엄과 걱정스러운 표정을 짓는 샤를로테가 있다. 안젤린은 파닥파닥 다리를 흔들었다.

"왜, 뭔데. 왜 다들 거절하는 건데."

"당연하잖아……."

"으으읏, 아빠만큼 멋진 남자는 올펜에 없는데……. 아니, 올펜 정도가 아니지, 제국을 다 뒤져도 없다는 말씀!"

"미련 좀 버리지……? 여전히 바보라니까."

"우후후~ 안제도 참, 무턱대고 들이대니까 오히려 질겁하는 게 아닐까아?"

가차 없는 주위 친구들의 발언에 안젤린은 심술이 나서 괜스레 몸을 뒤척거렸다.

이곳은 안젤린의 방이다.

정죄 기관의 습격 및 그림자와 벌였던 싸움 이후로 날짜가 지나 갔다. 여름은 한창때를 지나려는 참이고, 아직껏 덥기는 해도 나무들의 녹색은 빛이 바래지고 있는 듯 여겨졌다.

그림자를 쓰러뜨린 이후, 마왕을 부활시키고자 획책하는 일당도 정죄 기관도 전혀 이렇다 할 움직임을 보이지 않았다. 또 이쪽이 방심하기를 기다리려는 의도일까. 안젤린은 염려했다만 아무래도 그게 전부는 아닌 듯싶다.

루크레시아에서 또 정변이 발생함으로써 절대 권력에 가까울 만큼 큰 권세를 자랑했던 교황파가 과반수의 달성을 실패했다. 반교황파는 이런 마당에 새로운 꼭두각시를 외부에서 데리고 올 필요성이 희박해졌고, 교황파 역시 굳이 저 멀리 공국에 있는 샤를로테를 없애고자 수고를 들일 상황이 아니게 되었다던가. 따라서 위험도는 상당히 줄었다고 봐도 괜찮다는 설명이었다.

저번에 습격했던 일파는 아마도 선발대로 온 인원들인데, 정변 때문에 상황이 복잡하여 명령 계통이 혼란에 빠졌던 탓에 루크레시아 본국의 의사가 전달되지 않았을 것이라고 라이오넬은 말했다.

"이런 민폐가 없다니까, 습격 이틀 전에는 루크레시아에서 벌써 정변이 발생했었다잖아……. 비밀 기관이라면 연락 수단은 철저하게 관리하란 말이야, 아이고……. 으으, 영주님한테 뭐라고 해서 매듭을 지어야 하나……."

수많은 병사가 부상을 당했기에 치료비의 부담 때문에 옥신각신하고 있다. 라이오넬의 위통은 아직껏 도무지 멎을 것 같지가 않다.

일찍이 샤를로테를 이용했던 일당도 마왕이라는 강력한 전력이 패퇴한 이상 서둘러 다음 수단을 강구하지는 않으리라는 것이 백의 견해였다. 자신들은 조직과 관련되어 대단한 정보를 갖고 있지 않은 데다가 없애려 들었던 이유도 본보기로 삼으려는 의도가 강했기 때문이다. 군이 위험을 짊어지면서까지 재차 공격할 확률은 낮다던가. 그런 것보다는 자신들의 존재가 공공연하게 드러나는 게 그들에게는 더욱 문제가 된다는 설명이었다.

어쨌든 간에 상황이 대강 수습된지라 안젤린은 맥이 확 빠져버렸다. 뭔가 각성한 듯한 기분이었는데 갑자기 문제가 축소되는 바람에 활약을 할 기회가 사라져버려서 답답했다.

녹아내렸던 그림자의 조사는 마리아가 맡겠다면서 직접 나섰고, 복잡한 정치 관련 문제에서 안젤린은 눈뜬장님이나 마찬가지다.

그러니까 그 울분을 풀어내고자 안젤린은 또다시 벨그리프의 신부 찾기에 분주했다. 주점 마스터에게 들었던 조언대로 너무 맞선자리를 만들려는 분위기가 풍기지 않게 조심도 했다. 그러나 안젤린의 태도에서 다 드러났기 때문인지 애당초 정말 싫어서였는지 분명하지는 않지만, 어쨌든 가을 귀성에 동행하겠다는 여성은 한 명도 나타나지 않았다.

안젤린은 아무렇게나 털썩 누워서 두 팔다리를 위로 쭉 뻗었다.

"괜찮거든. 이렇게 된 이상 서두르지 않고 천천히 찾아볼 거야……."

"아니, 아니야……. 안제, 너 혼자 완전히 헛수고하는 것 같거든……."

아넷사의 말에 벡도 동조하며 고개를 끄덕거렸다.

"맞는 말이군. 조금은 신중하게 생각을 해라. 네 행동은 헛고생이다."

그렇게 말한 뒤 어이없어하며 벽에 기댔다. 같이 타박을 놓는 사람이 늘어났기에 아넷사는 조금 기뻐 보였다. 안젤린은 뾰로통해졌다.

"가족 문제니까 막 끼어들지 말아주시게……."

"있잖아, 언니. 그럼 아버님을 올펜으로 모셔 오면 안 되는 거야?"

안젤린은 벌떡 일어났다.

"맞아……. 한 번은 거절당했으니까 좀 뭐하지만, 이주가 아니라 놀러 오라는 구실이면 아마 괜찮을 거야……."

하늘의 계시라도 받는 양 반짝거리는 표정으로 샤를로테의 머리를 희희낙락 쓰다듬는다.

"좋은 생각이야……! 기특해, 샤르."

"응, 에헤헤……."

"좋았어, 초가을에 귀성해서 아빠를 설득하겠어. 올펜 관광 여행, 깜짝 맞선 편을 개시한다……!"

안젤린의 선언에 밀리엄이 기뻐하며 까불었다.

"와아~ 벨 아저씨가 오면 여기저기 안내해드려야겠다~. 기대된다~."

아넷사도 고개를 끄덕거렸다. 은근슬쩍 흐뭇한 표정이다.

"맞선은 좀 아니지만, 벨 아저씨가 와주면 기쁠 거야……."

"에헤헤…… 기대된다……."

벨그리프를 아는 세 아가씨는 완전히 눈빛이 변해버렸다. 어째서인지 샤를로테까지 뺨이 붉어져서 들떠 오른다.

혼자 영문을 알 수 없었던 벡은 어이가 없어 탄식했다.

"뭐라는 건지 모르겠다만……. 그래, 멋대로 해라."

○

해 질 녘의 산 그림자는 점점 길어지고, 쨍쨍 내리쬐던 저녁 해
가 능선 너머로 숨었다. 그러나 하늘은 아직 밝고 서편은 큰불이
라도 난 것처럼 새빨갛다.

마을을 한눈에 바라볼 수 있는 언덕 위쪽에서 네 개의 인영이
보인다.

벨그리프, 던컨, 마르그리트 세 사람은 각자 원하는 곳에 앉아
서 가만히 눈을 감고 있었다. 칼집에서 빼낸 무기를 손에 들었다.
그라함은 우뚝 선 채로 품에 안은 아이를 흔들흔들 어르고 있다.

세 사람이 하고 있는 행동은 무기와 감응을 높이기 위한 명상이
다. 자신의 몸속 감각과 마력을 예민하게 연마함으로써 손에 든 무
기와 하나가 될 수 있도록 집중한다. 벨그리프는 호흡을 위해 가슴
이 오르내리는 것 말고는 일절 움직이지 않았지만, 던컨과 마르그
리트는 도저히 집중이 안 되는지 때때로 안절부절 몸을 움찔거렸
다. 두 사람은 이렇듯 정적인 수행이 성미에 맞지 않는 듯싶다.

마르그리트가 실눈을 뜨고 주뼛주뼛 입을 열었다.

"크, 큰숙부……. 아직이야……?"

그러나 대답은 없다. 그라함은 품속에 안은 아이를 얼러주면서 마치 조각상인 양 입을 다물고 있다. 마르그리트는 이제 포기한 듯 다시 눈 떴다.

벨그리프는 신비한 감각에 몸을 내맡기고 있었다. 몸을 움직이지 않을 뿐, 내부에는 놀랄 만한 마력과 감각의 분류(奔流)가 있었다. 시냇물이 좁은 골짜기를 세차게 내려가는 것처럼, 좁은 혈관 속 피의 흐름을 느꼈다. 그 한 방울 한 방울에 마력이 실려서 몸속을 순환한다. 이윽고 흐름은 손가락에서 검으로 흘러들었고 자루, 검날, 검봉을 타고 돌아서 다시 몸으로 되돌아왔다.

강철의 속을 지나서 온 예리하고 세찬 마력이 마치 몸을 찌르는 듯 차갑다. 그리고 심장이 뛸 때마다 몸속에서 생성되는 따스한 마력과 부딪힘으로써 내부에 일종의 긴장감을 만들어 냈다. 마치 전투가 벌어지고 있는 느낌이 든다. 꿈쩍도 하지 않고 있건마는 몸이 뜨거워지는 것 같았다.

그러나 시간이 흐름에 따라 서로 저항하던 각각의 마력이 점점 소용돌이치듯 뒤섞이기 시작했다.

검을 타고 돌아서 온 마력과 몸에서 생성되는 마력, 그것들이 혼연일체가 된 끝에 결국은 팽팽하게 하나의 선을 이루는 듯 느껴졌다.

벨그리프는 눈을 뜨고 일어섰다. 검을 검집에 집어넣고 기지개를 켠다.

"돌아가지."

"음."

그라함은 고개를 끄덕거렸다. 마르그리트가 입을 삐죽였다.

"뭐야, 나한텐 대답도 안 해주더니만⋯⋯. 왜 벨만 예뻐해."

"마르그리트. 그 차이를 먼저 이해할 수 있어야 한다. 벨은 전부를 마치고 일어섰지. 너는 도중에 싫증이 났을 뿐이잖느냐."

"으⋯⋯."

마르그리트는 항복하고 말없이 일어났다.

던컨은 한껏 기지개를 켜고 뚝뚝 소리가 나도록 등과 어깨의 뼈를 풀었다.

"하하⋯⋯. 본인에게 이런 종류의 수행은 당최 안 맞는구려. 차라리 정신없이 도끼를 휘두르는 게 더욱 성미에 맞지 싶소이다."

"그렇게 자기 자신을 단정 짓지 말게나. 거기에서 탈각을 이루어 내면 그대도 한 단계 위쪽의 무인이 될 수 있다네, 던컨."

"으음⋯⋯. 옳은 말이군.⋯⋯."

던컨은 팔짱을 끼고 신음했다.

"그라함, 미토를 이리 주게나."

"알겠네."

그라함은 품에 안고 있었던 흑발의 아이를 벨그리프에게 넘겨줬다. 미토라고 이름을 붙인 이 아이는 멍한 표정은 비록 특별히 변화가 없었지만, 낯가림을 하지 않고 누구든 비슷하게 잘 따랐다. 다만 죽이고자 달려들었던 전적이 있는 마르그리트만큼은 별로 다가가고 싶어 하지 않았다만.

미토는 느릿느릿 벨그리프에게 안겨 들었다.

"아빠……."

"그래, 돌아가자꾸나."

네 사람은 나란히 언덕을 내려가서 한껏 자라난 긴 여름풀 사이를 지나 마을로 돌아갔다.

여기저기에서 양, 염소의 울음소리가 들린다. 어느 집에서도 저녁 식사 준비를 하는 소리가 났다. 하늘은 보랏빛으로 물들었고, 큰 별이 반짝이는 가운데 미소 짓는 듯 활처럼 굽은 반달이 떠 있었다.

지난 소동 이후로 날짜가 제법 지나갔다. 숲이 정상으로 돌아오고 마수의 침입은 완전히 사라졌다. 나무꾼들은 예전과 마찬가지로 일을 할 수 있게 되었기에 기뻐했고, 젊은이들은 자극이 사라졌기에 살짝 유감스러워했다.

다시 평온한 생활로 돌아오게 된 톨네라에서 벨그리프는 예전처럼 밭을 일구고 검의 수련을 했다. 그러나 이전과 달리 지금은 식객도 늘어났다. 꽤 떠들썩하다. 조용한 생활도 좋아했지만, 지금도 제법 나쁘지 않다.

집에 돌아와서 난로에 불을 피우고 저녁 식사 준비를 하던 때 케리가 찾아왔다. 아들 번스와 여자 친구 리타도 함께였다. 벨그리프는 웬일인가 싶어 고개를 갸웃거렸다.

"뭔가? 다 같이."

"에이, 저번에는 어쩌다 잔치판이 벌어졌잖나. 오늘은 조용하게 한잔하고 싶어서 말일세."

케리는 손에 든 바구니를 들어 올렸다. 뭔가 요리가 들어 있는 듯싶다. 번스는 술병이 든 나무 상자를 안아 들고 있었다. 마르그리트의 얼굴이 활짝 밝아졌다.

"만세! 술이다!"

"……마르그리트, 적당히 마시도록 해라."

"그 말은 큰숙부가 들어야지? 난 겨우 요만큼 갖곤 아무렇지도 않다고."

그라함은 눈살을 찌푸렸다만, 사실이니까 받아칠 말이 없어서 포기하고 한숨 쉬었다. 번스가 쓴웃음을 지었다.

"마리, 전부 마시지 마라? 다 같이 마셔야 한단 말이야."

"아, 알지, 당연히."

당황하는 마르그리트를 보고 헤벌쭉 표정이 풀어지는 번스를 리타가 쿡쿡 찔렀다.

"바람…… 안 돼."

"아, 아니라니까……."

리타는 번스의 뺨을 꼬집고는 불퉁불퉁 입을 삐죽거리며 마르그리트를 쳐다봤다.

"빼앗아 가지 마, 싫어."

"안 뺏어, 안 뺏어. 사이좋게 지내라고."

마르그리트는 히죽히죽 웃으면서 리타를 콕콕 찔렀다. 리타는 여전히 경계를 풀지 않고 번스에게 안겨 들었다.

탁자를 꺼내고 헛간에서 의자를 들고 와 술자리를 만든다. 저번 잔치와 달리 차분한 분위기였다. 그라함도 처음 한 잔만 받아 마셨다. 그러나 이미 취기가 도는 듯 말수가 적고 멍멍한 모습이다.

미토는 어른들의 사이를 아장아장 걸어 다니며 무릎에 올라앉거나 등을 기어오르거나 했다. 지금은 케리의 무릎에 앉아서 뱃살을 주무르며 신기하다는 표정을 짓고 있었다.

"케리, 포동포동……. 아빠랑 달라."

"하하핫. 이 녀석, 미토. 간지럽잖냐!"

"으음……. 아버지랑 벨 아저씨, 둘이 나이는 똑같으면서 몸집은 전혀 다르구나……. 벨 아저씨는 멋있는데 아버지는 대체 왜……."

"에라, 뭔 소리냐, 번스. 나도 말이다, 옛날에는 마을에서 첫째, 둘째로 손꼽히는 미남이었단 말이다! 안 그런가? 벨."

벨그리프는 쿡쿡 웃음 지으면서 유리잔을 입에 가져갔다.

"글쎄, 그랬던가? 뭐, 지금보다 마른 몸이었던 건 분명하군."

"엑, 진짜? 케리의 마른 모습이라는 게 상상도 안 되네."

마르그리트는 유리잔 속 술을 쭉 들이켜면서 깔깔 웃었다. 케리는 눈살을 찌푸리며 손바닥으로 배를 통통 두드렸다.

"뭘 모르는군. 이게 다 출세의 증거 아닌가! 웬만한 농사꾼은 이렇게 살이 오르지도 못해! 암!"

"음, 물론 알다마다. 자넨 열심히 살았어."

"하하하, 역시 벨은 잘 알아주는군! 이런, 미토. 배를 두드리지 마라. 흉내 내라고 한 짓이 아니란다."

케리가 스스로 두드리는 모습을 보고 재미있었는지 무릎 위에서 미토가 케리의 배를 통통 두드리고 있었다.

던컨이 웃음 지으면서 미토를 안아 들었다.

"이거 참, 천진난만이란 말이 딱 어울리는구려!"

"던컨, 수염."

품게 안긴 채 미토가 이번에는 던컨의 수염을 잡아 끌어당긴다.

"이런, 이 녀석, 미토! 본인의 수염은 장난감이 아니라네!"

"수북수북……."

"하하핫! 못 말릴 녀석이군!"

그렇게 말하면서도 던컨은 흐뭇한 기색이다.

미토는 한바탕 던컨의 수염을 만지작거리다가 그라함을 향해서 손을 뻗었다.

"할아버지, 안아줘……."

"음……."

눈을 내리깔고 있었던 그라함은 천천히 미토를 안아 들어서 무릎에 올려놓았다. 미토는 그라함에게 등을 기대고 탁자 위쪽의 얇게 구운 빵으로 손을 뻗어서 오물오물 베어 먹었다.

본색은 마왕이라는 게 믿기지 않을 만큼 미토는 톨네라에 친숙해졌다. 물론 마을 사람들에게는 진짜 정체가 마왕이라는 괜한 소리를 꺼낸 적은 없다. 벨그리프가 숲에서 주웠다고 둘러댔을 뿐이다. 과거에 안젤린이라는 선례가 있었던 만큼 마을 사람들도 의심하지 않고 설명을 받아들였다.

다만 그라함의 말에 따르면 미토는 비록 형태야 상당히 비슷할지언정 역시 인간은 아니라고 한다. 실제로 까딱 방심하면 나뭇가지와 돌, 식기 따위를 오독오독 베어 먹는 데다가 긴 머리카락은 가위가 들지 않는다. 당장 마음먹으면 손의 형태도 바꿀 수 있다던가. 손을 바꿀 수 있다면 몸도 바꿀 수 있겠지.

요컨대 지금은 본인이 좋아 인간의 형태를 취했을 뿐, 사실은 마왕처럼 실체가 고정되지 않은 그림자에 가깝다는 설명이었다.

그러나 이 모습으로 제법 고정화가 된 것도 역시 사실이었다. 전에는 깊이 잠들었을 때 불현듯 모습이 검은 그림자처럼 흔들리는 경우가 있었지만, 요즘은 거의 보지 못했다.

어떤 이치인가 잘 모르겠다만. 그라함은 미토를 곧잘 돌봐주며 흥미진진하게 관찰했다.

그라함은 오래도록 마왕 및 그에 속하는 마수와 싸워왔던 경험도 있고, 그쪽에 대한 흥미가 상당히 깊었기에 미토를 귀중한 관찰 대상으로 바라보는 경향이 있었다.

다만 처음에 잠시뿐이었고 지금 와서는 어린아이 특유의 천진난만한 어여쁨에 완전히 넘어가버린 듯 말수는 적어도 신이 나서 놀아주는 모습이 자주 보였다.

얇게 구운 빵을 다 먹고 꾸벅꾸벅 조는 미토를 보고 리타가 중얼거렸다.

"아이, 예쁘다."

"……그, 그래."

지그시 바라보는 시선 앞에서 번스는 겸연쩍어하며 입을 우물거렸다. 던컨이 웃음을 터뜨리며 번스의 잔에 술을 따라준다.

"자네들은 언제 혼례를 올리려는가?"

"잠깐, 던컨 씨!"

"쑥스러워."

리타는 볼을 확 붉히고 번스의 팔을 잡았다. 케리가 웃는다.

"빨리 손주를 안겨다오!"

"시, 시끄러워!"

번스는 유리잔을 단번에 들이켜서 얼버무리려다가 이상한 데로 술이 들어갔는지 거하게 캑캑거렸다.

리타가 등을 문질러주며 말했다.

"그러고 보니…… 던컨 씨."

"음?"

"한나 씨, 어때?"

"으꺽?!"

던컨은 구운 고기를 먹던 중 목이 막혀서 가슴을 주먹으로 두드렸다. 케리가 히죽히죽 웃는다.

"요즘 사이가 꽤 좋더구만! 던컨, 자네도 여행 따위는 관두고 여기에서 가정을 만들어버려!"

던컨은 전투 도끼를 주 무기로 쓰는 전사이다. 도끼를 다루는 데 능숙한 덕에 나무꾼들을 거들러 가는 날도 많았다. 활달한 성격인지라 금방 사람들 틈에 녹아들었고, 나무꾼들의 모임에도 곧

잘 참석하곤 했다.

그 모임에서 식사 따위를 만들어주고 있는 사람이 한나라는 30 대의 여성인데, 나무꾼이었던 남편이 쓰러지는 나무에 사고를 당한 이후로 쭉 홀로 살아왔다. 미망인이라는 처지에도 제법 명랑하고 쾌활한 성격이어서 던컨과 자주 의기투합하는 모습을 볼 수 있었다. 요즘 들어서는 나무 세공을 배운다고 들락거린다던가.

던컨은 술을 쭉 들이켜서 간신히 삼키곤 몹시 당황했다.

"아, 아니, 본인은 아직 그런 사이가!"

"뭔 소리를 하는 거야. 서른을 훌쩍 넘긴 주제에. 자꾸 느긋하게 굴다간 눈 깜짝할 사이에 나이를 먹어버린단 말일세. 한나도 좀 쓸쓸하겠나. 자네라면 기쁘게 받아들여줄 거야."

"끄, 끄응……."

던컨은 불그레한 얼굴을 더욱 붉히면서 입을 다물었다. 던컨도 역시 한나에게 좋은 감정을 갖고 있다는 게 명백한 반응이었다.

난로 곁에서 냄비를 젓고 있었던 벨그리프는 나무통을 들었다.

"잠깐 물을 길어 오겠네."

그렇게 말한 뒤 나갔다.

마르그리트는 유리잔에 술을 따라 붓다가 문득 떠오른 의문을 입에 담았다.

"그러고 보니까 벨은 뭔 소식 없어?"

시선이 마르그리트에게 모였다. 케리가 고개를 갸웃거렸다.

"소식이라니?"

"결혼이라든가 연애라든가 흐뭇한 소식 말이야."

"그러고 보니 갑자기 궁금해지는구려. 벨 님 정도의 사나이라면 여인네들이 가만해 놔둘 리가 없을 터인데…….."

"어때, 케리. 벨은 인기 많지?"

케리는 얼굴을 찌푸린 채 손사래를 쳤다.

"지금이야 의족인 줄 몰라볼 만큼 자연스럽게 걸어 다니잖나. 그런데 마을에 막 돌아왔을 때는 지금처럼 잘 걷지도 못했어. 지팡이 짚고 말이야, 비틀비틀, 가만 지켜보려니까 가슴이 미어지더라고. 일도 처음에는 자꾸 방해만 됐지. 여자들이 정을 줄 수가 없었어."

마을에 막 돌아왔을 무렵 벨그리프는 아직 재활 훈련이나 단련이 충분하지 않았던 사정도 있어 활동이 순조롭지 못했다. 지팡이를 의지해야 겨우 걸을 수 있었고, 모두가 평범하게 해내는 일도 시간이 걸렸다.

자급자족이 기본인 톨네라에서 일을 못하는 남자와 가까이 지낼 여자는 없다. 한 차례 마을을 버리고 떠나갔다는 경위도 있는 까닭에 벨그리프는 놀림받았고 비웃음의 표적이 됐다. 그럼에도 싫은 내색을 한 번 않고 매일매일 일과 병행하여 묵묵히 재활 훈련과 단련에 매진했다. 머지않아서 일솜씨도 늘었고, 마침내 여느 사람들보다 더 많은 일을 처리할 만큼 능숙해졌다.

"그러니까 말이야, 지금이야 다들 벨에게 사죄하고 곧잘 의지한다지만, 아무래도 같은 세대의 녀석들은 한 차례 따돌렸던 과거 때문에 죄책감이 적지가 않아. 벨은 신경 쓰지 않아도 그게 오히려 더 미안한 마음을 들게 한다더라고. 이런 마당에 결혼 어쩌고 이야기는 아예 어림도 없지."

케리는 말을 마친 뒤 잔 속의 술을 들이켜고 한숨지었다.

"게다가 아무래도 저 녀석한텐 별 뜻이 없는 것 같단 말이야."

"흐음."

마르그리트는 시시하다는 듯이 유리잔을 입에 가져갔다.

"좀 아까운데. 안 그래? 큰숙부."

"음?"

미토와 놀아주느라 정신이 없었는지 그라함은 얼굴을 들고 고개를 갸웃거렸다.

"뭐라고?"

"······아니야, 큰숙부는 됐어."

그때 벨그리프가 돌아왔다. 나무통에 찰랑찰랑 차오른 물을 물병에 옮겨 담는다. 그러고는 탁자 쪽으로 눈길을 돌렸다가 뭔가 분위기가 달라졌기에 당황했는지 입을 떡 벌리고 고개를 갸웃거렸다.

"······다들 무슨 일 있었나?"

"벨 님······. 정말····· 정말이지 귀하는 고생이 참 많으셨구려······."

"나 말야, 벨 아저씨를 앞으로 훨씬 더 존경하겠어······."

눈물을 글썽이는 던컨과 번스를 보고 벨그리프는 난처해서 머리를 긁적였다.

"뭐, 뭔가. 갑자기…….."

"이봐, 벨. 넌 좋아하는 사람이라든가 누구 없는 거야?"

"음? 좋아하는 사람이라……. 톨네라의 사람들은 다들 좋아한다만……. 음, 안제도, 딸아이도 소중하지."

"그런 의미로 한 말이 아니라고! 결혼 생각은 혹시 없었냐고 물어본 거야!"

벨그리프는 쿡쿡 웃으면서 의자에 앉았다.

"내가? 벌써 마흔셋이잖니. 이제 와서 결혼 생각은 좀 어렵구나."

마르그리트는 짜증스럽다는 분위기로 잔에 술을 따랐다. 힘이 넘쳐서 탁자에 조금 쏟아졌다.

"뭔데, 아깝잖아! 마흔이든 쉰이든 신부 하나둘 맞아들인다고 누가 벌이라도 주나!"

"아니, 귀족도 아니고 두 사람이면 벌을 받겠군…….."

"……애달피 그리워하는 여인이 있을 테지."

그라함이 중얼거렸다. 그 자리에 있던 모두의 시선이 그라함에게 모였다. 무릎에 앉힌 미토를 쓰다듬던 그라함은 얼굴을 들고 벨그리프를 바라봤다.

"사티라는 이름의 엘프 여인이 맞지 않는가?"

"……음."

벨그리프는 당황해서 머리를 긁적였다. 입을 떡 벌리고 있던 케리가 느닷없이 바짝 다가들었다.

"베, 벨, 자네, 엘프한테 반했던 거냐?!"

"반했달까, 음, 뭐랄까……."

"벨! 너, 나랑 큰숙부 말고 다른 엘프를 먼저 만났던 거야?!"

마르그리트가 흥분한 모습으로 벨그리프의 어깨를 붙잡는다. 벨그리프는 쓴웃음 짓고 유리잔에 술을 따랐다.

"옛날이야기란다……. 잠깐 동안만 함께 파티로 싸운 게 전부야."

"이 친구야, 이 친구야! 그런 이야기, 나는 도대체 왜 한 번도 못 들었나?!"

"아니, 왜기는, 딱히 일부러 할 이야기도 아니고……."

"그게 무슨 소리냐! 이렇게 섭섭할 수가! 자, 어서 자세하게 얘기 좀 해봐!"

케리는 벨그리프에게 의자를 붙여 놓고는 몸을 내밀면서 경청의 자세에 들어갔다. 마르그리트도 던컨도 번스에 리타까지 흥미진진하게 시선을 보내고 있다. 그라함은 미토와 놀아준다고 달리 신경 쓸 겨를이 없는 듯싶다만.

벨그리프는 난처하게 웃었다. 마흔을 훌쩍 넘겼는데도 이런 주제로 분위기가 달아오르면 살짝 쑥스럽다. 추억은 때때로 괴로운 법이었다. 그러나 입 밖에 꺼내서 우스갯말로 만들어버리면 이런 마음도 얼마간 달랠 수 있겠지.

그렇게 생각한 벨그리프는 과거를 떠올리면서 입을 열었다.

○

　주점은 언제나 떠들썩하다. 고위든 하위든 관계없이 여러 모험가들이 술을 마시고 요리를 입에 가져갔다.

　싸움 비슷하게 노성이 날아다니고 떠돌이 유랑민이 연주한다. 수프의 냄새, 체취, 그런 것들이 모두 하나가 되어 떠다니고 있었다.

　"후유, 피곤해라."

　엘프 소녀는 생긋생긋 웃으며 맞은편으로 손을 뻗어서 적발 소년의 어깨를 두드렸다.

　적발 소년은 쓴웃음 짓고 뺨을 긁적였다.

　"말은 피곤하다면서 기운차 보이네."

　"후후, 왜냐하면 두근두근하거든. 처음으로 가는 던전은 언제나 기대되니까."

　옆쪽에 앉은 갈색 머리의 소년이 요리를 덜어 담으면서 쿡쿡 웃었다.

　"너무 기운찬 것도 조심해야 하지 않겠어?"

　"에이, 그렇지 않아."

　엘프 소녀의 옆쪽에 앉은 연녹색 머리카락의 소년이 말했다.

　"기운이 넘치면 그만큼 더 나아갈 수 있다고. 안 그래? 우리 목표는 저 먼 곳에 있잖아."

　"후후, 그러게 말야. 지금은 아직 하위 랭크지만, 언젠가는 상위 랭크가 될 거야!"

"아니거든, S랭크다."

그렇게 말한 뒤 연녹색 머리카락 소년은 엘프 소녀를 쿡 찔렀다. 엘프 소녀는 쿡쿡 웃었다.

두근, 적발 소년의 가슴이 울렁거렸다. 어째서인지 이유는 몰랐지만, 맞은편에서 연녹색 머리카락 소년과 엘프 소녀가 서로 웃어줄 때마다 뭔가 생소한 감정이 가슴을 찔렀다. 소녀의 웃는 얼굴이 자신이 아닌 사람에게 향한다는 것이 어째서인지 괴로웠다.

안 된다. 저 아이는 저 녀석을 좋아하는 거야.

적발 소년은 가만히 가슴에 손을 가져갔다. 옆쪽에 앉은 갈색 머리카락 소년이 의아해하며 쳐다봤다.

"왜 그래? 가슴이 아파?"

"아니……. 생선 뼈를 삼켜서……."

"어라, 너답지 않네. 조심해서 먹어."

"그래……."

적발 소년은 쓴웃음을 지은 채 유리잔의 술을 들이켰다.

엘프 소녀는 생글생글하며 적발 소년을 바라봤다.

"후후, 즐거워. 엘프령에서는 이런 하루하루를 상상도 못 했어."

"……그런가?"

"응. 내일은 어디에 갈 수 있을까?"

연녹색 머리카락의 소년이 웃었다.

"내일은 다른 던전에 갈 거다. 이제 곧 토벌 완료 숫자가 채워지거든. 그럼 랭크 업이지! 더 어려운 의뢰를 받을 수 있다는 말씀!"

"와, 좋다. 기뻐라. 후후, 기대된다."

"그래, 기대되고말고. 우리 네 사람이 함께라면 얼마든지 더 나아갈 수 있어. 다른 세계를 볼 수 있다고."

들뜬 엘프 소녀의 어깨를 연녹색 머리카락의 소년이 다정하게 토닥여줬다. 적발 소년은 아무도 눈치 못 채도록 작게 탄식했다.

나라면 이렇게 다잡아서 끌고 나갈 순 없겠지.

적발 소년은 웃음 지으며 쿵쿵 뛰는 심장 소리에 귀를 기울였다.

이것은 아마 연모일까. 아니면 다른 종류의 무엇인가일까.

어느 쪽이든 간에 연녹색 소년에게 미소 짓는 엘프 소녀를 보면 이상하게도 가슴이 몹시 두근거렸다.

소중하게 간직하자고 다짐했다.

설령 성취할 수 없는 마음이라도 어쨌든 분명 자신의 감정이다. 이러한 감정 때문에 폐를 끼치려는 뜻은 없지만, 마음속만큼은 자유로워도 괜찮을 테지.

소녀가 힐끔 이쪽을 보고는 생긋 웃어줬다. 소년은 살포시 마주 웃었다. 지금은 이렇듯 자신에게 보여주는 웃는 얼굴이 다만 기뻤다.

○

케리와 손님들을 배웅하러 나온 집 바깥은 한밤의 바람 덕택에 선뜩하니 시원했다. 술을 마셔서 달아오른 살갗에 마침 적당했다.

이야기를 하는 동안에 정작 이야기하는 본인보다 더욱 감정이

고조됐던 케리는 흥분을 식히려는 듯이 쭉쭉 술을 들이켰다. 결국에는 곤드레만드레 취해서 혀가 꼬이는 지경이 되었고, 울려는지 화가 났는지 모를 기세로 뭔가 실컷 떠들어 댔다. 더는 수습을 못할 상태였기에 적당히 이야기를 일단락 짓고 술자리를 파했다.

번스에게 어깨를 빌린 케리가 비틀비틀하며 샛길을 걸어가다가 갑자기 고개 돌렸다.

"베엘…… . 힘내라앗! 나는 앞으로도 줄곧 네 편이니까 말이다아!"

벨그리프는 쓴웃음 짓고 말했다.

"술주정 그만 부리고 얼른 돌아가게! 내일 못 일어나면 어쩌려고 이러나!"

케리와 손님들은 비틀비틀하며 돌아갔다. 램프의 불빛이 멀어진다.

벨그리프는 후유, 숨을 내뱉고 무심코 하늘을 바라봤다. 활처럼 굽은 반달은 이미 흘러가서 산 너머로 사라졌고, 대신 별이 하늘을 가득 메운 채 빛나고 있다.

올펜에서 지내던 무렵, 장기 의뢰로 바깥에 나왔을 때도 이런 식으로 밤하늘을 올려다봤더랬지. 새삼 기억이 난다.

만약 아직껏 살아 있다면 그 녀석들도 이렇게 별을 바라보고 있을까.

벨그리프는 그런 생각을 했다.

그들은 재능 넘치는 모험가였다. 어째서 자신과 파티를 함께 짰는지 벨그리프는 아직도 알지 못한다. 이제 와서는 소식이 아예 두절됐지만, 분명 아직도 어딘가에서 기운차게 살고 있겠지.

과거의 청산을 아직까지도 하지 못했기 때문일까. 벨그리프는 상념에 잠겼다. 25년도 지난 과거이건마는 예전에 만났던 엘프 소녀의 이야기를 스스로도 놀랄 만큼 매끄럽게 이야기할 수 있었다.

"그래서인가."

별로 결혼에 미련을 두지 않았던 까닭은.

문득 생각이 든다.

그녀도 아직 모험가 생활을 계속하고 있을까. 계속했다면 랭크는 어디까지 올라갔을까. 큰 부상을 당하지는 않았을까. 어쩌면 은퇴해서 이미 누군가와 결혼했을까.

"……모험가라."

사고는 뻗어 나가서 안젤린을 떠올리게 된다. 톨네라가 밤이라면 올펜도 역시 밤이다. 그 아이도 역시 별하늘을 바라보고 있다면 썩 쓸쓸하지는 않겠다. 살아 있는 한 같은 하늘과 땅 사이에 있다.

벨그리프는 심호흡하고 빙글 발길을 돌려서 집 안으로 돌아갔다. 별이 빛나는 와중에 올빼미가 부엉부엉 큰 소리로 울었다.

특별 수록

번 외 편

MY DAUGHTER
GREW UP TO
"RANK S"
ADVENTURER.

EX 마을 생활, 도시 생활

안젤린이 뒤쪽 방향으로 지면을 박차고 물러나자 오거가 우렁차게 포효하며 앞으로 치고 들어왔다. 그러나 다음 순간에는 안젤린의 등 뒤에서 화살이 몇 발 날아들더니 두 눈, 이마, 심장을 정확하게 꿰뚫었다. 놀라서 걸음을 멈춘 오거의 목을 안젤린이 검으로 날려버렸다.

"나이스, 아네. 이쪽은 이제 끝이야⋯⋯?"

"끝이지. 애고, 숫자 좀 많다고 되게 힘드네."

아넷사가 어깨에 활을 메고는 탄식했다. 저쪽에서는 밀리엄이 지팡이를 휘둘러 벼락 구름을 불러내 고블린을 까맣게 태워버리고 있다.

올펜 근교의 마을 가까운 곳에 나타난 마물 떼를 섬멸하는 임무였다. 마수의 랭크는 가장 높은 대상도 AA랭크에 불과했지만, 유감스럽게도 숫자가 상당했던 탓에 시간이 꽤 걸렸다.

얼마 전 마수가 대량 발생했던 때도 비슷한 의뢰가 많았는데, 그때는 아버지를 만나러 가고 싶은 마음으로 수라가 됐던 안젤린의 활약 덕택에 별 애를 먹지는 않았었다. 그런 의미에서 지금 안젤린은 살짝 맥 빠진 상태일 수도 있겠다. 그럼에도 강하다는 데

이견은 없을 테지만.

정죄 기관이며 길드의 앞에 나타났던 그림자까지 여러 소동을 수습하고 조금 날짜가 지나, 또다시 평온한 나날이 돌아왔다. 안젤린은 아직껏 벨그리프의 신부 후보들을 만나며 집요하게 제안을 반복하고 있지만, 전혀 진전이 없었다. 다만 심드렁하게 반응할 뿐, 오히려 요즘 들어서는 건성건성 흘려듣는 형편이었다.

어쨌든 간에 일상이 돌아왔다면 즉 의뢰도 받아 처리해야 한다는 뜻이다. S랭크 모험가니까 딱히 악착같이 일해야 하는 입장은 아니라지만, 샤를로테와 벡의 앞날도 감안하자면 가만히 앉아서 노는 시간이 자꾸 아까워진다. 그나저나 이렇듯 자신이 아닌 다른 사람을 위해서 노력하는 것도 나쁜 기분은 아니구나. 안젤린은 살짝 기분이 좋았다.

아무튼 의뢰를 다 마치고 안젤린 파티는 올펜으로 철수했다. 점심 식사는 이동 중 적당히 때웠지만, 얼른 끝내고 돌아온 덕에 아직도 해가 높이 떠 있다. 길드 접수처에 가자 유리가 웃는 얼굴로 맞이해줬다.

"다들 잘 다녀왔어. 역시 일 처리가 빠르구나."

"잔챙이만 잔뜩이었으니까……."

"후후, 안제네 파티한테 걸리면 재해급도 하위 랭크와 다를 게 없네."

"앗, 언니!"

접수처 안쪽에서 샤를로테가 나타났다. 땋은 머리카락 위쪽에 손수건을 덮어 묶었고, 손에는 빗자루가 들려 있었다.

"오, 샤르. 오늘도 심부름이야?"

"응! 이제 곧 끝나니까 기다려!"

안젤린과 친구들이 의뢰를 처리하러 나간 동안에 샤를로테와 백 두 사람은 길드에서 신세를 졌다. 가장 안전한 곳인 데다가 아는 사람도 많다. 언제나 무뚝뚝한 벡은 어쨌든 간에 샤를로테는 벌써 친숙하게 녹아들었다. 요즘은 이렇듯 청소 따위를 거들어주기도 하고.

"어떡할래……? 땀도 흘렸고, 목욕하러 갈까?"

"아, 우리는 잠깐 고아원에 볼일이 있어. 저녁이면 끝날 테니까 저녁 식사는 같이 먹자."

"응, 알았어……."

"그럼 단골 주점에서 봐. 후유, 오늘도 덥다~. 나도 나중에 목욕하러 가야지~."

밀리엄이 기지개를 켰다. 샤를로테가 벡을 잡아끌며 가까이 다가온다.

○

여름 하늘에 큰 구름이 도톰도톰하게 자리 잡아서 햇살을 반사하기에 눈이 부셨다.

마르그리트가 밀짚모자를 벗고 이마에 배어난 땀을 손등으로

305

훔쳤다.

"덥다아. 으으, 못살겠네."

항상 걸치고 다니던 모피 카디건은 벌써 벗어 던져서 날씬하고 탄력적인 하얀 팔다리가 햇살을 받고 있었다. 그럼에도 전혀 조금도 피부가 탄 흔적이 없다.

벨그리프는 풀을 뽑아서 옆쪽에 두곤 그림자의 길이와 태양의 위치를 봤다.

"이제 곧 점심이군. 이만할까."

"좋았어. 흐아, 더워라."

마르그리트는 이때만 기다렸다는 듯이 숨을 내쉬곤 손바닥으로 팔랑팔랑 얼굴을 부채질했다.

여름은 한창때를 지나갔지만, 아직도 많이 무덥고 풀은 무럭무럭 자라난다. 톨네라는 기본적으로 강우량이 적은지라 매일매일 물 주는 것도 중요한 일거리였다. 다행스럽게도 우물이며 강이 풍부한 수량을 제공하기에 가뭄 걱정은 티끌만큼도 없다. 우거진 숲에 둘러싸여 있는 덕분일 테지.

미토가 발단이 됐던 숲의 소동은 일단 매듭이 지어졌고, 벨그리프와 식객들은 다시 하루하루의 일거리에 쫓기는 시골 생활로 돌아왔다. 아침저녁의 단련은 물론 빠뜨리지 않지만, 적어도 지금 톨네라에서 먹고사는 데 검술은 관련이 없다. 단련을 마무리 지은 다음은 밭에 나가거나 장작을 패고, 때때로 강이며 숲에 나가는 날도 있었다. 양털 깎기는 벌써 끝났고, 봄 파종 밀이 파릇파릇하게 잎을 열심히 뻗어 보내면서 바람에 흔들리고 있었다. 이제는 슬슬 본격적인 겨울나기 준비가 시작되겠다.

그라함은 미토와 더불어서 아이들과 놀아주려고 광장에 있는 듯 집에서는 보이지 않았다. 던컨은 나무꾼들을 거들어주러 나갔다.

바구니에 점심 식사용 채소를 던져 넣는 벨그리프를 돌아보며 마르그리트가 말했다.

"저기, 땀을 잔뜩 흘렸으니까 강에 갔다가 와도 될까?"

"그러려무나. 조심해서 다녀오고. 점심은 만들어 놓을 테니까 일찍 돌아오너라."

마르그리트는 빙긋 웃고는 날다시피 훌쩍 가벼운 걸음걸이로 강에 향했다.

톨네라에는 목욕 시설이 없는 대신에 온수에 적신 수건으로 몸을 닦는 게 보통이지만, 여름철 땀 흘린 몸을 식히기에는 많이 모자라다. 그 때문에 더위가 심할 때 마을 사람들은 곧잘 강에 나가곤 했다. 산에서 흘러내리는 차가운 물에 몸을 담그면 땀이 씻겨 나가고 몸도 시원해진다. 이 시기가 아니면 너무 차가워서 들어갈 수가 없기에 여름의 즐거움이라 표현해도 과언이 아니었다.

이미 몇 사람이나 선객이 있었다. 오전 중 일거리를 마치고 한 차례 땀을 닦으러 왔을 것이다. 젊은이들의 모습이 많아 보였다.

"으음, 저쪽은 남자 놈들이 잔뜩이네."

마르그리트는 눈에 힘줘서 저 멀리 상황을 살폈다. 비록 언동이야 과격하고 거친 구석이 있다지만, 그럼에도 마르그리트는 젊은

아가씨다. 이성에게 알몸을 보여지는 것에 대한 거부감이나 수줍음은 갖고 있었다. 주위를 둘러보다가 결국 사람이 적은 상류 부근까지 걸음을 옮기게 됐다.

숲 안쪽으로 들어갈수록 강폭이 좁아짐에 따라 물 흐르는 속도에도 점점 기세가 붙는다. 그러나 이따금 물이 완만하게 흐르는 위치가 있고, 그런 장소는 헤엄치기에 마침 적당한 듯 여겨졌다.

숲속 깊숙이 들어서자 이제 인영은 없다. 나무와 덤불이 무성하니까 목욕하는 모습도 딱 가려질 것이다.

마을 사람들은 숲의 은혜를 받아 누리고는 있지만, 함부로 안에 들어서기를 두려워했다. 그러나 마르그리트는 그런 두려움이 전혀 없었다. 엘프는 아무래도 숲에 친근감을 느끼는 경향이 짙다.

마르그리트는 옷을 벗어 던지고 발끝부터 살며시 물에 들어갔다. 물은 으스스 차가웠다. 이제껏 축축하게 땀에 젖어 있었던 피부가 확 시원해졌다.

"후유…… 살겠다아."

목까지 몸을 담그자 묶어 놓았던 머리카락이 물에 젖었다. 그대로 힘을 빼내고 몸을 물에 둥둥 띄웠다. 머리 위쪽에 드리워지는 나뭇가지가 바람에 흔들거렸고, 더 위쪽에는 시원하게 탁 트인 파란색 하늘이 보였다. 때때로 흘러드는 낙엽이 몸을 간질거린다.

한동안 물에 몸을 내맡기다가 첨벙, 소리를 내며 마르그리트는 몸을 일으켰다. 엘프의 하얀 피부가 물방울을 튕긴다. 일어서면 물 높이는 허리밖에 안 됐다. 허리를 구부려서 두 손에 물을 담아다가 어푸어푸 얼굴을 씻었다.

"흐아…… 이제 좀 시원하네."

젖은 머리카락을 풀어 한 다발로 정리하고, 두 손으로 훑어 내려서 물기를 짠다. 머리끝에서 물방울이 뚝뚝 떨어졌다. 방금 전까지 미지근한 느낌이었던 산들바람도 젖은 몸에는 서늘하다. 그럼에도 열기가 몸 안쪽 깊숙이 들어앉았는지 아직껏 은근히 화끈거리는 듯싶기도 했다.

강변에 걸터앉아서 다리만 물에 잠근 채 멍하니 시선을 움직였다. 주변에 드문드문 나뭇잎 사이로 햇살이 비쳐 들었고, 일부는 강의 수면에 반사돼서 반짝반짝 빛났다.

손으로 물방울을 털고 잠시간 앉아 있자니 몸이 말랐다.

"좋아, 돌아가자. 배고파."

마르그리트는 일어서서 옷을 입고자 주변을 둘러봤다.

○

올펜은 공국의 북부에 위치하는 지리 관계상 여름에도 기온이 아주 높아지는 곳은 아니라지만, 사람이 모여드는 대도시인지라 건물이 밀집해 있는 주변은 통풍도 안 좋고 도시 안쪽에는 초목이 적다. 석조 건물이 많은 데다가 돌바닥 길도 있는 까닭에 낮 동안 따가운 햇볕을 받아 열을 흡수하면서 실제 기온을 더욱 끌어올리는 역할도 했다.

포장되지 않은 길로 사람이며 짐마차가 다닐 때마다 모래 먼지가 피어오르면 거리가 자꾸 부예지면서 조금 답답한 느낌이 든다. 지난 며칠은 비도 내리지 않아서 지면도 살짝 건조했다.

그런 모래 먼지의 틈을 누비고 안젤린은 대중목욕탕에 와 있었다. 올펜의 시민 중 목욕탕을 보유한 가정은 적다. 서민들은 이렇듯 대중목욕탕에서 땀을 닦고 몸을 씻었다.

내부 장식은 돌과 나무와 회반죽으로, 바닥을 뚫고 설치한 커다란 욕조의 가장자리에 큰 염석을 놓아뒀다. 그 위쪽에 송수관으로 끌어온 물이 떨어져서 김을 피워 올리고 있었다. 염석은 배열에 따라 열기를 발출하는 방식이 달라지니까 뜨겁게 하든 미지근하게 하든 원하는 대로 편하게 설정할 수 있었다. 화상 방지를 위해 염석과 사이에는 나무로 격자 울타리를 설치해 놓았고, 뜨거운 물은 그 사이에서 흘러나왔다.

안젤린은 두 손으로 온수를 퍼 담아 얼굴을 씻었다.

"따뜻해서 좋다……."

"정말."

옆쪽에서 온수에 몸을 담근 샤를로테가 말했다. 아직껏 높이 뜬 해에서 창문을 지나 내리비치는 빛이 수증기 때문에 막대기처럼 자취를 남기고 있었다.

뜨겁기는 뜨겁다지만, 바깥에서 더위에 시달리는 신세보다야 훨씬 편안하다. 이렇듯 뜨거운 물에 몸을 담갔다가 바깥에 나가면 신기하게도 시원한 느낌이 든다. 목욕을 마친 뒤 차가운 술을 마셔도 맛깔난다. 냉방 마법은 물론 시원하고 편리하지만, 마법을 걸어 둔 가게에서 나올 때 밀려닥치는 더위가 불쾌해서 안젤린은 썩 좋아하지는 않는다.

이열치열이란 참 절묘한 표현이다, 안젤린은 욕조 가장자리에 등을 기댄 채 천장을 올려다봤다.

"톨네라에선 이런 거 상상도 못 했었지……."

샤를로테가 일어서서 욕조 테두리에 걸터앉았다.

"정말? 그럼 톨네라에선 목욕을 어떻게 해?"

"목욕탕은 없어……. 평소엔 말야, 수건을 적셔 몸을 닦거든. 그래도 여름에는 감당이 안 되게 더우니까 우물물을 뒤집어쓰거나 강에서 미역을 감거나 했어……."

어렸을 때는 곧잘 벨그리프와 함께 강에 갔던 기억이 난다. 그러나 벨그리프는 의족 때문에 헤엄이 서툴렀고 언제나 옅은 곳에서 안젤린이 헤엄치는 모습을 지켜봤기 때문에 함께 헤엄쳤다기보다는 물고기를 잡았던 기억이 더 강하다. 물에 들어갈 때면 대부분 친구들이나 나이가 많은 마을의 언니들과 함께했었다. 그럴 때마다 아무리 졸라도 벨그리프가 따라오지 않았던 것을 어린 안젤린은 불만스럽게 여겼지만, 지금 돌이켜보면 상당히 무리가 있는 투정이었기에 피식 웃음이 나온다.

저번 귀성에서는 아쉽게도 강에 들어가 헤엄칠 수가 없었지만, 그 차가운 물을 떠올리기만 해도 여름의 더위가 싹 날아가버리는 기분이었다.

"강에서 헤엄치는 거야? 알몸으로?"

"맞아."

"누가 훔쳐보면 어떡해? 부끄러울 텐데."

샤를로테는 수줍게 말하고는 몸을 꾸물거렸다. 안젤린은 쿡쿡 웃었다.

"뭐, 가끔 훔쳐보러 오는 남자는 있었어. 나는 아이였으니까 신경을 안 썼지만……. 더 나이가 많은 언니들은 돌을 막 집어 던지더라."

"활기찬 곳이구나, 톨네라는."

샤를로테는 웃으며 일어나서는 후유, 숨을 내쉬었다.

"살짝 어지러워졌어. 찬물에 들어갔다가 올게."

"응. 나도……."

안젤린도 일어나서 함께 냉탕에 향했다. 더운 까닭일 테지. 냉탕이 더 북적거렸다. 어떻게 끼어서 몸은 담갔지만, 별로 차가운 감촉이 강하지도 않다. 톨네라의 강은 여름에도 차가웠다. 그리고 보니 혼자서 헤엄칠 때면 장난꾸러기 요정인지 정령인지 옷을 감춰 놓아서 곤란했던 날도 있었더랬지.

사소한 추억에 자꾸 향수가 자극되어 부풀어 오른다. 여름이 끝나면 가을이다. 다시 고향에 가면 꼭 바위월귤을 따러 가야지. 안젤린은 미적지근한 물에 어깨까지 몸을 담갔다.

○

미토를 데리고 돌아왔던 그라함이 주위를 둘러봤다.

"마르그리트는 어디에 있나?"

"글쎄, 강에 목욕을 하러 가겠다더니 여태 안 돌아왔군."

벨그리프도 난처해서 팔짱을 꼈다. 냄비 안에는 여름 채소와 마른 고기를 넣은 스튜가 보글보글 김을 피워 올리고 있다.

점심 식사 전 강에 목욕을 하러 간 이후 마르그리트는 당최 돌아오질 않았다. 곧 점심을 먹는다는 말을 분명히 들었던 만큼 딴 길로 빠졌을 리가 없을 터인데, 벨그리프는 고개를 갸웃거렸다.

"마리, 길 잃었어?"

"길을 잃었으려나. 그래도 설마 이제 와서……. 으음, 이 녀석."

접시를 깨물려고 하는 미토를 안아 들고는 벨그리프는 그라함을 돌아봤다.

"아무튼 먼저 먹도록 할까. 그냥 뭔가 볼일이 생겼을지도 모르니까."

"그러세나."

그라함은 고개를 끄덕이고는 냄비 속 나무 국자를 손에 들었다.

한편 비슷한 무렵, 숲속에서 마르그리트는 어쩔 줄을 몰랐다. 분명 강변에 벗어 놓았던 옷가지가 홀연히 사라졌기 때문이다. 변태 도둑인가 싶어서 분개하며 주위를 뒤지고 돌아다녔지만, 어떤 낌새도 없었던 데다가 애당초 누가 은근슬쩍 다가왔더라면 알아차리지 못했을 리 없다. 어쩌다가 불쑥 강에 떨어져서 흘러가버린 걸까.

"젠장, 도대체 뭐야……."

마르그리트는 신음했다. 이런 꼴로 마을에 돌아갈 수도 없는 노릇이다. 물에 들어간 채 강을 내려가다가 하류에서 목욕하고 있는 사람들에게 도움을 요청할까 생각도 해봤지만, 어쩐지 부끄러운 데다가 되게 한심한 것 같아서 도무지 내키지가 않는다. 그러나 다른 방법이 딱히 떠오르지를 않았기에 이렇듯 여름 날씨에 알몸을 가만 드러낸 채 버티고 있다. 너무 얼간이 같다 싶어서 마르그리트는 지금 상황에 짜증이 났다.

불현듯 버석버석 근처 수풀이 흔들렸다. 마르그리트는「흐악!」소리치고는 앞가슴을 손으로 가렸다.

"누, 누구냐앗!"

수풀에서 산토끼가 뛰쳐나오더니 도망쳤다.

고작 토끼한테 이토록 겁을 집어먹고 위축되다니. 마르그리트는 암담한 기분이 들었다. 몸을 두르는 옷가지가 아무것도 없으면 이렇게 불안하구나 하고 새삼 절감했다.

여하튼 간에 이대로 가다간 밤을 새우겠다. 일단 한 번 더 옷을 찾아볼까 생각하던 때 건너편에서 인기척이 나고 누군가가 가까이 다가왔다.

"그 목소리는, 마리 님이신가?"

"던컨……. 앗, 큰일 났다!"

마르그리트는 허둥지둥 물속에 뛰어들었다. 수풀 너머에서 나타난 던컨은 잠시 어리둥절하다가 서둘러 고개 돌렸다.

"이, 이런, 실례를 저질렀군. 몸을 씻으시는 줄은 꿈에도 모르고……."

그대로 발길을 돌려 떠나가려고 한다. 마르그리트는 급히 던컨을 불러 세웠다.

"자, 잠깐만, 던컨!"

"음?"

던컨은 마르그리트를 쳐다보지 않게 주의하면서 걸음을 멈췄다.

"무슨 일 있으신가?"

"아니, 그게, 말이야……. 오, 옷이 떠내려가버렸거든. 그러니까, 미안한데, 집에서 뭔가 다른 옷을 가져다주면 안 될까?"

"뭐, 뭣이라, 이렇게 불운할 수가. 알겠소이다, 맡겨주시게나."

"미, 미안해. 정말 고마워. 아! 큰숙부랑 벨한텐 비밀이야!"

"흐음……. 상관없소만, 무슨 까닭에?"

"왜기는……. 부, 부끄럽잖아……."

던컨은 쓴웃음 짓고는 빠른 걸음으로 떠나갔다. 도끼를 들고 있었으니까 나무꾼 일을 거들자고 숲에 들어와서 다니던 중이 아니었을까. 요즘 들어선 점심 식사도 나무꾼들과 함께 먹는 날이 많았다.

어쨌든 간에 이제는 살았다, 마르그리트는 가슴을 쓸어내리고 몸을 떨면서 물 바깥으로 나왔다. 물속에 조금 오래 있었던 것 같기도 하다.

햇볕이 닿는 장소를 찾아 바닥에 앉았다. 차갑게 식은 몸에는 여름의 햇빛도 따뜻하다. 금세 몸이 말랐고, 땀도 배어나지 않는 덕택에 산뜻해서 기분이 좋다. 던컨이 옷을 가져다줄 테니까 불안해할 필요도 없다. 마음이 진정되니까 알몸 신세도 아주 나쁘지는 않았다.

"그나저나, 도대체 웬 옷 도둑이람⋯⋯. 배고프다아."

마르그리트는 입을 삐죽이고는 뒤쪽으로 손을 짚어서 체중을 실었다. 사락사락 바람이 불어 들면서 머리 위 나뭇가지가 흔들릴 때마다 햇살도 같이 흔들렸다. 몸에 와 닿는 바람이 상쾌하다. 마르그리트는 가만히 몸을 눕혀서 벌러덩 뒹굴었다. 그런데 등에 무엇인가 부드러운 감촉이 느껴졌다. 놀라서 벌떡 일어났더니 뒤쪽에 아까 사라졌던 옷이 떨어져 있었다.

"어? 뭐야⋯⋯. 어째서?"

마르그리트는 재빨리 주위를 둘러봤다. 어떤 기척도 없다. 이곳에 걸터앉기 전에는 분명 아무것도 없었던 것이 맞았다. 정체를 알 수 없다는 오싹함에 마르그리트는 전율했다.

어쨌든 간에 옷은 돌아왔다. 때마침 몸도 적당히 말랐다. 마르그리트는 서둘러 옷을 입고는 빠른 걸음으로 숲에서 나왔다. 괜히 소름이 끼치고 빨리 이곳에서 벗어나고 싶을 따름이었다. 던컨에게 했던 부탁은 머릿속에서 싹 날아가버렸다.

○

해가 떨어지면 주위는 살짝 선선해진다. 그럼에도 석조 건물은 아직 열기가 가시지 않았고, 돌이 완전히 식으려면 거의 한밤중까지 기다려야 했다. 그때까지는 도시 안쪽에 슬금슬금 후덥지근하게 더운 기운이 떠다닌다.

밤이 되기를 기다렸다가 벡과 샤를로테를 데리고 단골 주점에 갔더니 아넷사와 밀리엄이 이미 와 있었다.

"어라⋯⋯. 빨리 왔네."

"응, 예상보다 볼일을 빨리 끝냈거든."

"먼저 몇 잔 마셨어~."

이미 얼근하게 취해서 밀리엄이 해죽해죽 웃었다. 안젤린은 쿡쿡 미소 짓고는 의자에 걸터앉았다. 친구들이 미리 가져다 놓은 빈 유리잔에 와인을 따라주기에 건배하고 단숨에 들이켰다. 무척 맛있다. 마음이 편안해지는 기분이다.

가게 안쪽을 둘러보면 여전히 사람이 잔뜩이었다. 냉방 마법처럼 비싼 시설이 없는 탓에 더위는 물론 손님들의 체온이 가득 차올라서 살짝 머리가 어찔어찔하는 상태였다.

"오리고기 소테랑 오믈렛. 가지와 돼지고기 스튜에 소시지⋯⋯. 그리고 찬 와인. 병으로. 빵이랑 밀죽도 가져다줘."

적당히 주문을 하고 의자의 등받이에 기댄다. 하루가 끝났다고 생각하면 어쩐지 지치는 기분이 든다. 알코올이 들어간 영향도 있

317

을 테고.

샤를로테가 머뭇머뭇 입을 열었다.

"저기, 로제타는 상태가 어땠어?"

"기운차더라. 아직 일은 못 하지만, 잘 서서 걸어 다니고."

"오히려 기운이 너무 넘쳐서 되게 불만이던데~. 원래 빠릿빠릿 살림꾼이었으니까~."

밀리엄이 덧붙여 말하고는 웃더니 유리잔의 와인을 쭉 들이켰다. 안젤린은 샤를로테의 머리에 톡 손을 얹어서 벅벅 쓰다듬었다.

"내일 병문안을 가보자……."

"으, 응! 고마워, 언니!"

샤를로테는 기뻐하며 수줍게 미소 지었다.

"아무튼, 어떡할 거야? 또 가을에 톨네라에 가려고?"

"응……. 갈 계획이야."

"후후, 또 가는구나~. 벨 아저씨가 어이없어하지 않을까냥~?"

"어이없어하지 않아……. 아빠도 분명 기뻐할 거야. 게다가 샤르랑 벡을 데리고 가려면 빨리 가는 게 좋은걸."

"에헤헤, 기대된다……."

샤를로테가 해죽해죽 웃으며 턱받침을 했다. 어지간히도 벨그리프와 만나는 날이 기대되나 보다.

초가을이면 이미 강에서 헤엄치기는 무리겠구나. 안젤린은 살짝 아쉬워했다. 그래도 낚시는 즐길 수 있고, 버섯이며 바위월귤 등 가을의 산물을 채집하러 숲에 들어가면 즐거울 테지. 지금 상상만 해도 마음이 설렌다. 바위월귤은 그냥 먹어도 맛있지만, 신선한 열매를 냄비에 걸쭉하게 졸여서 구운 시라기 새에 끼얹어 먹으면 더욱 맛있다. 달콤새큼한 바위월귤 소스가 농후한 새의 지방과 잘 어울려서 꿀맛이다.

밀리엄이 데친 옥수수를 베어 먹으며 말했다.

"톨네라의 식사, 참 맛있었지~. 벨 아저씨, 요리 솜씨도 좋았어."

"응. 소박한 맛이었지만, 먹다 보면 마음이 편안해지더라."

"아무렴……."

안젤린은 의기양양하게 고개를 끄덕거렸다. 올펜에서 먹는 식사는 물론 맛있지만, 역시 벨그리프가 만들어준 식사를 몹시 먹고 싶어질 때가 있다. 아니, 먹고 싶다는 생각은 항상 든다. 스스로 만들어 먹는 날도 많았지만, 안젤린은 딱히 애착을 갖고 요리를 만드는 편도 아니고 아무래도 자기가 혼자 먹으려고 하는 요리는 적당히 때우게 된다. 자기를 아끼는 마음으로 만들어주는 요리는 맛뿐 아니라 뭔가 따뜻한 감흥이 느껴진다. 안젤린은 그런 느낌이 좋았다.

"쿠리오 열매였던가? 향이 참 신기했잖아. 이쪽에서는 별로 구경을 못 했는데 말야."

"맞아, 맞아. 처음에는 당황했지만 난 제법 마음에 들더라."

"어떤 향인데?"

샤를로테가 눈을 깜빡거렸다.

"으음, 코를 쿡 찌르는 느낌. 그런데 나무껍질처럼 떫은맛도 있고…… 설명하려니까 어렵네."

"있잖아, 안제. 톨네라는 자급자족이니까 계절마다 요리도 달라지는 거지?"

"응. 여름부터 가을 사이는 채소도 잔뜩이야. 고기도 생선도 풍부하고. 겨울 전 가을 수확제의 식사는 무척 호화로워. 초봄은 가장 식자재가 적은 시기고……."

"엥, 그렇구나. 봄맞이 축제 땐 요리가 제법 많았는데……."

"그 달코옴한 빵 말야, 되게 맛있었다냥. 말린 과일을 반죽에 넣어서 만든……."

"와아…… 맛있겠다."

"맛있어……. 가을 수확제에 맞춰서 가면 이것저것 먹을 수 있을 테니까 기대된다……."

또 고향에 대한 그리움을 자극받은 안젤린은 후유, 한숨을 쉬었다.

그러나 점원이 갖다주는 김이 피어오르는 오리고기 소테를 보자 허기진 배는 즉각 고향 맛의 향수 따위 어디론가 쫓아내버리고 빨리 먹자며 재촉한다. 먼저 고기를 잘라 나눠서 한입. 씹을 때마다 맛이 배어난다. 톨네라의 요리 이야기로 이러니저러니 꽃을 피웠어도 이 가게의 요리는 맛있다. 그게 아니라면 굳이 안젤린과 친구들도 뻔질나게 방문하지는 않았을 테지.

"자…… 벡 군. 이거 먹어도 돼."

"벡 군이라고 부르지 말라니까."

줄곧 말이 없었던 벡은 여전히 불퉁불퉁한 얼굴이다. 밀리엄이 재미있어하는 표정을 짓고 손을 뻗어서 벡의 볼살을 쏙 잡아 쥐었다.

"더워서 기분이 안 좋냥~? 벡 군, 가끔은 웃자냥~."

"젠장, 주정뱅이가……."

"그러고 보니 안 마셨네. 와인 싫어해?"

"싫다. 나는 내버려 둬라."

"……꼬맹이."

"뭐라고?"

벡은 미간을 잔뜩 찌푸리곤 안젤린을 노려봤다.

"이 자식, 지금 뭐라고 했나. 다시 한 번 말해봐라."

"괜찮아, 괜찮아……. 술을 못 마셔도 누나는 신경 안 쓰니까……."

안젤린은 약 올리듯 말하고는 와인을 맛있게 홀짝거렸다. 벡은 눈썹을 치켜 올리더니 거칠게 잔을 들어서 단숨에 들이켰다. 밀리엄이 「오오~」 말하며 감탄했다.

"화끈하다~. 사나이~."

"괜히 부추기지 마, 아이고……. 어라, 벡……. 벡?"

"……벡? 왜 이래?"

샤를로테가 벡의 어깨를 두드리자 기우뚱 몸이 흔들렸다. 그대로 천천히 기울어지는가 싶더니 소리를 내며 의자에서 굴러떨어진다. 아넷사가 놀라서 일어났다.

"뭐, 뭐야!"

"어, 어라……. 벡 군, 괜찮아?"

벡은 말없이 덜덜 떨리는 팔을 들어 올리다 말고 힘이 다해서 또 털썩 떨어뜨렸다. 얼굴은 새빨갛고 눈은 이리저리 흔들거린다. 와인 한 잔에 완전히 만취해버렸다.

"이렇게 약할 줄이야……."

"벡! 얘, 정신 좀 차려봐!"

"아이고……. 약하면 약하다고 말을 해야지……. 고집쟁이라니까."

일단 어깨를 붙잡아 의자에 앉힌 뒤 등받이에 몸을 기대도록 어찌어찌 자세를 잡아줬다. 그러나 몸이 축 늘어진 터라 더 이상은 저녁 식사를 먹을 상태가 아니었다. 게다가 자신들은 아직 식사가 안 끝났다. 어떻게 해야 하나 싶어서 안젤린은 팔짱을 꼈다. 어느 틈인가 한껏 취기가 차오른 밀리엄이 깔깔 웃고 있었다.

○

점심에 남긴 스튜에다가 물을 더 부어서 보리를 넣고 푹 끓인다. 행상인에게서 구입한 소금절임 생선을 넣어서 간을 맞췄다. 얇게 썬 가지를 기름에 굽고, 건조시킨 향초와 소금을 뿌린다. 이제 저녁 식사의 준비는 갖춰졌다.

톨네라는 서쪽에 산을 등지고 있기 때문에 일몰이 빠르다. 올펜과 달리 열기를 흡수할 만한 석조 건물이 많지 않은 데다가 주위에는 흙과 풀이 많아서 해가 떨어지면 금세 기온이 내려가고 서늘한 바람이 살갗을 쓸어 만진다.

"자, 이제 됐군. 마리, 점심을 늦게 먹어서 아직 배부르지는 않니?"

"아니, 괜찮은데. 평범하게 먹을 수 있어."

"하하, 젊구나……."

"그나저나 이 생선은 좀 짜다! 소금에 절이더라도 꼭 이렇게 짜게 만들어야 될 필요는 없지 않나?"

소금절임 생선의 조각을 입에 넣은 마르그리트가 눈살을 찌푸렸다. 벨그리프는 쿡쿡 웃었다.

"아니, 여기에서는 바다가 많이 멀잖니. 이렇게 소금을 많이 안 쓰면 중간에 상해버린단다."

"엑, 이게 바다 생선이었구나!"

"그래. 뭐, 가격은 좀 나간다만, 오래 보관할 수 있고 양이 적어도 맛이 나오니까 쓸 만하지."

기본적으로 톨네라는 자급자족이지만, 때때로 이러한 물품을 행상인에게서 구입한다. 물물교환으로 거래를 완료하는 경우도 있고, 돈이 필요한 경우도 있다. 그러나 어느 쪽이든 간에 도시의 생활에 비교하면 현금을 활용할 기회가 무척 적은 편이다.

문득 올펜에서 모험가로 활동하던 시절의 기억이 머릿속을 스치고 갔다. 도시에서는 돈이 없으면 살아가지 못한다. 톨네라에서는 먹기 위하여 농사짓고 동물을 기르지만, 올펜에서는 먹기 위하여 매일같이 돈을 벌어야 한다. 날마다 채집에 토벌에 바삐 달려다녔던 기억을 떠올렸다. 먹기 위하여 돈을 써야 하는 절차가 중간에 꼭 필요하다는 것이 이제 와서는 어쩐지 귀찮다는 생각도 든다.

바로 얼마 전 안젤린에 딸의 친구들과 보르도까지 여행을 하며 오랜만에 돈을 지불하여 식사를 하고 숙소에 묵었다. 새삼스럽지만 벨그리프는 그런 행위가 묘하게 신선하게 느껴졌었다. 돌이켜 보면 젊었던 시절 톨네라를 뛰쳐나갔을 때도 격세감 때문에 조금 고생했더랬다. 안젤린도 비슷한 경험을 했을까 괜히 궁금해진다.

"마리, 엘프령에서는 돈을 사용했었니?"

벨그리프가 묻자 마르그리트는 고개를 갸웃거렸다.

"돈? 음, 별로? 나는 잘 모르겠는데……."

"엘프령은 자급자족에 수렵과 채집이 기본이라네."

미토와 놀아주던 그라함이 대신 대답해줬다.

"인간의 나라와 가까운 마을은 교역을 하는 곳도 있지만……. 마르그리트와 내가 지냈던 지역에서는 금전 거래가 거의 이루어지지 않았군."

"그런가……."

그렇다면 혹시 마르그리트가 올펜으로 진출하고 싶어 한다면 제법 고생을 할 수도 있겠다 싶어 벨그리프는 쓴웃음을 지었다.

"그나저나 오늘은 던컨이 늦는군. 일이 좀 길어졌나?"

"던컨, 일해?"

그라함에게 안긴 채 미토가 몸을 비틀었다. 벨그리프는 미소 지었다.

"그래. 이제 톨네라에 아주 적응을 했어."

그때 딱 노린 것처럼 시간을 맞춰 던컨이 돌아왔다. 어째서인지 얼떨떨한 표정을 짓고 있었는데, 마르그리트를 보더니 눈을 껌뻑거렸다.

"마리 님, 옷은 찾았소이까?"

"어, 아, 아니⋯⋯."

마르그리트는 난처해하며 입을 우물우물했다. 허둥지둥 숲에서 나와 돌아오기는 했는데, 돌아오던 도중에 자꾸 부끄러워져서 숲에서 겪은 사건을 이야기하지 않고 묻어버렸다. 벨그리프가 의아해하는 표정을 짓고 고개를 갸웃거렸다.

"옷? 무슨 일이라도 있었나?"

"실은 본인이 말이오, 점심 무렵에 숲에서 마리 님과 만났었다오."

"숲에서? 아니, 이상하군. 마리는 강에 목욕을 하러 갔다 뿐이지 숲에 들어가지는 않았을 텐데?"

"으, 으응⋯⋯."

마르그리트는 어쩔 줄을 몰라 하면서 애매하게 고개만 끄덕거렸다.

"아니⋯⋯. 음, 그러면 그게 요정의 장난질이었나⋯⋯."

"흠?"

"아니, 숲속 강에서 마리 님이 목욕을 하고 계시더란 말이오. 옷이 떠내려갔다며 집에서 다른 옷을 가져다달라 말씀하시기에⋯⋯. 그래서 본인이 서둘러 돌아온 뒤 옷을 챙겨다가 다시 갔더니만, 이미 온데간데없이⋯⋯. 요정이 둔갑을 하여 본인을 놀렸나 보오. 하하핫."

던컨은 이제 수긍이 간다는 듯이 웃었다. 벨그리프는 턱수염을 쓸어 만졌다.

"그런가……. 이 주변의 요정과 정령은 장난치기를 많이 좋아하지. 나도 어렸을 때는 자주 놀림을 당했다네."

"오호라, 벨 님께서도?"

"맞네. 물고기인 척 낚싯줄을 잡아당기거나 친구의 목소리를 흉내내서 불러낸다거나……. 그렇지, 한창 목욕할 때 옷을 숨겨 놓았던 적도 있었군. 알몸으로 돌아갈 수도 없어서 참 난감했었지. 뭐, 결국에는 찾아내기도 했고, 마수가 아니니까 그나마 다행이었지만."

마르그리트가 움찔 몸을 떨었다.

"그나저나 어른을 놀린다는 건 드문 일이군. 보통 녀석들은 아이들 놀리기를 좋아하니까 말일세……."

"으음, 그럼 본인이 아이 같다는 말씀이오?"

"아니, 내 생각이 그렇다는 게 아니라……. 던컨, 자네라면 같이 놀아주리라 여겼던 것이 아니겠나?"

"흐음……. 그나저나 그리 똑같이 둔갑한다면 벨 님께서도 아마 알아보지는 못하셨을 게요. 얼굴부터 목소리까지 마리 님을 쏙 빼닮았었단 말이지. 부끄러우니까 벨 님과 그라함 님에게는 말하지 말아달라는 당부까지 남겼고."

"음? 별난 요정이 다 있군그래."

"더, 던컨, 피곤하지? 저녁밥 다 됐으니까 얼른 앉아!"

"흠. 아, 고맙소이다……."

"어서, 벨! 그런 건 내가 할 테니까 말이야! 얼른 앉으라니까! 자!"

마르그리트는 탁자를 닦는 둥 식기를 꺼내는 둥 느닷없이 빠릿빠릿 식사 준비를 했다. 던컨은 뺨을 긁적였고, 벨그리프는 의아해하며 턱수염을 쓸어 만졌다.

"……뭔가 오늘따라 묘하게 열심이군, 마리 녀석."

"그런 기분이 들 때도 있는 법이겠지요."

두 사람은 얼굴을 마주 바라보면서 어깨를 으쓱였다. 그라함이 홀로 묘하게 다 알겠다는 눈빛으로 분주히 돌아다니는 마르그리트를 지켜보고 있었다. 난로에서 딱, 숯이 터졌다. 연기가 한 줄기 굴뚝을 빠져나갔다.

■ 작가 후기

후기를 꼭 지면까지 할애해서 써야 하는가 잘 모르겠다만, 이런 조각 글을 굳이 읽은들 무슨 소용인가 싶다. 공상 속 세계에서 유희하는 소설을 읽은 뒤 저자가 튀어나와서 이래저래 마구 떠들어봐야 독자를 현실로 다시 끌어오는 짓이니까 별로 바람직하지 않잖은가. 애당초 문장을 읽는 행위라는 게 타인의 수다를 눈으로 듣는 셈이나 마찬가지니까 군소리가 아닌가. 그러나 이런 소리를 늘어놓아서는 소설가라는 직업이 성립하지 않으니까 어쩔 수 없겠다.

어쨌든 간에 결국 후기를 쓴 경험이 딱히 없는 까닭에 자꾸 고민을 하게 된다만, 이야기와 달리 얼개가 없어도 무방하니까 요컨대 저자가 제멋대로 떠들면 그만이겠다. 독자분들이 과연 읽어는 주시려는가, 그야 이쪽에서 고려할 사안은 아닐 터이지.

너무 더워서 찜찜한지라 피서를 위해서 북쪽 지방으로 가봤다. 며칠씩 흔들리는 마차에 타고 이동하면 엉덩이가 아파진다만, 가보니까 햇볕은 여름인 만큼 따가워서 양달은 좀 무더워도 응달에 들어가면 바람은 선선하고 제법 쾌적하다 여겨졌다.

저자는 큐수의 오이타 현에 살고 있다. 그곳에서 북쪽으로 가도를 따라가다가 황무지를 지나 고개를 넘어서 왔다. 평원에 밭이 펼쳐졌고, 양이 풀을 먹고 있다. 마침 시기가 맞아 유자를 선물로 들고 앞마당에 꺼내다 놓은 의자에 걸터앉았다.

"꽤 오래 못 봤어."

"그렇군."

"엘프인가 던컨인가 다들 어디에 갔대?"

"모두 외출 중이네."

"이쪽은 역시 선선하구나. 내가 사는 곳은 많이 더운데 말야."

"이쪽도 여름이니까 물론 덥기야 덥다만, 남쪽 지방과 비교하면 괜찮은 편이겠군."

그야 그러할 테지. 무엇보다도 공기가 산뜻하니까 답답하지 않아서 좋다.

"내가 사는 덴 물이 부족해서 많이 곤란해. 쌀이 줄기를 뻗기도 전에 논이 말라버려서 죄다 말라빠졌다니까."

"그냥 게으름을 부린 게 아닌가? 본업이 농사라고 말하지 않았나……."

"시끄러워."

사내는 선물로 준 유자를 차근차근 뜯어보고 있다.

"그래, 이건 어디에 쓰는 물건인가?"

"짜서 끼얹는 거야. 오이타 현 사람들은 어디에든 다 끼얹어."

"어디에든?"

"된장국에도 짜 넣지."

330 모험가가 되고 싶다며 도시로 떠났던 딸이 S랭크가 되었다 3

"……음? 그런가. 뭐, 알겠네."

그렇게 말한 뒤 붉은색 수염을 비비 꼰다. 꽃차를 홀짝이고 나뭇잎 사이로 비치는 햇살을 봤다.

"안제의 소문은 좀 들었나?"

"모르겠는데. 바로 얼마 전에 왔다 갔잖아. 벌써 걱정하는 거야?"

"뭐, 그야."

"팔불출 부모에 팔불출 딸이군, 부녀가 아주 똑같아. 뭐, 아무튼 간에 이번에 나온 녀석을 좀 들고 왔어."

저자가 가방에서 책을 꺼내 놓는다. 사내는 받아 들고는 의아하다는 표정을 지었다.

"안제는 그렇다 치고 이 사람이 난가? 그림에 미화가 조금 과하게 된 것이 아니려나."

"나도 같은 생각이야. 그래도 이게 toi8 선생님께서 각별히 호의를 베풀어주신 결과물이거든. 감사히 받아들이라고."

"그래야겠지……. 그래도 조금 민망하군."

"여전히 자넨 나잇값을 못 하는군. 조금 더 듬직하게 분위기를 잡아줄 순 없나?"

"그게 갑자기 웬 요구인가."

"자, 여기 만화도 보라고. 우루시바라 큐 선생님께서 아주 잘 그려주셨어."

"정말이군……. 으음, 이렇게 멋들어지게 잘 움직였던가?"

"곱절로 더 신경 써서 그려주셨으니까. 아주 감사하지. 그래서 생각났는데 말야, 만화는 말할 필요도 없고 삽화도 표지도 진짜 훌륭하잖아. 이 책에서 유일하고 가장 큰 결점은 문장이야. 그런 점에서 만화는 정말이지 훌륭하다고. 권말에 쓸데없는 문장이 들러붙었지만, 그거야 안 읽으면 그만이니까 넘어간다고 치고. 그러니까 이야기 전개는 만화에 맡겨버리고, 이 책은 본문을 싹 들어낸 다음 toi8 선생님의 화집으로 만드는 게 훨씬 좋겠어. 애당초 미려한 일러스트에 추악한 문장을 갖다 붙이면 도대체 누가 기뻐하냔 말이지. 기껏 표지에 끌려서 구입했는데 내용물이 이래서야 민폐잖아. 자네 생각은 어때?"

"……그래도 진짜 본문을 들어내면 자네는 어떻게 되나?"

"음, 그게 문제군. 잘난 척 작가 행세를 못 하게 되잖아. 원래 잘난 사람이 아니란 말은 민망하니까 참아줘. 진실을 들이대면 내가 불편하잖아."

"무슨 소리를 늘어놓는가 당최 알 수가 없군……."

"그러니까 말이야, 원작자가 가장 위태위태하지만, 이 책을 뒷받침해주시는 여러 관계자분들이 훌륭하다는 이야기지. 애당초 후기에서 저자가 등장인물과 대화나 나눈다는 게 벌써 보기에 딱하거든. 햣켄을 흉내 낸 문장도 그렇고, 이런 짓거리나 자꾸 하니까 독자들도 짜증 내면서 정을 떼어버리는 거지."

"그럼 안 하면 그만 아닌가?"

쓸 내용이 없다는 말은 서두에 썼다.

구름이 흘러오면서 눈부시게 내리비치던 햇살이 흐려졌다. 그

러자 한층 더 시원해졌다 느껴진다. 펄럭펄럭 책을 넘기며 훑어보
던 사내가 의자에 몸을 기댔다.

"그래서, 진전은 좀 됐나?"

"응, 이제 몇 줄 남았어. 대화만 써서 메꾸니까 편하네. 행수가
쭉쭉 늘어난다고."

"그나저나 3권까지 이어지다니 놀랐어……. 표지와 삽화가 아
무리 좋다지만."

"나 역시 아주 동감이야. 그래도 이야기가 느릿느릿 자꾸 늘어
져서 읽는 분들이 지루하지는 않을까 걱정된단 말이지. 그러니까
다음에는 독자가 으악, 놀랄 전개를 집어넣고 싶어. 정신 이상자
를 등장시켜서 자네 복부를 찌르도록 시킬까 하는데 어때?"

사내는 저자가 이런 소리를 하면 언제나 대답을 하지 않는다.

일부러 소설의 내용은
원고가 끝날 때까지는
읽지 않습니다만,
다음 권이
기대됩니다!!

2018. 훙日
길일

土이용

모험가가 되고 싶다며 도시로 떠났던 딸이 S랭크가 되었다 3

1판 1쇄 발행 2019년 7월 20일
1판 2쇄 발행 2020년 3월 31일

지은이_ MOJIKAKIYA
일러스트_ toi8
옮긴이_ 김성래

발행인_ 신현호
편집부장_ 윤영천
편집진행_ 김기준 · 김승신 · 원현선 · 권세라 · 유재슬
편집디자인_ 양우연
국제업무_ 정아라 · 전은지
관리 · 영업_ 김민원 · 조은걸 · 조인희

펴낸곳_ (주)디앤씨미디어
등록_ 2002년 4월 25일 제20-260호
주소_ 서울시 구로구 디지털로 26길 111 JnK디지털타워 503호
전화_ 02-333-2513(대표)
팩시밀리_ 02-333-2514
이메일_ lnovelpiya@naver.com
ㄴ노벨 공식 카페_ http://cafe.naver.com/lnovel11

Bokenshani naritaito miyakoni deteitta musumega srankni natteta Vol.3
By MOJIKAKIYA, toi8
ⓒ 2018 by MOJIKAKIYA, toi8
First published in Japan in 2018 by EARTH STAR Entertainment Co., Ltd
Korean translation rights arranged with EARTH STAR Entertainment Co., Ltd
through Shinwon Agency Co.

ISBN 979-11-278-5142-2 04830
ISBN 979-11-278-4829-3 (세트)

값 9,800원

© CHIROLU
Illustration Kei
Originally published by HOBBY JAPAN

우리 딸을 위해서라면,
나는 마왕도 쓰러뜨릴 수 있을지 몰라. 1~8권

CHIROLU 지음 | Kei 일러스트 | 송재희 옮김

주워 온 마족 소녀의 보호자, 시작했습니다.
높은 전투 기술과 냉정한 판단력을 무기로
젊은 나이에 두각을 드러내며 인근에 그 이름을 알린 모험가 데일.
어느 의뢰로 깊은 숲 속에 발을 들인 그는
그곳에서 바짝 마른 어린 마족 소녀와 만난다.
죄인의 낙인을 짊어진 그 소녀 라티나를 그대로 숲에 버려두지 못하고
이것도 인연이라며 데일은 그녀의 보호자가 되기로 결심하지만—.
"라티나가 너무 예뻐서 일하러 가기 싫어."
"또 바보 같은 소리야?"
—정신 차리고 보니 완전히 딸바보가 되어 있다?!
실력 있는 모험가 청년과 사정 있는 마족 소녀의 가족 판타지!!

그 가슴 따뜻해지는 이야기가 지금 시작됩니다!!

라이트노벨의 새로운 빛! L북스의 신간은 매월 20일에 발매됩니다. http://cafe.naver.com/lnovel11

Kizuka Nero 2018
Illustration: Sinsora
KADOKAWA CORPORATION

두 번째 용사는 복수의 길을 웃으며 걷는다 1~5권

키즈카 네로 지음 | 신소라 일러스트 | 김성래 옮김

무엇을 잘못했을까.
용사로 이세계에 소환되었던 나― 우케이 카이토는 자문자답한다.
아무쪼록 도와 달라고 간청하는 말을 따라서 용사가 된 나는
마왕을 쓰러뜨림으로써 이 세계를 구원했지만…….
이제 볼일은 끝났다는 듯이 파티원 모두가 배반했다.
고락을 함께했고 동료라고 여겼던 놈들에게 누명을 씌워진 채
나는 끝내 살해당했다.
죽음을 맞이하는 순간, 나는 구원을 바라는 대신
이것들을 괴롭히고 괴롭힌 끝에 죽여버리겠다고 저주했다.
―정신을 차렸을 때, 나는 이세계에 소환되었던 때로 돌아와 있었다.
배반자에게 살해당했던 기억을 지닌 채.
이놈들 전부 기필코 다 죽여버리겠다!
가장 잔혹한 방법으로, 한 조각의 구원도 없는
고통과 비명의 피 구렁텅이에 빠뜨려서 죽여주겠다!!

―자, 복수를 시작하자.

라이트노벨의 새로운 빛! L북스의 신간은 매월 20일에 발매됩니다. http://cafe.naver.com/lnovel11

고블린 슬레이어 1~9권

카규 쿠모 지음 | 칸나츠키 노보루 일러스트 | 박경용 옮김

"나는 세상을 구하지 않아. 고블린을 죽일 뿐이다."
그 변경의 길드에는 고블린 토벌만 해서
은 등급까지 올라간 희귀한 모험가가 있다…….
모험가가 되어 처음 짠 파티가 괴멸하고 위기에 빠진 여신관.
그때 그녀를 구해준 자가 바로 고블린 슬레이어라 불리는 남자였다.
그는 수단을 가리지 않고, 수고도 마다치 않으며 고블린만을 퇴치한다.
그런 그에게 여신관은 휘둘려 다니고, 접수원 아가씨는 감사하며,
소꿉친구인 소치기 소녀는 기다린다.
그런 가운데 그의 소문을 듣고서 엘프 소녀가 의뢰를 하러 나타났다—.

압도적 인기의 Web 작품이 드디어 서적화!
카규 쿠모 × 칸나츠키 노보루가 선물하는 다크 판타지, 개막!
TV 애니메이션 방영작!

라이트노벨의 새로운 빛! L북스의 신간은 매월 20일에 발매됩니다. http://cafe.naver.com/lnovel11

© Okina Baba, Tsukasa Kiryu 2019
KADOKAWA CORPORATION

거미입니다만, 문제라도? 1~10권

바바 오키나 지음 | 키류 츠카사 일러스트 | 김성래 옮김

분명히 여고생이었을 텐데 정신을 차리고 보니
「나」는 본 적도 없는 곳에서 《거미》라는 괴물로 전생해버렸다?!
어미 거미의 동족 포식을 피해 도망쳤지만 방황 끝에 도착한 곳은 괴물들의 소굴.
독개구리, 왕뱀, 거대 늑대, 심지어 용까지 설치고 다니는 최악의 던전.
힘없는 조그만 거미인 「나」는 이곳에서 무사히 살아갈 수 있을 것인가……?
으악, 되도 않는 소리는 작작 하란 말이야!
나를 이런 상황으로 몰아넣은 놈 누구야! 당장 뛰어나와!!

**수많은 인터넷 독자들이 응원하는
거미양의 서바이벌 생활, 당당히 개막!**